美術ミステリーアンソロジー

歪んだ名画

赤江 瀑　泡坂妻夫　恩田 陸
黒川博行　法月綸太郎　平山夢明
松本清張　連城三紀彦

JN030673

朝日文庫

本書は文庫オリジナルです。

目次

歪んだ名画

雪華《せつか》葬《とむらい》刺《ざ》し

赤江　瀑

赤江 瀑（あかえ・ばく）
一九三三〜二〇一二年。放送作家を経て、七〇年、「ニジンスキーの手」で小説現代新人賞を受賞してデビュー。七四年、『オイディプスの刃』で角川小説賞を受賞。八四年、『海峡――この水の無明の真秀ろば』『八雲が殺した』で泉鏡花文学賞を受賞。伝統芸能・現代風俗などから題材を採った耽美的・幻想的な作風で人気を誇った。著書は他に『罪喰い』『美神たちの黄泉』『金環食の影飾り』『花曝れ首』『上空の城』『春喪祭』『アポロン達の午餐』『海贄考』『星踊る綺羅の鳴く川』など。

その日、朝のうちからふりはじめた雪に、茜《あかね》は、ふしぎな酔いを感じた。

新幹線をおりたとき、京都も、やはり雪であった。

茜はその雪に、人の世のあやしい縁《えにし》を、思わないわけにはいかなかった……。

1

『大和経五郎』と書かれた表札のある小暗い軒下に、ひっそりと『忌中』簾《すだれ》がおりている。

二条寺町通りを少し下った、古い茶舗の筋むかいの路地を入ると、その竹簾はすぐ目についた。

蛇の目傘をすぼめなければ踏み込めない軒端《のきば》のせまった路地の奥にも、雪はしきりに迷い込んでいて、ときどきすうっと簾のほうへながれては、竹の編み目にしずかにとまり、その上でゆっくり溶けた。

迷い雪が一ひら二ひら戯れかかっては簾の上で溶けるさまは、まるで亡き人へ慕い寄る雪のあやかしかとも、茜には思われた。茜はしばらくそんな雪を眺めてから、せまい間口の格子戸を開けた。

いきなり、墨の匂いが、眼先《めさき》をよぎった。

匂いが眼先をよぎったなどとは妙な表現かもしれないが、茜には、すうっと走り寄ってきて頬をかすめて消えた墨の香が、見えた、という気がしたのであった。ちょうど篠竹《しのだけ》の忌中簾へひとすじ流れて、戯れかかって消えた雪を眺めたように、茜は、その墨の匂いに瞳をとめた。まっすぐに自分を見つけて、出迎えてくれたものでも見るような、懐かしげな眼であった。

ただの悔み客ならば、たちこめた線香の匂いしか決して嗅《か》ぎとれはしなかった筈《はず》の、しんとしたしもた屋づくりの玄関口なのであった。

「まあ、……お久しゅうおす……ようまあお越しやしておくれやした……」

喪服姿の勝子が、障子戸を開けて出てきて、そそくさと畳ぎわに手をついた。

「勝子……さん？」

茜は、思わず問い返した。

「はい」

「あらあ……これじゃ、外でお会いしてもわからないわ。すっかり見ちがえるところだった……」

「ほんまに、えらいこと、ごぶさたさせてもろてます……」

勝子は、おくれ毛のからみついた細い筋ばった頸《うなじ》を見せて、律義そうに何度も頭を低くさげた。

十年一昔、という思いが茜の胸をついた。

まだほんの小娘だった感じのする昔の勝子の印象が、とっさには拭《ぬぐ》いきれないのだった。

「このたびはまた、えらい勝手なことをさしてもらいましたようで……かえってご迷惑やないやろかと思いましたのやけど……なんでも、先《せん》からのお約束やそうで……父も、死にます前に、そのことを申し伝えて逝《い》きましたよって……まあ、おしらせするだけはさしてもろたようなわけなんどす……ほんまに、遠いところを……かんにんしてやっておくれやす」

「いいえ。呼んでいただけて……こちらこそ、お礼を申しあげなきゃ……」

茜は、つられて、改まった顔になった。

「ご挨拶が後先になりましたけど……その節は、大和さんに、ほんとにお世話になりました。お淋《さび》しくなられたでしょうね」

「へえおおきに。もう齢《とし》でございましたよって、……本人も、そろそろ汐《しお》どきやろ、言うて……お陰さんで、しずかに往生させてもらいました」

「そう……じゃ、お苦しみもなく……」

「はい。老衰やいうて、診《み》ていただいた先生もおっしゃいました」

「あら、でもそんなにお齢だったかしら……とってもお元気だったじゃない？」

「はい。あの頃が……いま考えてみますと、父の盛《さか》りだったような気がしますねや……」

「そうでしょ？　だって、あれからまだ……十年とちょっとくらいじゃないかしら……」

「ええ。このお正月で、ちょうど十一年目やと思います」

「でしょ？　だったらまだ、六十……お幾つかくらいじゃなかったの？」

「いえ。もう八十一どした」

「あらァ……」

茜はまた、奇妙な錯覚にとらわれた。

確かに十一年の歳月はあった。けれども、なぜなのだろう。目の前の勝子といい、経五郎《きょうごろう》といい、一時に老い急いだという気がするのだった。

齢を聞けば、なるほどと思えもするのだが、茜のおぼえている経五郎は、当時六十の年齢さえ感じさせはしなかった。

やや小柄な体つきで、ゴマ塩頭ではあったが、職人らしく短く刈りあげた髪、しずかなたじろがぬ眼光、野太い腰のすわった声、そしてあのなによりも屈強な指……茜の素肌をくまなく知り、無表情に肉をおさえ、ピシッピシッと的確に肉の芯《しん》までほのおを打ち込み、見るまに肌いちめん火の海と変え灼《や》きあげていった……あの情容赦のない指が、いきなり老衰という言葉には重ならなかったのであった。

勝子もあの頃、まだ二十歳には間があった筈である。めったに仕事場へは顔をみせはしなかったが、しかし記憶にまちがいはない。ふっくらとした柔らかい感じの少女だった。

かりに十一年の歳月があったとしても、こんなに所帯じみて、やつれの目立つ姿に変っていようとは、思いがけないことであった。どうかすると、いま目の前にいる勝子は、茜

より も年嵩《としかさ》の女にさえ見えるのだった。

（十一年……）

茜はふと、理由もなく、その歳月に怯《おび》えを持った。

「さ、どうぞ。お上がりやしておくれやす。道中、お寒うおしたやろ。もう、みなさん、お揃《そろ》いやしておすのどっせ」

「みなさん……？」

と、茜はこのとき、ちょっと意外そうな顔で、勝子の言葉を聞きとがめた。

「へえ。どうぞ……」

と、勝子は、べつに気にする風もなく、先へ立って障子の内へ入って行った。

上がり框《かまち》へ手をかけながら、茜は沓《くつ》脱ぎの履物をちらりと見た。男物の靴が三足、太目の桐《きり》の駒下駄が一足、それに真紅のハイヒールが一足、並んでいた。

経五郎が死んでちょうど七日目のことでもあったし、勝子からの通知状にも、

――（略）なお、生前のお約束、そちらさまにご異議がございませんようならば、父の申し遺《のこ》してまいりました初七日に、おつとめ相果させていただければと存じております。

（略）

と、あったから、勝子が「みなさん」と言ったのは、ひとまず初七日の客と一緒の膳にでもついてくれ、というほどの意味だったのだろうと、茜は軽く考えた。

玄関口を上がったところで、茜はま新しい白足袋《しろたび》の替えと履きかえ、ふと、喪服にして

よかったと、心に思った。勝子も喪服を着けていたし、それに、自分にとっては、今日が経五郎の葬《とむら》い日であることに変りはないのだから。

茜は、しずかに背筋をのばし、次の間へ続く障子ぎわへ立った。

再び、墨の香りを、嗅いだ。

はじめてこの障子の内へ入った日の足のふるえが、するとにわかに蘇《よみがえ》った。

刺青師《いれずみし》、俗にこの彫り物の世界では『彫経《ほりきょう》』で通っている大和経五郎は、積みあげられた白生地の反物で足の踏み場もなかったその部屋のまんなかにいて、あぐらをかき、丈《たけ》の低い下絵台にのしかかるような姿勢で、絵筆を握っていた。

彼の表稼業というか、本職が、京友禅の下絵描きであることを、茜は聞かされてはいたが、最初に見たのはこのときだった。

「入っとくれやす」

経五郎は、ぱあっと台上にひろげられた絵羽の白生地からは眼もあげずに、そう言った。

「ちょっと待っとくれやすか。これ、悉皆屋《しっかいや》がとりにくるねや。じきに手ェ、空《あ》けますさかいな」

ぶっきら棒に言ったきり、しかし経五郎は一時間近く、茜を見向きもしなかった。うつむきかげんに動きつめていたそのいかつい肩の下で、ときどきしゅるしゅるとかすかにきしむかに鳴った白布の音を、茜は息をつめて聞いた。

下絵が描かれ、悉皆屋の手にまわされて、糊《のり》が置かれ、染めが入ると、もうその白さは跡形もなくなるのだ。組み伏せられ、おさえこまれて、蹂躙《じゅうりん》される……白無垢《しろむく》の生地があげる最後の抗《あらが》いや悶絶《もんぜつ》の声に、それは聞こえてならないのであった。

(引き返すなら、今だ)

と、しきりに茜は思った。

だが、体が自由にならなかった。

蛇に見込まれた蛙《かえる》と言うが、このときの茜がそうであった。黙々と動く経五郎のがっしりとした背が、茜に立ち上がることを許さなかった。ふしぎな威圧感であった。茜は、呪《じゅ》縛《ばく》をそのとき感じた。

絵に打ち込んでいた職人の精気とでもいうべきもののせいであったか。それとも、やはりどこかで、あの頃の自分は、正体を失いきった女であったためであろうか。

いずれにしても、この障子の内へ足を踏み入れたとき、自分はもう後戻れない世界の住人になったのだと、茜は思わでものことを思い、思った自分を胸で笑った。

しかし不意の墨の香が一瞬、自分の体を深いところで揺さぶったのを、茜は自覚した。

息遣いがわずかに乱れ、皮膚の下に甘い潤《うる》みのもや立つのが、自分でわかった。

(わたしは、つとめを果しにやってきたのだ。それが、経五郎との約束であったから。ほかに、理由はない。何もない)

と、茜は、自らに言い聞かせようとした。

だが、その眼はとっさに、初七日の客たちがいる座のなかへ泳ぎ出て行き、あわただしく何かを探しもとめでもするように動いた。

その部屋には、五人の客と、勝子がいるだけだった。

昔いつきても、悉皆屋から持ち込まれた名前や番号札のついた白生地の反物や仮縫生地で雑然としていたその部屋は、きちんととり片付いており、絨毯《じゅうたん》が敷かれていて、石油ストーブと火鉢が二つ置いてあった。

五人の客は、それぞれ火鉢を囲んでいて、勝子は、灯明《とうみょう》のゆらいでいる花輪で飾られた仏壇の脇の床近くに、新しく座ぶとんを一つ置いて、

「さ、藤江田さん……」

と、茜の方を振り返った。

「どうぞ……こっちへ上がっとくれやす」

「いえ、わたしはここで……」

茜は一度、とっつきの絨毯の上にすわりかけたが、急に焼香を忘れている自分に気づいて、あわてて立ち上がった。

仏前に香を手向《たむ》けながら、しかし茜はやはり上の空だった。この部屋にいるべき人物の姿がないということが、彼女を落ち着かなくさせていた。

(そう)と、茜は、ふと思い当ったように思った。(あの墨の匂い……)

(そうだ。彼は、仕事場にいるのだ。仕事場で、墨をすっているのだ。わたしのために、そうしているのだ)

するの、小さな内庭越しに廊下を渡った奥の、いつも仕事がはじまると雨戸がおろされる四畳半の一部屋が、眼に浮かんだ。

赤間ヶ関の大硯《おおすずり》、小硯。筆。水差し。朱溶き皿。紅殻《ベンガラ》。アルコール壜《びん》。下絵の綴《と》じ込み。国芳の画帳。浮世絵の模写。血や墨や緑青《ろくしょう》を吸った座ぶとん。毛布。薄い寝ぶとん……そして針。筋彫《すじぼ》り針。ぼかし針……それらが何十何百本となく投げ込まれている清水焼の花鳥の針壺《つぼ》。

……茜には、その仕事場のなかでもろ肌脱ぎとなり、濃い乳暈《にゅううん》のある胸に洗い晒《ざら》しの白木綿を締めあげて、息ひとつ荒らげずに、太い固形の奈良墨を溶いている若い男の姿態が見えた。

格子戸を開けた玄関口で、墨の香を見たと思った自分に、茜はいま酔っていた。ひとすじまっすぐに走り寄ってきて、自分を迎えてくれた墨の香が、幻ではなく、現実に自分が嗅ぎとった見えない匂いの糸だったのだと思いつき、茜は、眼がしらが紅色にかすむようなほてりをおぼえた。

しかし一方では、そんな自分に、愕然《がくぜん》ともしていたのである。

まるで彼に会うためだけに、自分がここにやってきているような気がしたのだった。この十一年間、何百日、いや何千日、自分はこの日を待ち焦《こ》がれていたのではあるまいか……。

一人の老刺青師が死ぬ。そうすれば、理由も、面目も、言うことはない。おおっぴらにこの家の敷居をまたぐことができる。葬いの日、自分はここにやってこなければならないのだから。それは、経五郎との約束であるのだから。

自分にも、またほかの誰にも疚《やま》しさを感じることなく、彼に会える日。それは、この日をおいて、茜にはなかったということができる。

知らぬ間に自分はこの日を待ち、待ち焦がれている自分に気づかぬふりをしてきたのではないだろうか……。一人の人間が死ななければ、決して自分の上には訪れてこない日。その日を、待ち焦がれていたとすれば、自分は、一人の人間の死を、待ち焦がれていたということになる……。

茜は、とっさに、不意の矢つぶてを避けでもするかのように、身じろいだ。

仏壇の上の鴨居《かもい》にかかった経五郎の写真を、茜は一瞬あおぎ、やにわにその眼をはずして数珠《じゅず》をまさぐった。

経五郎には珍しい、柔和《にゅうわ》な笑みをたたえた写真であった。

「さ、ちょっとみなさん……格好だけのことどすけど……お席にひとまずついとくれやすな」

背後で、勝子の声がした。

2

茜が彫経の名を耳にしたのは、藤江田の妻になる以前のことであった。二十三の齢の終りであったか、二十四の初めであったか……とにかく、その前後二、三年は、茜の身の上にはじめて訪れた物狂おしい時間のつづく日々であった。

無論、その物狂おしさは、藤江田によってもたらされた。

茜は、ある公立図書館の庶務課に勤めていて、藤江田はその上役だった。

温厚で、剛直な味わいもある、堂々たる体軀《たいく》の男だった。若い時分に妻と死別して、子供もなく、それ以来独身を通してきて、すでに中年期に入っていた、男ざかりという印象のぴったりする男であった。しかし、藤江田の身近には浮いた噂《うわさ》など持ち上がったことがなく、若い事務員達は胸をときめかしはするが、どこかそんな女たちの心情を相手にしない近寄りがたさが、彼にはあった。

だから茜は、勤務して二年目に藤江田から夜の食事を誘われたとき、おおげさでなく、動転した。今から思えば、彼は茜のような女を、長い間探していたと言うことができる。

そして、その選択眼は、狂ってはいなかった。

茜は、はじめての男、藤江田によって、男が蜜であり、男が虹や花や幻であり、男が麻薬であり、男が猛獣や悪魔であることを、知らされた。茜は、絶えず深い蜜の底にひたり、骨抜きにされ、骨抜きにされることが歓びであることを、教えられた。彼女はもう、盲目も同然であった。藤江田以外のものは、何も見えなかった。

藤江田がある女刺青師と交渉を持っているのがわかったのは、そうした茜の溺れきった状態のさなかであった。

女刺青師は、二の腕から背いちめん、臀部《でんぶ》にかけて、波間におどる龍身に跨《また》がって朱房の芭蕉扇《ばしょうせん》をふりかざす観世音菩薩《かんぜおんぼさつ》、俗に騎龍観音とよばれる図柄を彫りこんでいた。火を吐く龍の獣口は、妖艶な観世音の頭上で裂け、うねり泳ぐ鱗体は、女刺青師の裸身にからみついていた。

茜は最初、その刺青を見せられたとき、気を失った。藤江田は二、三度、茜をその刺青師の仕事場に連れて行った。友達だと言っていたが、そうでないことはすぐにわかった。かなり長い馴《な》じみだったらしく、やがて藤江田は、茜の前でその女と戯れることをはじめた。

「お前は好きだ。離せない。だが、この女とも別れない。別れられないんだ」

そう言って、藤江田は女を抱いた。

「昔一度、この女と手を切った。妻が、彫り物をゆるしてくれたからだ」

「……ゆるす?」

「そうだ。自分の体に、彫り物を入れてくれたんだ。その妻が、死んで……またこの女と、こうなった。君を好きだ。君に惚《ほ》れてる。嘘《うそ》じゃない。だが、この女を手離すこともできないんだ。僕は、こういう男だ。それを、君に知っておいてもらいたいんだ。君には隠さない。僕が、こういう男だということを、その眼で見ておいてもらいたいんだ」

藤江田と女刺青師の狂態は、すさまじかった。茜が見たこともない恍惚《こうこつ》の姿態を、藤江田はいくつも茜の眼に晒《さら》した。その女とからみあっているとき、藤江田は、しんから猛然たる男になり、しんから安らぎにみちた優しい男になっていた。茜には、そう見えた。

そんな月日が一、二年続いて、茜はある日、藤江田の腕のなかで、泪《なみだ》をながした。

「いいわ」

と、そして、言った。

その折の藤江田の抱擁を想い出すだけで、茜は了承したことを後悔はしなかった。これで、この人はわたしのものになってくれる、と茜には信じられた。

藤江田は最初、その女刺青師の手で墨を入れさせようとした。それだけは、茜はゆるさなかった。

そして、藤江田が探してきたのが、彫経こと大和経五郎なのであった。

「京都？」

「そうだ。やっと、あの女に聞き出した。あいつ、喋《しやべ》ってくれないんだ。今までも、何度かたずねたことはあったんだけど、その話になると口をつぐむ。だめ。もう彫り物はやめた人なんだから。誰が行っても彫りやしないって、いつも言うんだ。僕も、それで諦めてたんだけどな……君に彫るんだ……君のこの肌に彫るんだ……どうしても、あの彫師の腕が欲しかった……」

茜の皮膚は、まだ描かれていない彫物をそこに描き出しでもするように動く藤江田の逞《たくま》しい指で優しくなどられはじめると、かすみがかかったように薄いほのおを吐きはじめる。

「でも……」と、茜は、力の消えていく声になりながら、藤江田に身をあずける。

「……東京にだって、上手な刺青師はいるんでしょ？……」

「いるさ。東京にも、彫師はたくさんいる。いや、彫り物の本場は東京だ。彫文《ほりぶん》、彫芳《ほりよし》、彫宇之《ほりうの》、彫貞《ほりさだ》みな、腕のいい彫師だ。先代、先々代と続いた古い家の風《ふう》や技術も、それぞれ持ってる……。けどね、僕は、あの女に騎龍観音を彫った彫師が好きなんだ」

「あの女《ひと》が……好きだからなんでしょ？……」

「そうじゃない。君も見ただろ。あの深い藍……肌の底に沈んでいて、急に浮かびあがってくる……とことん沈みきっていて……パアッと華やぎたつあの勢いがさ……それに、あの顔だ。あれはきっと、国芳だ。国芳を研究しつくしている彫師だ。凛《りん》としてるんだ。肌に自分流の絵や顔を描こう、創ろうとしてるんじゃないんだ。彫師が、自分の絵を創ろうとしたって、たかがしれてるよ。彫り物には、国芳。これしかないと信じている彫師だよ。絵を描いたり、絵を彫ったりしてるんじゃなくて……肌で、国芳を生けどりにしようとしてるよ。肉の底に、国芳を放してやってるんだ。ちょうど、金魚を水のなかに放してやるようにさ……」

茜には、藤江田の言葉の意味は、このときまだよくわからなかった。しかし藤江田が国芳の模写やプリントを集めていることは知っていた。

国芳というのは、無論、浮世絵師歌川国芳《うたがわくによし》のことである。江戸期、文化文政の頃、隆盛をきわめた刺青流行の先駆けをつとめたのが、馬琴と組んだ北斎の水滸《すいこ》画伝とするならば、その火に油を注いで刺青の全盛期をつくりあげた張本《ちょうほん》は、この歌川国芳であろう。文政十年、国芳の描いた通俗水滸画伝は、『刺青の浮世絵』と騒がれて、水滸伝百八人の豪傑を一人ずつ武者絵にしたこの国芳の図柄は、競って刺青の下絵にとり入れられた。人物の眼に艶《つや》をふくんだ、みずみずしい気品の匂う、花やかな力感にあふれた浮世絵である。

茜は、藤江田の次の言葉を聞いたとき、心を決めたのであった。

「あいつな……」と、藤江田は言った。「条件がある、と言うんだ」

「条件？」

「ああ。お前の彫り物が完成しても、二年間だけは今までどおりつき合ってくれと言うんだ。自分も、もう若くはない。二年が限度だ。……僕が最後の男だろうって、泣くんだ」

「あなたを、好きなのね。あの女《ひと》も」

「もうすぐ五十になるんだぜ。僕にはぜったいに会わせなかったけど、大きな子供も一人いたんだ……もっとも今じゃ、子供の方で愛想つかして、寄りつかないらしいけどな。女だてらにこの彫り物が、厄病神って、……すっかり意気地なくしちまってるんだ……」

茜は、藤江田の腕のなかで、肌は次第にほのおのかすみにつつまれながら、頭の芯だけが逆に冷え冷えととり残されているのだった。

「……こんなこと、ほんとうはどっちでもいいの。だから、話したくなかったら、答えないでちょうだい……あの女《ひと》は……どういう人なの……」

「知らないんだ。自分の過去は、いっさい僕には喋らない。僕も聞かない」

「……じゃ、どうして知り合ったの？」

「ああ、それなら答えられる。僕は、どういうもんか、子供の頃から刺青が好きでね。近所にあったんだ、彫師の家が。よく遊びに行ってた。そんな頃だったんだ。銭湯の女風呂でね、芸者の腕のつけ根に刺青を見つけた……ほら、ここんところだ……腋毛《わきげ》が生えるところ。カルタの札《ふだ》みたいな図柄だった。男の名前が彫ってあるんだ、札のなかに。腕をおろしたら、全く見えなくなる。隠彫《かくしほ》りって言うんだよ、そういうの。僕は、ドキンとしたね。……そのときからなんだろうな、僕が女の彫り物にイカレッ放しなのは。今でも続いてるんだ、そのドキンが。……僕は、方々の彫師の仕事場覗《のぞ》くようになってね……あの女に出会ったんだ」

「そう……」

「彫り物ってのは、魅入られっちまうからな……人生、打ち込んじゃう。だから、ひとまちがうと、人間、棒にふらなきゃなンなくなる。……あの女も、きっと可哀想《かわいそう》な奴《やつ》なんだよな」

「わたしは可哀想じゃないの？　刺青をするのよ、今からこの肌に……」

「ばかやろ。僕がそばにいるじゃないか。一生、君を離しやしないよ。君が厭《いや》だと言ったって、僕はそばから離れやしない……」

藤江田は茜を、言葉のない世界の天頂へ一気にひき上げた。

「あいつを……承知させたのはな……」

藤江田の息遣いも暴《あら》くなっていた。

「僕じゃないんだ……お前の……この肌……このぬめった……白い奴……こいつなんだよ……そうさ……あいつには……わかったのさ……お前のこいつ……この肌の値打ちがな……この肌を見たら……どんな彫師だって……墨を入れたくなる……それが……あいつにも……わかったのさ……茜……そうなんだよ茜……」

と、藤江田は獰猛《どうもう》に茜の体を揺さぶりはじめた。

女刺青師は、言ったそうである。彼女の名前は決して出さないこと。彫師仲間の紹介では、絶対に針をとらない人だから。昔から、彫師付き合いはしない一匹狼《いっぴきおおかみ》だから。行って請負ってくれるかどうかわからないが、

「わたしだったら、彫ってみたくなるわね、きっと」

と。

茜は、藤江田の巨体にもみしだかれながら、思ったのである。彫経をたずねよう、と。そして、この肌にも、龍と女を彫ってもらおう、と。

藤江田茜が選んだ彫り物の図柄は、藤江田の集めている国芳の錦絵の複製品のなかにある。『本朝武者鏡《ほんちょうむしゃかがみ》・橘姫《たちばなひめ》』の構図である。

巨大な鱗身を逆巻きおどらせている龍は、獣頭を上からではなく、橘姫の下から立てて襲いかかり、咽笛《のどぶえ》近くで緋色《ひいろ》の口を裂いている。美姫は、その龍の咽元を毅然《きぜん》とつかみ、

朱房の芭蕉扇ではなく、抜き身の白刃を髪ふり乱した頭上にふりかぶっている。

つまり、女刺青師の背の、龍に跨り従えて波間か雲上かに浮かぶ、どこか駘蕩《たいとう》たる趣きさえ感じさせる図柄とは、すべて対照的な彫り物だったのだ。

橘姫は、大太刀をふりかざして龍をまさに殺害せんとする気迫にみなぎった、美しいが凄惨《せいさん》な妖気をはらんだ絵柄であった。

同じ彫師の手になる刺青を承知し、しかもこの絵柄を選んだというところに、この当時の茜のある物狂おしい心の光景が、うかがいとれるかもしれない。

茜は、藤江田の同行をことわって、京都へは、独りで発《た》った。

彫り物の藍を『闇』とよぶ人もある。

そのよび名に従えば、刺青は、人肌に闇を入れて描く一種の暗黒絵だ。

京都への道は、いわば闇への道であった。

しかし茜は、その道を闇路だなどとは思わなかった。

3

大和経五郎は、しばらくの間、品物でも眺めるような眼でじっと茜を見た。

押し黙ったままそして彼は、煙草を一本ゆっくりと喫《す》いおえた。

「旦那さんにも言うたんですけどな、もいっぺん、あんさんにも、念押しときましょ」

いきなり口を開いたので、茜はびくっと身をこわばらせた。

「え？」

「よう言いますわな。墨入れたら、人に見てもらいとうなるて。また、見るのが好きな人もありまっしゃろ。わからんこともおへん。それも、ほんまどす。鳶《とび》の若いのや職人が、祭で素っ裸になってまっしゃろ。あれも、言うたらその伝《でん》どす。痛い目ェして、墨入れて、結局、自分の眼では見ることもできんのやさかい、人に見せとうなるのは、人情かしれへん。集まりつくって見せ合《お》うたり、写真に撮ったり、彫り物仲間の友情やたら、親睦やたら……絆《きずな》やたら、言いまっしゃろ。わからんことはおへんで。けど、そんな墨入れるのんやったら、断ります」

経五郎は、無造作に言い捨てた。

「彫り物は、人に見せるもんやない。また、人から見られて、どうこういうもんでもない。墨入れた人間が、一生一人で、背なかに背負うていかなならんものどす。彫り物は、一人のものや。そうでっしゃろ。自分の肌に墨入れるねや。自分の肉に、墨刺し込むねや。入れた墨が自分のものにでけんような彫り物やったら、今やめときやす」

茜は、藤江田が、

「会ってきたよ、彫経に」

と、言った日のことを想《おも》い出していた。

「彼女のことは伏せたけどな、僕たちのことはあらかた話した。また、話さなきゃ、うんと言わないんだ、奴さん。思うことあって、彫り物はやめている。彫り物などと言われたのも、昔の話だ。誰から聞いてきたかってね、しつこいんだ。でも、東京からわざわざ名指しでやってきたってのが、満更でもなかったんだな……本人に会った上で、返事をしようと言ってくれた。僕は、脈があると踏んだ。お前を見たら、きっとその気になる。彼女も言っただろ。お前だったら、彫経は、捨てた針をもう一度とるかもしれないと思ったからこそだ。君に彫り物を入れられたら、彼女は僕を失うんだ。それがわかっていて、彫経の名を教えてくれた。彼女が、彫師根性を忘れていなかったからだ。彫師というのは、そういうものだ。彫ってみたくて、矢も楯《たて》もたまらなくなる肌ってのがあるんだ。お前がそうだ。彼女も、この肌には勝てなかったんだ」

「そうかしら……わたしを、引きずり込みたかったんじゃないかしら……」

「引きずり込む？」

「同じ穴の狢《むじな》に堕《おと》して……メチャクチャにしたいのよ。どうせあなたを失うなら、せめて道連れにしてやれと思ってるのよ。自分が飲んだ泥水を、わたしにも飲ませたいのよ。二度とまともな暮らしには帰れない……そんな女にしたかったのよ」

「茜」

と、藤江田は、するどい力で茜の腕を引っ摑《つか》んだ。

「ほんとうにそう思ってるのか？　僕との暮らしは、まともじゃないと思ってるのか？　泥水だと思ってるのか？」

茜は二の腕に、刃物で貫かれるような痺《しび》れを感じた。

「返事をしろ」

「だって、あなたは、あの女《ひと》を捨てたわ。捨てて、わたしのような女を見つけたわ……これからだって、見つけるかもしれないわ……いえ、きっとそうするわ。わたしの肌が……あの女《ひと》のように齢とれば……そう、そんなときはすぐにくるわ……女には、すぐにくるのよ……」

「茜。僕を見ろ。よく見るんだ。そんな女がとっかえ引っかえできるようなら、どうしてこの齢まで、僕が独りでいたりするんだ。別に惚れ合って付き合いはじめたわけでもないあの女と、どうしてこれまで手が切れずにいると思うのか……。お前を見つけきらなかったら、一生あの女と、ずるずる続けていっただろう。好きだからじゃないんだ。ほかに方法がないからだ。つくりたくったって、僕には女はつくれないんだ。だから、お前にめぐり会えたことを、僕がどんなによろこんでるか……こんな幸運は、もう僕の生涯には決してないよ。僕を見てくれれば、わかるだろ。……僕の外での暮らしぶりは、お前はよく知ってる筈だ。あれを、まともじゃないとお前は言うのかい？　お前に助けてもらえさえしたら、僕は外も内も、完璧にまともな暮らしができるんだ。そうは思ってくれないのかい？　お前を一生離しゃしないよ。離すなんて、僕にできるわけがないじゃないか」

藤江田は、

「頼む」

と、言った。

「彫経の彫り物が欲しいんだ。お前の肌に欲しいんだ。僕を……助けてくれ」

藤江田は、助けてくれと言った。

はげしい、男らしい声であった。

茜は、その声を想い出していた。

(あの人のために彫るんじゃない。わたしのために彫るんだわ。この刺青をしなかったら
……そのときこそ、わたしに地獄の暮らしがはじまるのだから)

後悔はしないわ、と、茜は思った。それが今、わたしの前にあるたった一つの道だもの。

茜は、おもてを上げて、経五郎を見た。

「お願いします」

と、畳に手をついた。

経五郎の返事はなかった。

彼は煙草を、また一本喫った。

坪庭の木にきているのか、椋鳥《むく》らしい群禽《ぐんきん》の声だけがしばらくした。冬の声を聞くよう
な禽《とり》であった。

「痛うおっせ」

と、そのときぽつりと、経五郎は言った。

「そんで、辛《つろ》うおっせ」

「はい」

「いや、はいなどとは言わんときやす。わたしが彫らせてもらうからには、わたしの流儀でやりまっせ」

「はい」

「また、はいや。あのな、女のあんたには、でけんことかもしれへんのやで」

「いいえ」

と、茜はきっぱりと言った。

「どうか、お願いいたします」

「さよか」

と、経五郎は、どっしりとした声でうなずき、腰を上げた。

「ほな、奥へきとくれやす」

茜は、なぜか、もう逃がれられないと思った。身あがきのできない、とどめを刺すような声だった。

すぐその後で起こったことが、茜には信じられないのであったが、もう退《ひ》きさがれないとこのとき思った自分が、どんなに一途《いちず》に心に決めていたのかを、空恐ろしく思い知りもしたのであった……。

春日《かすが》灯籠と手水石が槙《まき》と南天の木の陰にあり、あとは葉蘭《はらん》のしげみに蘚《こけ》のついた石が二つ三つあるだけの、こぢんまりとした坪庭にそって廊下を渡ると、小縁のある四畳半の間に行き着く。

経五郎は、茜をここへ招じ入れて硝子戸を閉めた。

部屋の隅に古い型の石油ストーブが燃えていた。部屋は暖められていた。

薄く綿を入れた白木綿の敷布《しきぬの》が、その四畳半いっぱいに敷いてあった。紅殻色の古風な手箪笥《てだんす》が壁ぎわに一つあり、脇にこれもまっ白な木綿被《おお》いの少し厚手の座ぶとんが三枚重ねて積んであった。天井の低い部屋だった。

大和経五郎は、敷布の下手《しもて》に腰をおろした。

「脱いどくれやす」

何でもないことでも言うようにそう言った。

茜は、いつそんな格好になったのかおぼえていなかった。

経五郎の声で、われに返った。

「それも、とっとくれやす」

それと言われたのは、ほどきかけて指の間でためらいがちに残されている淡紅色の腰巻きだった。

出る前に藤江田は念を押した。

「いいか。体に跡の残るようなものは着けるな。和服がいい。紐《ひも》は少なくして、ゆったり着ろ」

無理な注文だった。だが、言われる通りにしたのだった。

茜は、床の椿の一輪差しを見ていた。

赤い花弁がぶるぶる二重にも三重にもふるえて見えた。ふるえる花に眼を据えながら、茜は指先の力を抜いた。

人間の体の上に全き空白の刻《とき》が訪れ得るのを、茜はこのときはじめて知った。

考える力を失い、肉体は宙に透きとおり、すべてが消えてなくなった。

束《つか》の間《ま》だったか、長い時間の果てだったか、茜にはわからない。ちりめんの襦袢《じゅばん》の感触がふわりと両肩にかかってきて、茜はふたたび現世の空間によび戻された。

「ちょっと羽織ってておくれやす」

経五郎が、茜に脱いだ紬《つむぎ》の上着を重ね合わせたままの襦袢を、肩先へ着せかけてくれたのである。

「羽織ったまま、見とくれやす。この絵でよろしのやな?」

いつとり出されたのか、茜の足許《もと》の敷布の上に、一枚の極彩色の錦絵がひろげられていた。

絵面の刷り込み文字を読むまでもなく、茜には一目でわかった。

歌川一勇斎国芳《うたがわいちゆうさいくによし》の描く『本朝武者鏡・橘姫』の図柄であった。

経五郎は、その国芳の錦絵のそばに、更に大判の絵紙を三枚ばかり並べた。どれもみな、『橘姫』の図柄をそっくりそのまま写したかに見える、墨一色で線描した絵面であったが、よく見ると、絵柄はこまかな所で、どれも少しずつ、しかし大胆に変っているのであった。刺青の下絵である。

藤江田が『橘姫』の図柄のことは話したのではあろうけれど、その原画からすでに三枚も下絵を経五郎が描きあげていたということに、茜は驚いた。

彫り物の図柄は、まず彫る本人を見なければ決まるものではない。藤江田から聞かされていた知識である。

体型、皮膚、肉づき、容姿の調和や微妙な雰囲気、印象……人さまざまなそれらの条件を呑《の》み込みながら、彫る人間の希望を入れて、下絵は彫師の頭のなかでできあがるのである。

本人に会った上で返事を決めさせてくれと言った経五郎が、下絵を三枚も描いていた。

茜は、まだ見ぬ女体の上に思いを馳《は》せつつ墨筆を走らせている経五郎を、ふと想い描き、経五郎の刺青への禁断の深さと、渇仰《かつごう》のはげしさを、二つながらに垣間覗いた気がしたのである。

(この人は、彫りたかったのだ。刺青に飢えていたのだ。それをじっとおさえ、殺して、暮らしていたのだ……)

茜は、何がこの男から刺青を奪ったのか、この男に彫経の名を捨てさせたのは何なのか、それが知りたい、とそのとき思った。

「あんさん見た上で、手直ししようと思とったのやが……よろしな」

経五郎は、独り言を言ってうなずいた。

「これなんかどうどす」

下絵のなかの一枚を無表情に選び出した。

龍も女人も、死闘の極みでふしぎに典雅な、古色横溢《おういつ》した絵柄であった。

茜の眼の色を読みとったのか、

「そうどすか。ほな、決めまひょ」

と、経五郎は、その一枚を残し、あとの絵は手箪笥のなかへしまった。手箪笥は次々と開けられて、見る間に、道具類が敷布の上に並べられた。

白布に巻かれた筆束のようなものがザラリと眼の前にひろげられたとき、茜は深いめまいをおぼえた。二十センチばかりの竹や木の柄軸の先には、無数の針がひしめいていた。

刺青針は、竹や木の軸の先に絹針を糸で括《くく》りつけたものである。最も細い線描に使う針を『筋彫り針』とよび、絹針二本から十本くらいまでの種類があり、筋彫りと筋彫りの間の肉を染める太柄の針は、『ぼかし針』と言われて、絹針二十本から四、五十本が二段束ねに並べて括りつけられている。彫師によって、竹軸の柄の長さや針の数はさまざまである。この針の束に墨を含ませては、皮膚へ刺し込むのである。

「京都は冷えがじきにくるさかい、ひとまずべべ着けといやす」

経五郎は道具を並べ終ると、そう言って部屋を立った。入れ替りに、若い男が入ってきた。

茜はとっさのことだったので、前を合わせて向うずわりにかがみ込んだ。そのせいで、ジーパンの洗い晒した青の淡さしか眼に入らなかった。

「失礼します」

と彼は明晰《めいせき》な声で言い、電灯の紐をカチリと音たてて引き、引くとすぐに出て行った。その声のみずみずしさから、茜は、彼の若さを推《お》し測《はか》った。

そして、なぜ彼が電灯をつけたのかはすぐにわかった。雨戸がたぐり込まれはじめたのである。ぼかし硝子の入った障子戸に、てきぱきと昼の光を遮断していく彼の黒い影が映っていて、小柄な経五郎に見馴れた後だったせいか、その影はのびのびと大きく、精悍《せいかん》な感じがした。

茜は瞬《また》く間に夜に囲まれ、長い間、その若者がつくりあげた夜のなかにとり残された。不意に藤江田のことを想った。

今、彼は何をしているだろうか、と。

4

経五郎は、墨を溶《と》いた赤間ヶ関の大硯をかかえて戻ってきた。

茜はふたたび透明になり、敷布の上に素肌をのばした。墨を含んだ細身の絵筆が、背の中心におろされて、霧のながれるような糸筋が皮膚のおもてを這《は》いはじめて間のない頃、障子が開き、閉ざされる音を聞いた。

そのあと、どのくらい時間がたっただろうか。

「起きとくれやす」

と、言う経五郎の声が聞こえた。

茜は、浅い睡《ねむ》りからめざめでもするかのように、ぼんやりとした眼もとをうるませ、ゆっくりと身を起こした。起こしながら、茜は、やはり睡りのなかにいるのではないか、と思った。でなければ、そのような幻を見る筈はなかったから。

実際それは、睡りのはざまに現われたあやしい悪魔を想わせた。

茜はかつて、これほど花やかな、これほど健康な、そしてこれほど淫蕩《いんとう》な男の姿態を、眼にしたことはなかった。若者はただ近々と茜の眼前に立ちはだかっているだけなのに、その立ち姿に、茜は藤江田との痴態の限りをつくした数々の夜や昼やの想い出をいきなりよび醒《さ》まされたのであった。

若者が身にまとっているものは、はちきれそうな股間の肉に食い込んだ純白の六尺褌《ふんどし》一つであった。あどけなさと強壮さが、端正で淫猥《いんわい》な花々しさが、静謐《せいひつ》で騒然としたのびやかな裸体の上に、みちみちていた。

茜が息をのんだのは、無論その若い裸体が、絢爛《けんらん》たる刺青で彫り飾られているためでもあった。

国芳だった。

刺青の世界には『二重彫《にじゆうぼ》り』という彫りがある。彫り物の図柄のなかの人物が、さらにその全身に刺青を彫り込んでいる場合の呼称だ。

若者の裸体の前面をおおっているのは、朱の締め込み一本の、匂うような時代若武者の二重彫りの裸身であった。

歌川国芳描くところの『水滸伝豪傑百八人之一人』である『浪子燕青《ろうしえんせい》』は、まだ十五、六の若年だが、水滸伝中無双《むそう》の豪力を誇る屈強な花形人物である。全身に唐獅子《からじし》と牡丹《ぼたん》の化粧彫りを散らしたその燕青が、筋肉逞しい両足を踏んばり、大手をひろげて、凛々《りり》しく背後を振り返った躍動の一瞬を、彫り物はとらえていた。

国芳の原画では、この燕青は両の腕で朱の大柱を振りまわし、足下に豪漢を踏み据えているのであるが、若者の刺青にはこの踏み据えられた豪漢と朱の大柱がとり除かれていた。

大手をひろげたと書いたが、若者の前身に描かれている燕青は、腋下から肩にかけてひろげた大手をからみつかせ、あたかも若者をがっしりと抱え込んでいるかに見える構図となっていた。風をはらんだ鬣《たてがみ》を思わす漆黒の頭髪は若者の左乳房の上にあって、振り返った燕青は、若者の濃い乳暈をむさぼってでもいる風だし、高く盛り上がった両の臀部は、若者の股間にあらあらしく重なり合って密着していた。

茜は、ぼう然とそんな裸身の若者を眺めていた。

若者がゆっくりとうしろを向いたのは、そのときだった。彼は別に、その背の刺青を茜の眼に晒すためにそうしたわけではなかった。茜へのたくまぬ礼儀だったのかもしれないし、ふと覗かせた若者の羞恥心《しゅうち》のせいだったかもしれぬ。しかし恥らいなど微塵《みじん》もない平然とした身ごなしでもあった。そうして彼は、白褌の結び目を解いた。白布が、夢のなかの出来事のように落ち、茜はまたしてもそこに、一人の華麗な傲然《ごうぜん》たる裸の若武者を見たのであった。

やはり、国芳の顔を持つ荒武者であった。

荒武者と言ったが、水滸伝中では十八、九かと思われる。国芳描く『豪傑百八人』の内の一人『九紋龍史進《くもんりゅうししん》』の絵姿だった。

水滸伝は、中国宋《そう》、元《げん》、明《みん》代にわたる義賊英雄百八人の物語である。

九頭の龍を総身に放ち彫りにした刺青を持つところから『九紋龍』とよばれる史進は、燕青と並んで、伝中若い美形を競う怪傑である。燕青のふくよかな少年らしさをとどめた容貌にひきくらべて、史進は熟《う》れ盛《さか》った青年の猛々《たけだけ》しさを持っていた。もろ肌脱ぎに八角棒をふりかざした史進は、燕青とは逆に、若者を背後から抱きとめていた。

裸身の若者は、つまり背胸両面から、裸身の若武者に相擁《あいよう》されているかに見える、全身二重彫りの彫り物に飾られていたのである。

茜は、また、空白の刻《とき》が訪れるのを身に感じた。

若者は、しずかに茜を胸にひき寄せ、敷布の中央に長々と仰のけに寝た。茜は、すっぽりと鋼《はがね》の肉につつまれて、これも夢だ、と心に思った。華麗な錦絵の荒武者に、抱きとられている錯覚もあった……。

どれだけ夢の刻《とき》がながれたのか。茜は、知らぬ間にほのお色の薄もやに溺れおちていた。背に激痛が走ったのは、そんなときだ。

茜が夢を振りはらったのも、そのときだった。

「春経《はるつね》」

と、経五郎の低い声が、とんだ。

茜を下からしっかりと抱き込んでいる若者へ向けて、発せられた声であった。

茜は、仰天していた。

若者のゆたかな隆起が、茜の花芯《かしん》を押し開き、貫入をはじめたからであった。

「やめてっ……何をするのっ……」

茜は起き上がろうとした。だが、身動きができなかった。ガッシリと鉄の箍《たが》にはめ込まれたように、体はびくともしなかった。

「……何てことをなさるんですかっ……」

茜は必死に頭をめぐらそうとした。背後にいる筈の経五郎を、さがしたのである。

「これが、わたしの流儀どす」

経五郎の声だけが、ずしりと返ってきた。

「しずかに燃えておくれやす。痛《いと》うなったら、その子にしがみついたらええ。その子を、頼りにしておくれやす。痛みをこらえるだけの肌は、味がおへん。陰《いん》にこもって、勢いがおへん。彫り物は微妙どす。墨入れる瞬時が、勝負どす。墨は、きわどう肌の味を表に出します。ただ痛みをこらえる肌は、肉が逃げてあきまへん。汐で言うなら、引き汐どす。奥へ奥へ、引く一方の逃げ汐どす。針は、いっつも、干からびた干潟に刺さなならんようになる。いっぺん刺した墨の味は、もう後でとり返しがききまへん。刺したときの、肉の満《み》ち干《ひ》で決まるのどす。……そうでっしゃろ？　そんな彫り物、あんさんかて、一生肌に飼《こ》うていく気にならしまへんやろ。そんな彫り物は、死絵《しにえ》どす。わてには、彫れしまへん」

「満ちとくなはれ」

と、経五郎は、言った。

「その子にまかせて、気ままにしといやしたらよろしんどす」

茜は、抗う力を失った。

若者の雄勁《ゆうけい》な男根は、茜を深々と刺し貫いていて、若者は微動だにしなかった。

下絵の輪郭を追う筋彫りの針が刺しはじめられ、にわかなつむじ風のように痛みが吹き起こった。一時間近く、針は情容赦なく猛威をふるった。

茜は、経五郎の言葉の意味を知った。

頼れるものは、茜の裸身の下にある若者の体だけだった。そしてその若者は、実際頼もしかった。どんなときにも茜の下にいて、身ゆるぎのできぬ力で茜を繋《つな》ぎとめ、ときにはあえぐ下唇を吸い、その舌で撫《な》で、ときにはのけ反《ぞ》る咽元へただじっと厚い唇を押しつけていてくれたりした。激しい痛みのさなかで、柔らかく鎖骨を嚙《か》んでくれる彼の歯に気をそらされ、頸《うなじ》や耳に吹き寄せる力強い息遣いにめまいをおぼえ、あられもなく乱れかける両の下肢を、彼は難なくからめとって、あるいは力いっぱい押しひろげ、あるいはまっすぐにさしのばさせて、絶えず楔《くさび》で打ち込んだように彼の裸身へ繋ぎとめていてくれるのだった。

そんな彼に、茜はどれだけ助けられたことか。そして、そんな彼の何気ない動きや仕草のひとつひとつが、すべて経五郎の針の手と呼応して、彫りを助け、彫りを進める手ぎわにもなっていたのである。

ときどき、経五郎は、

「春経」

と、だけ言った。

若者にはその一声で経五郎の意志が伝わるのだった。

茜の花林を貫いている春経の雄根は、自ら決して動こうとはしなかったが、静止したまま、絶え間なく茜のなかで燃えていた。

茜は、春経に抱かれながら、錦絵の燕青の裸身に触れ、史進に身をあけわたしている幻を、針のとぎれ目とぎれ目に、不意に見た。

痛みと幻にもみしだかれて、やがて茜は気を失った。

茜が経五郎の声を耳もとで聞き、眼を開いたとき、春経はもう部屋にはいなかった。

「さあ、お湯使《つこ》うとくれやす」

経五郎の眉間には、うっすらと脂汗が浮いていた。色をしずめると言って、刺青の直後には必ず熱い風呂に入る。肉を盛りあげ、地腫《ば》れや炎症を起こしている皮膚には、きわめて苛酷な難行ではあるが、これは欠かせない行程である。針の根もとに必要な沈着すべき色素だけを適確に残し、皮膚のはざまに滲《にじ》みや流れで散った墨を、湯で血行を盛んにしてリンパ液の活動を促し、洗い流すのだ。

茜の背には、橘姫の顔の周辺の輪郭だけが、沈んだ血をにじませてみみず腫れをつくっていた。湯のなかで、橘姫は火のように燃えていた。

茜が泪を流したのは、このとき限りのことである。

茜の刺青は、完成するまで一年半かかった。一週に一度、月に二、三度という段取りで彫りあげられた。その間、茜と春経は、ただ挨拶程度の言葉を交わすだけで、ほとんど話し合うことはなかった。

春経は、いつも、

「失礼します」

と、普段と変らない声で言い、茜を抱いて、気がつくと黙って消えていた。

一つ二つ齢下の経五郎の娘勝子とも、彼が親しげに口をきいたりしているところを、茜はめったに見たことがない。

無口であった。

「弟子どす」

と、経五郎は、言った。

「彫師になりたい言うて、勝手にこの家に住み込んでますねんや。追い出しても、戻ってきよるさかい、置いてやっとんのどす」

「……じゃ、彫り物のお仕事は、また最近、おはじめになってたんですか……？」

「いいや。あんさんがはじめてどす」

「でも……あのかたの彫り物は……」

「ああ、あれでっかいな。まあ、そう言うたら、そうですな。けど、あれは例外だ」

「？」

「……けったいな子ですねん。五年ほど前やったかいな……どこで聞いてきたもんか、いきなりひょこっとやってきて、彫れ言いますねん。彫るまで動かん言うて……一月近く、うちの軒先で暮らしましたで。パンと牛乳買《こ》うてきて……一ン日《ち》、表を離れよらへん。しまいには、身銭がつきてもうて、飲まず食わずや……往生しましたで。ここ二十年近《ちこ》う、針刺してへんのやさかいな。けど、妙なもんでしてな。彫師は、しょせん彫師どす。彫り物ばかいうか、あほみたいなところがありましてな。……若い頃のおのれを見てるようどして……負けたんですわ」

経五郎は、ちょっと口の端だけで苦笑《にがわら》いした。

茜は、そうではあるまいと思った。彫経は、あの若者の肉体に負けたのだ。あの夢幻を引き出す肉体。花のような肉体だった。そして、仕込む気になったのだ。二十年ぶりに、あの若者に、彫師の血を眼醒《めざ》めさせられたのだ。

経五郎は、独り言のように言った。

「あんさんといい、あの子といい……因果な人間や……」

「あの……」

と、茜はためらいながら、尋ねてみた。

「どうして、彫り物……おやめになったんですか……？」

経五郎は、造作もない声で、答えた。

「厭になったんやな」と。

「人間、これやと思て惚れ込んだものが……厭になったら、おしまいや」

そして、ふっつりと口を閉ざした。

おしまいや、と言った経五郎が、春経に墨を入れ、茜に今、針をとっているのであった。

茜は、経五郎にもまた、外からはうかがいようもないこの人なりの泥沼があるのだ、とこのとき思った。どんな泥沼にしろ、人間の内に巣喰《すく》う泥沼は、口にして口にしきれるものでもないし、人に明かそうとして明かしきれるものでもなかった。

茜は、もうこのことには触れまい、と思った。

『本朝武者鏡・橘姫』の彫り物が、仕上がった日であった。

経五郎は、腫れの退《ひ》いた茜の背にしばらく眼を落してから、

「上がったな」

と、独りごちた。

「え？」

茜はその日も、彫りがはじまるのだとばかり思っていた。

「そう。わたしの手は、ひとまずこれで切れた。……ところで、あんさん。これはわたしの言い勝手や。あかなんだら、断っとくなはれ」

「は？」

「この彫り物は、わたし一人の手ェやない。この子が手《て》っ伝《と》うてくれたさかい、仕上がったんや。そこで、お願いや。この子に、一坪、隠彫り、さしてやっとくなはらんか」

茜は、黙って膝に手を置いている春経の方を見た。いつ見ても、初々《ういうい》しくて、強壮な若者であった。

その通りだ、と茜は思った。この若者がいなかったら、わたしはこの日を迎えられたかどうかわからない。彼がいたからこそ、辛抱できた。見える墨を彫経が入れ、見えない墨を、この若者が入れたのだ。彼の記銘ともなる彫りを、彼が入れるのは当然であった。

「彫り物の邪魔になるようなところには、入れさせまへん」

経五郎のその言葉に、茜は、彫師の厳しさと優しさがあるような気もした。

「お願いします」

茜は、春経を見て、頭をさげた。

春経の入れた隠彫りは、左腋の下の乳房に近いあたりであった。手をおろすと、乳房の裾のふくらみと腕の陰に完全に隠れた。

三センチ四方大の小さな図案風の華麗な模様を、一つ、彼はその陰の皮膚へ彫った。

その折の針の痛みが、茜にはいちばんはげしかった。

「……何ですの？　これ」

彼は、ちょっと眼を伏せて、

「雪です」

と、言った。

「雪？」

茜は、ふしぎそうに若者を見た。

春経は、それ以外には何も答えなかった。

雪。

そう言えば、それは正しく雪であった。

雪の華《はな》、雪華《せっか》ともよばれる、一ひらの雪の結晶図なのであった。

茜は、記銘がわりに雪の結晶図を彫り込んだ若者に、理由はなかったが、あるみずみずしい感動をおぼえたのだった。

彼にふさわしい、なにか神秘な彫り物だと思った。

その日、帰りぎわに、経五郎は改まった口調になって、茜に言った。

「よう辛抱しとくれやした。これでもう、あんさんともお目にかかることもおへんやろ……と、言いたいところなんやけど、ご面倒でも、もいっぺん、ご足労願わなならんのどす」

「？」

「いや、さらうんとちがいまっせ」

「さらう？」

「いやな、墨はな、よう言いますのや。八年、十年とたってくるとな、ぼけて薄うなるんどす。そやさかい、もいっぺん墨を入れてな、色を深《ふこ》うするのをさらうと言うんですわ。けど、わたしが言うのは、そんなことやおへん。自慢やないが、わたしの墨は、まちっと長《なご》う保《も》つ筈どす。おそらく、さらわなならん頃には、わたしの寿命がつきてますやろ」

「そんな……」

「いや、ま聞いとくなはれ。先《せん》にも言うたようにな、彫り物は一人のものや。いったん彫ったら、もう消えへん。どないあがいても、消えへんねん。あんさんのものにしてもらわなあきまへん。けど、わたしも、彫らせてもろたからには、魂《たましい》入れました。言うたら、あんさんの背中の彫り物は、あんさんのものやと同時に、わたしのものでもあるのどす。これで手ェが切りたいと思うても、わたしが生きとる間は、吹き込んだ魂も生きてます。つまり、あんさんの背中には、彫経も生きとるわけや。これは、どうしようもないことや。

あんさんがお厭でも、わたしが厭やと言うてみても、どうにもならんこっちゃねん。背負うてもらうよりほかはない。……けど、これではあかんのどす。そうでっしゃろ？　あんさんの背中に、いつまでも彫経がつきまとうてたら、彫り物は、いつまでたってもあんさんだけのものにはならへん。……そこで、お願いがあんのどす。わたしがこの先、何年生きるかしれしまへんけど、まあ、あんさんよりは早《はよ》うにくたばりまっしゃろ。生身《なまみ》のわたしがくたばったら、そのときが、あんさんの彫り物のほんまの仕上げの日や。その日に、わたしを立会わさせてやっとくれやす」

「え……？」

「彫経の彫り物に、引導わたさせておくれやす」

「……引導……？」

「そうどす。あんさんの背中の彫経にも、往生させてやりたいのどす。とどめの針、刺させてもらいたいのどす」

「とどめの針……」

茜は、まじまじと経五郎の顔を見た。

経五郎は火鉢の火に首を傾けて、煙草を喫いつけた。筆だこに脂《やに》のしみついたいかつい指が、茜の眼の底に残った。

「死んでいく人間が、この世に命の片割れ残してたら、わたしも成仏でけんやろし、あんさんにもご迷惑どす。……彫り物は、生身の体で生きとんのどす。絵やない。焼物や、細工物や、友禅なんかとはちがうのどす。生き物や。やれ誰それの作やとか、これは何代目の彫りやとか、じゃらじゃら語り草にして、悦にいっててええもんとはちがうのや。生きてる人間が、おのれの血で、生《なま》の血で、飼《こ》うていかなならんものどす。彫り物が一人のものやと言うのも、ここのところどす。わたしが死んだら、あんさんの背中の彫経も、死ぬんどす。あとは、あんさん一人の彫り物になるのどす。彫り物を、生かそうが、殺そうが、それはあんさんの心次第。わたしは、そんな彫り物を、彫ったつもりでおす。そやさかい、あんさんの背中の彫経は、わたしが死んだとき、一緒に死なあかんのどす」

経五郎の顔は、煙草のけむりにつつまれていた。

「つまり、あんさんの『橘姫』は、まだ一針、未完成なんどすわ。彫経を殺す、とどめの葬刺《とむらいざ》しがすんでない。この針を、わたしは残しとんのどす。これは、彫経が死なんことには、刺しようがない針ですねん」

茜は、息をひそかに呑んだ。

「そう言うわけどす。とにかく、わたしが死んだら、もいっぺんこの家にきとくれやす。あんさんが見えるまで、わたしは、この家を離れしまへん。仕上げの針、刺させておくれやす」

ごく自然な、当り前のことでも言うような口調であった。

仕上げの針……それが、死んだ人間に、どんな風にして刺せるのか。経五郎は、そのことについては、話してくれなかった。

「さ、そんならもう、お引きとめはしいしまへん。旦那さんにも、よろしゅう言うとくれやす。ごきげんさんでな」

茜は、その座敷を立ち上がるとき、墨や朱や紅殻の滴痕がとびちっている薄い茶褐色に変色した三枚の木綿の座ぶとんと綿入り敷布へ、眼を投げた。投げたというよりも、自然に眼は、それに吸いよせられていた。

座ぶとんも、敷布もきちんとたたんで、部屋の隅に積みあげられていた。

一年半、茜の汗と血で染まったものたちだった。血は赤くなく、墨痕は青くないのが、無惨だった。

なぜ墨は、肌に入れると藍に変るのだろう、と、茜は思った。なぜ血は、肌の外へ出ると、赤くなるのか、と、茜は思った。

人の肌のふしぎさが、不意に、恐ろしかった。

茜の肌が血に濡《ぬ》れるとき、春経の肌も同じ血に濡れていたことを、茜はこのとき、想い出していた。

大和経五郎を見た、それが、最後の日であった。

5

簡単な酒肴《しゅこう》の膳が運ばれてきて、茜と五人の客たちは、その席についた。

サラリーマン風な若い男、会社重役タイプの男、どこか近くの商店主らしい（話の感じでそう思ったのだが）和服の着こなれた男、パイロットか自衛官か民間航空の人間か最後まで茜にはわからなかった（とにかく飛行機関係の人間らしい）三十前の男、そして、一目で水商売と知れる若い女。

五人の客の顔ぶれは、そんなものだった。

そんなものだったと言うのは、お互いに身分を明かしたり名のり合ったわけではないし、勝子も紹介はしなかったからだ。馴じみのあるらしい客同士が交わす会話を小耳にはさんだり、短い世間話の口の端で判断したりするだけで、結局、その日同席した五人の客の正体は、茜にはわからなかった。

客たちもまた、ほとんど口をきかなかったし、せんさくし合う気もないように見受けられた。要するにおおむね、五人の客と茜は黙り合って、その膳刻《どき》を過ごしたのである。勝子も、給仕や酌の合い間に、当りさわりのない話し相手になるだけで、寡黙だった。

茜には、そんなことよりも、勝子のほかには家人の姿が見えないのが気になった。茜は、何度も、硝子障子を通して見える雨戸の閉まった奥の部屋へ、眼を移した。

膳をさげ終ると、勝子は、帯にはさんだ袂《たもと》をおろし、急に改まって下座にすわった。そして客たち一同へ向って、手をついた。

「ま、ご挨拶がしんがりになりましたが、本日はみなさん、おさしさわりもございましたでしょうに、お揃いやしておくれやして、おおきに、ありがとさんでございます……。また、父の生前には、一方ならぬお世話やご迷惑おかけしまして……わがままいっぱい言わせていただいて……お赦《ゆる》しやしておくれやす。ああいう人でおましたさかい、どうぞ……最後のおつとめ、果させてやっておくれやす」

茜は、驚いて顔をあげた。

五人の客たちがすべて、自分と同じ用向きでこの座にいることを、はじめて知ったのだった。

「なお、ご不承知でもございましょうが……」と、勝子は言った。

「故人に申しつかっておりますお役目、なりかわりましてこのわたくしに、つとめさせてやっておくれやす」

茜は、思わず出かけた言葉を呑んだ。

ほかの客たちのなかにも、同じように身じろぎする者がいた。

だが、誰も発言はしなかった。

「そんなら、お支度ができてますさかい……どうぞ……」

と、言って、端にすわっていた水商売風の女の子へ、頭をさげた。

客は一人ずつ、雨戸の部屋へ通された。十分ばかりして出てきて、出てくると、一人ずつ帰って行った。みんな無言だった。

四番目に、パイロットと思われる精悍な身ごなしの男が立ち上がる前、彼は、誰に言うともなく声に出した。出さずにはおれなかったような、呟《つぶや》きだった。

「あの子、どうしたのかな……いないのかな……」

座には、近くの商店主らしい和服の男と、茜が残っているだけだった。

「死んだんどす……」

と、和服の恰幅《かっぷく》のいい男が、ぽつんと言った。

「え？」

パイロットは立ち上がりざま、和服の男を振り返った。和服の男は、黙って火鉢の灰をかきならしていた。

茜は、聞きちがえだと思った。パイロットは、そのまま足早やに、奥の部屋へ向かった。

茜は、聞きちがえだと思った。しかし、咽が渇《かわ》きあがっていた。

「……死んだって……あの……お弟子さんの……」

「そうどす……」

「まさか……」

「そうどすいな……ええ子でおましたさかいな……」

和服の男は、火箸をしきりに動かせていた。

「どうして……」

茜は、声を押し殺すのがやっとだった。みんな平静だった。いや、平静に見えた。

経五郎が刺青を彫ったからには、この客たちにも肌のどこかにあの雪の結晶華の隠彫りがあるのではないか……と、茜は、そのことを考えていた矢先だった。

『燃えとくれやす』と言った経五郎の言葉は、この客たちにも、同じように吐かれたにちがいない。痛みをこらえるだけの肌には、針をとらないと言った経五郎だった。そして、葬刺しを受けにきている客たちであった。経五郎が心魂吹き込んだ彫り物を持っている客たちだということになる。では、この客たちは、どんなにして肌を『燃やした』のだろうか。茜はふと、勝子を頭にうかべた。しかし、見るからに老《ふ》け込んだ勝子は、その想像にうまく重なってはくれなかった。初々しいあどけなさと、底知れぬ屈強さを持った、あの花のような若者の裸身しか、経五郎の望む『燃えたつ』肌をつくり出すことはできないのではないか……。

すると春経は、この客たちにも、決して忘れられる存在ではなかった筈だ。

そう思って見れば、押し黙った客たちの挙動も、うなずかれた。そして、パイロットの口をついて出た言葉も。そのあとの彼の驚きも。

みんな平静である。とり乱すことはできないのだ、と茜は思った。辛うじて、その思いにしがみついていた。

「……どうして……亡くなったんですの……」

「なんでどっしゃろな。わてにも、わからしまへんのや……」

和服の男は、火箸をぽんと突き刺すように灰のなかへ立てた。

「刺身庖丁《さしみぼうちょう》でな、胸突いたんですわ」

「え？」

「……もう、五年になりますかいな……大和はん、それ以来あかへんかったんどすわ。がたがた老いぼれはって……まだ手指《てゆび》はしっかりしてたし、友禅絵描きも楽にこなしていかはってたのやけどな……仕事持ってきても、あきまへんのや……まあ、勝子はんが跡継いで勉強してはるさかい……なんとか賄《まかの》うてはいてはりましたがな。……もうこの一年、大和はんは寝てばっかりどしたいな……」

それっきり、二人は長い間、沈黙した。

パイロットが、背広を腕にかかえたまま出てきた。彼は、ちょっと一礼して、玄関の方へ出て行った。和服の男が立ち、やがて彼も帰って、茜は一人になって、その部屋へ入って行った。

純白の敷布が、眼にとび込んできた。一滴のしみもなかった。

喪服の勝子は、その敷布の上に居ずまいを正してすわっていた。

「勝子さん……」

「すんまへん」

と、勝子は冷静な声で、茜の言葉をさえぎった。

「お先に、針刺させておくれやす」

茜は、その低い声で、踏みとどまれた。不意に経五郎を想い出させる声だった。

勝子は、茜が衣服を落し、その敷布の上に横たわるまで、息の音ひとつたてなかった。

勝子の声が、背の上でした。

「この針は、あなたの体を一番最初に刺した針どす。刺しはじめの第一針をお刺しするようにと、父に申しつかっております。父は、どなたさんの第一針も、お手入れさせてもろうて、大事にとっておりました。お伝えすることは、それだけでおす」

勝子は、

「では、失礼させとくれやす……」

そう言って、茜の肌に氷のような手を置いた。

一瞬、背の中央に、小さな痛みが湧いて、消えた。

ひんやりとした水気をふくんだガーゼのようなものの感触が、その跡を拭い、それも消えた。

「おおきに」

と、勝子の声が言った。

「父がお伝えするようにと申した言葉でございます」

葬い針は、ただ一刺し。

それですんだ。

無論、その部屋に墨の用意などはしてなかった。

「お召しになっとくれやす。すみましたら、座敷の方でお待ちしとります。おぶなと、あがっていっておくれやす」

勝子はそう言って、部屋を立った。

一人になった途端、墨の香が、むせるようにおしよせてきた。

茜の裸身は、しばらく、敷布の上で動かなかった。

何にも聞かんといておくれやす、と勝子は言った。

「……けど、どなたかお一人くらいには、あの人も、聞いといてもらいたいと思うかもしれへん……そない思いましてな、あなたに最後に残ってもらいましたんどす」

勝子は、『あの人』と、春経のことをよんだ。

「あの人が、あんなことして父の彫り物を手《て》っ伝《と》うてましたのもな、父の彫りをおぼえたい、習いたいの一心どしたのや……お相手したのは、今日見えた六人のかただけどす……どなたかお一人くらいには……わたしも、わかってもらいたいんどす。あの人、そんな淫《みだ》らな人やおへん……悪いのは、父なんどす。……あの人が、この家にきましたときにな、父は、あの体に負けたんどす……あの美し体に、目ェがくらんだんどすねや……そやないと、どうしてあんなひどいことができますものか……自分の子ォと知って、その体に刺青彫り……あんな恥ずかしまねまでさせて、彫り物の手助けさせる親が、どこにあります……」

茜は、耳を疑った。

「待ってちょうだい……あの人は、……大和さんのお子さんだったの？」

「そうどす……もっとも、それを知ってたのは、父一人だけどしたけど……」

勝子は、眼がしらに手を当てた。

「……恥をお話しせんならんのが辛うおすけど……今日は、言わせてもらいます。父も、どこぞにきてますやろし……聞いてくれますやろ。いっぺん父に……恨みごとが言いたいと思てましたん。それが、どないしても口に出せへん。とうとう死ぬまで、わたしは父に何にも言わずじまいどした……あの人を殺したんは、お父ちゃんや……その一言が出えへんのどす。みなし子のわたしを拾って……育ててくれた人ですもの……」

「勝子さん……」

「そうどすねん……わたしは、父の養女どすねん」

勝子は、顔をおおって身をふるわせた。

「……あの人がな、家にきましたときには、彫り物は一つやったんどす」

「一つ……」

「背中の彫り物だけどしたんどす」

「背中の……じゃ、……どちらも大和さんが彫られたんじゃなかったんですか……?」

「へえ。父が彫ったのは、あの人の前身《まえみ》の刺青だけどすねん」

前身が『燕青』、後身が『史進』の彫り物だった。

「あなたも、ごらんになりましたやろ。よう彫れてましたやろ。あの彫り物を見たときに、父は、あの人が自分の子ォやとわかった筈どす……」

「それ、どういうことですの……?」

「あの人……父が、背中の彫師の名前をきくと……言い辛《づら》そうにしてましたんやけど……

お袋が彫ったと言うんです……」

「お袋？」

「へえ……背中に彫って、前にも彫りとうなったんどすて……お袋はどないしても彫ってくれん……その刺青の前が彫れるのは、日本広しと言うても、たった一人しかいない。京都の彫経やと言わはったんやそうどすねん。そりゃあもう、あの人は一途な人どす……彫師のお袋もって生まれて……そのお袋に刺青彫られて……墨と血の匂いのなかで育った僕や……彫師になるほか、何になれる……言うて、……父の前で泣きました。それでも一月《ひとつき》、父はとりあいませんでした……けど、彫ったんどす。彫って……その日から、人が変ったみたいに……あの人に、彫り物の手ほどきはじめました。毎日毎日、絵を見せたり、描かせたり……納戸の奥にしまってた古い絵や道具を引っぱり出してきて……それこそあほみたいに、あの人に教えはじめましたんどす。わたしは、彫師やった頃の父を知りませんので……もう、びっくりするやら、あきれるやらで……おそろしくらいどした。けど、彫り物は、生身の肌に針刺しておぼえんことには、結局身につきませんのやろ。ご存じのように、父は素人さんには、決しておいそれと墨を刺すような人やおまへん。そんで……父は、あの人とちょくちょく連れ立って出かけるようになりました……たぶん、あの人の稽古台に、半《はん》ぱな刺青してる遊び人かヤクザな人でも探して歩いたんやと思います……。どこぞの旅館の部屋でも借りて教えはじめたんやと思います。……そうして、あんさんが見えたんどす……」

勝子は、ちょっと言葉を切った。

「父のほんまの彫り物を、あの人が見たのは……あなたが最初やなかったかと思います……。けど、これは何とも言えしません。あの人たちが外で何をしてはってたか、わたしにはわからしまへんものね……。とにかく、この家のなかでは、あんさんがはじめてどした。……そして、今日見えた方たちだけでおすねん」

勝子は、なにか胸の昂《たか》ぶりを、じっとおさえているように見えた。

「わたしは、それとのう、あの人から、お母さんいう人の話を聞き出そうとしたんですけど……なんにも喋ってはくれまへん……東京の桜台いうところにいたことしかわからしまへんねや」

「桜台？」

茜は、とつぜん息をとめた。

「そうどす。それも、何かの折にあの人がちらっと洩《も》らしたことですし……けど、わたしは探したんどす……何年もかかって探したんどす……そうどっしゃろ……父にもあの人にも知れんように、日帰りで東京へ出かけるんどす……一年に二、三度行くのがやっとでした……あの人が死ぬ前の年に探し当てたんどすさかい……思い立って五、六年目やないどしたやろか……。お母さんいう人は……大声あげて笑わはった……あのときの恐ろしさは、そりゃもう口では言えしまへん……お母さんに言われてはじめて……わたしは、父が仕事場であの人にさせてる恥ずかしいことを知ったんですねやから……」

勝子はうつむいて、胸をふるわせていた。

「父は……」

と、勝子は言った。

「昔、自分のしてたことを……あの人にさせたんどす」

勝子の話した事柄に、茜はぼう然とした。

経五郎が『燃える肌』の彫り物の味をつかんだのは、当時内縁の妻（勝子はそういう言葉を使った）だった春経の母親との情事のさなかであったと言う。妻を抱きながら、彼は彫った。半年がかりで妻の背中に彫り物を完成させた。それからというもの、彼はそういう彫りしか彫らないようになった。男には女を、女には男をあてがって彫る刺青師になったのだ。経五郎はその頃大阪にいて、憑《つ》かれたように彫りまくったのだと言う。気がついたとき、彼は妻を失っていた……。というのは、春経の母親が経五郎の仲間の彫師に、自分を抱きながら墨を入れてくれと頼んだことが、その彫師から経五郎の耳へ入ったのだった。経五郎は激怒して、妻を問いただした。『わたしは、詫《わ》びたのよ』と、春経の母親は言ったという。『どうかしてたのよ。魔がさしたのよ。それをあの人は許してくれないの。だって、あの人にいくら頼んでも、もうわたしには針を使ってくれないから。わたしは、針が欲しかったのよ。気が変になるほど、欲しかったの。あの人の針の味が忘れられなかったの。だから、ふらふらっと、あの人の友達に頼んでしまったの。ほんとにどうかしてたのよ。でも、過ち《ヽ》はしなかったわ。何度言っても、それをあの人、信じてはくれないの経五郎が妻と別れたのは、その直後だった。そして、彼は、彫り物とも手を切ったのだと言う。その後、東京に出て春経を生み落したが、経五郎にはしらせなかった。女が彫師の修業をはじめたのは、それからだったと言う。

「ざまあみろって……笑わはるのどす……」

と、勝子は言った。

「そうでっしゃろ？　こんな話が、どうして父に打ち明けられます？　あの人に話せます？　……わたしはもう、いても立ってもおられへん……けど、黙ってならへん毎日どした……。そんなときどした……あの人が、納戸の長持ちの底から、和綴《わと》じの古い本を見つけ出したのは……」

勝子は床の間の天袋の引き戸をあけて、一冊の小冊子をとり出し、茜の前に置いた。雁《がん》皮《ぴ》紙《し》の木版刷りで、表紙に篆書《てんしょ》体で、二重枠組のなかへ、

――雪華圖説・（愛日軒蔵梓）

と、書名があった。

茜は、おそるおそる手にとって、四、五頁《ページ》めくりながら、思わず息を呑んでいた。めくる頁ごとにその古い和紙の面《おもて》には、さまざまな雪の結晶図があらわれてくるのだった。

「それは、天保三年に刊行された、日本でも一番古い雪の結晶のスケッチやそうどす。えらい貴重な初版本やそうどすねん。父は昔から、そんなものを集めるの好きどしたさかい

……友禅の下絵の資料に持っていたのやと思います。でも、その本見つけたとき、あの人……青うなって……ぶるぶるふるえていやはんのどす……ほして、いきなり、父のいるこの座敷へ駆け込みました。この本をどこで……いつ手に入れたのか……そりゃもう、噛みつかんばかりにしてきいてはんのどす。父は、黙って……そんなあの人を、見つめておりました。あの人は……長い間、この座敷のまんなかに突っ立っておりました。幽霊みるようどした……。お袋のところにも、これと同じ型の本がある……おやじの形見やというて持ってた本がある……あの人は、そない言いました……言うて……この部屋をとび出したんどす……。そのすぐ後でおした。庖丁で父の彫った『燕青』の顔突いて……死んだんどす……」

勝子は、声は出さなかった。だが、はげしくうつ伏せて身をよじった。

後に茜は、この古い小冊子の知識を少し得たのだが、『雪華圖説』は、天保の改革後幕閣老中首席をつとめた土井《どい》大炊頭《おおいのかみ》利位《としつら》が、下総《しもうさ》古河《こが》の城主であった頃に、自ら観察しスケッチした、わが国では珍しい八十六種の雪華の記録文献である。なおこの圖説には、天保十一年に刊行された追加九十七種の新しい雪の結晶図をおさめた、『続・雪華圖説』が、ある。

二本を合わせて、世には利位の『雪華圖説』として知られている。

春経の母親が持っていたのは、おそらくこの『続』の方の雁皮紙本だろうと、茜は思った。

「父は知ってた筈どす。あの人の背中の刺青見たときに、感じた筈どす。だって、父の彫る国芳と、そっくりの顔なんですもん……何かのゆかりに気がついてた筈どすねん……いいえ、そうどす。あの人が、雪の華を彫るのも、ちゃんと見て知ってんのどすもの……ひどい人どす。ひどい……」

勝子の語気は荒かった。

『父の形見』という言葉が、茜の胸を衝《つ》いていた。

記銘がわりに雪華の図を彫った春経に、茜は、父を恋う若者の、声や、姿を、見る気がした。

経五郎を父だと知らずに彫師の先達とあおいだ春経もかなしかったが、息子ではないかと思いつつ彫師にしたてようとした経五郎が、もっと茜にはかなしかった。

きっと経五郎は、知っていたにちがいない。息子だと知ったからこそ、彼は、彫師にしたてるしかないと思ったのではあるまいか。その心を決めたときの経五郎が、茜には、無惨に思えた。どんなに、彫師であった自分を彼は呪っただろう。呪いながら、父親だからこそ、決心したのだ。この道しか、この息子を生かす道はない、と。

茜は、ぼんやりと眼をあげた。

硝子障子の外には、また雪がふり出していた。

女刺青師の顔が、浮かんだ。

そして、藤江田の顔が。

藤江田を忘れて、今日この家の玄関口をくぐった自分の顔が。
雪は、淡々とふっていた。茜の左腋の下の乳房の陰でも。
葬いの日の、雪であった。

椛《か》山《ざん》訪雪図

泡坂妻夫

泡坂妻夫（あわさか・つまお）
一九三三〜二〇〇九年。東京都生まれ。紋章上絵師の家に生まれ、家業を継ぎながら小説を執筆。『幻影城』新人賞に応募した「DL2号機事件」が佳作入選して七六年に作家デビュー。七八年、『乱れからくり』で日本推理作家協会賞を受賞。八二年、『喜劇悲奇劇』で角川小説賞を受賞。八八年、『折鶴』で泉鏡花文学賞を受賞。九〇年、『蔭桔梗』で直木賞を受賞。遊び心溢れる作風で人気を博した。著書は他に『亜愛一郎の狼狽』『湖底のまつり』『しあわせの書―迷探偵ヨギ ガンジーの心霊術―』『写楽百面相』など。

「いかがでした、ダリ展は？」

加田十冬《とおふ》は口の欠けた徳利で、対手に酌をしながら訊《き》いた。

「いや、なかなか面白うございました」

対手は嬉《うれ》しそうな顔をして酒を含み、口の端にちょっと手を当てた。白髪が短く、前歯が何本か欠けているが、どこか楽天的な顔立ちである。

「この齢《とし》になっても、記憶力はまだしっかりしていると自信がつきました。ダリのお蔭《かげ》ですね。〈ボルテールの不可視的な胸像の幻影のある奴隷市場〉〈部屋として利用できる女優メエウエストの顔〉……」

「記憶も別知《べっち》というところですか」

十冬は別腸《べっちょう》が、思いの外壮気のあるのを知って、安心した。

十冬が十何年ぶりに別腸と出会ったのは、美術館の前であった。袖口の摺《す》り切れかかっている紺無地の背広、ワイシャツも洗い晒《ざら》しのようで、ネクタイも一昔前のものらしかった。十冬の知っている別腸は数多い美術品に埋められた、別腸亭の主人としてであった。別腸の落魄《らくはく》は人伝《ひとづて》に聞いてはいたものの、現に目の前に立った別腸の困窮は予想以上のものと思われた。十冬はこのまま別腸と別れるには忍びがたかった。

「どうでしょう。久し振りに一杯というのは」

「こりゃ嬉しい。十冬さん、いい店を案内しましょう。格別な味を作っている店です」

「別腸さんの舌が太鼓判を押す店がありますか。ぜひお供いたしましょう。昔もずいぶん珍しい味を教えて貰《もら》いましたね」

「いや、昔のことを思い出されると恥しい」

別腸はふと遠くの繁華街の灯を見て、

「闇の夜は、吉原ばかり月夜哉《かな》――」

そして十冬の顔を見ると、照れたように笑った。

別腸が十冬を連れ込んだのは、裏通りの小さな居酒屋である。別腸は早速、酒と煮込みを注文した。十冬はここ何年も煮込みに箸を付けたことがなかった。十冬が椅子の汚れを気にするのを、別腸は面白がっている風であった。

「ボルテールの奴隷市場というと、戸外を背景に立った何人かの人物が、見方によってボルテールの胸像に変貌する、あの欺《だま》し絵ですね」

「欺し絵――ですか」

別腸はちょっと不満そうに、

「欺し絵という言葉を使うなら、絵画のすべて、観客を欺すことから始まったと言えるような気がします。それも大真面目でね。国芳《くによし》なども西洋の絵を見たのでしょう。いくつか仕掛けのある絵を描いてはいますが、粋にしようとしたのでしょう、遊び半分のようなところが見えます。ああいう絵は野暮ったく大段平《おおだんびら》を振りかざさないと面白くない」

「つまり本質的な相違になりますか。西洋画と東洋画の」

十冬がこう言うのを、別腸亭は待っていたようだった。別腸は楽しそうに杯を空けて、

「馮黄白《ひょうこうはく》の椛山訪雪図《かざんほうせつず》——忘れましたか？　もっとも二十年も前になりますから」

「馮黄白——？」

十冬はちょっと考え込んだ。別腸は何も答えず、じっと十冬を見守っている。

——ふと十冬の脳裏に一枚の彩墨が浮き上り、消えて行った。そして又その画が広げられると、今度は全体の姿が彷彿《ほうふつ》として現われたのである。十冬はあわてた。

「わ、忘れていません。確かに拝見したことがあります。乃木坂のお宅ででした」

青山乃木坂にあった別腸亭。その頃、十冬はよく別腸亭に出入りしていた。別腸は若い画家たちの面倒をよく見ていたのである。或《あ》る日、十冬は別腸の茶室に通された。茶室には一幀《ちょう》の画幅が掛けられてあった。別腸秘蔵の一軸、それが馮黄白の椛山訪雪図であった。椛《もみじ》の山に雪を訪ねる——十冬がこの絵を忘れ得なかったのは、この奇妙な画題のためだったかも知れない。

掛物は一メートル四方の、紙本墨画淡彩《しほんぼくがたんさい》である。画面全体が一つの紅葉《もみじ》の山。漠々とした潑墨《はつぼく》に淡い丹《に》を重ね、その色が今にも霞《かすみ》の中に消散するかと思われる。紅葉の色は驚くほど控え目だが、見るほどに、縹渺《ひょうびょう》とした霞が晴れ渡り、紅葉の紅や黄が、燦然《さんぜん》として秋日に反照するのである。見る者はいつの間にか絢爛《けんらん》たる楓錦《ふうきん》の世界に引き入れられてしま

う。そのうちに、ある芳香さえ漂うのは、一条の細い美泉が、酒に変ったためであろう。紅葉の間を細い道が羊腸として見え隠れする。布衣《ふい》をまとった老夫が一人、道にたたずんで紅葉を見上げている。目元がほんのりと赤いのは、紅葉が映っているのだろうか。酒泉のためだろうか。そこには、もう墨の滲潤《しんじゅん》の妙や濃淡の変化など見えなくなっているのである。

「気韻生動《きいんせいどう》するとでも言いましょうか。幽寂のうちに、しかも秘められた紅葉の鮮やかさが、まだ私の眼底にはっきりと残っています」

「苦労して求めた韓愈《かんゆ》の真筆でも、手放すときは馮黄白と別れるほどの苦しさはありませんでしたよ」

別腸は煮込みを旨《うま》そうに食べながら述懐した。

「あの絵だけはもう一度拝見したかった」

「私もそう思う。あの絵の本当の良さは、あのときの十冬さんにはまだ判《わか》っていませんでしたからね」

この言葉は少し無礼ではないかなと十冬は思った。それとも別腸はもう酔いはじめていたのだろうか。

「そう、別腸さんにぜひ伺いたいと思っていました。馮黄白というのは、どんな人物だったのですか？　あの絵を見て以来、気を付けているのですが、未《いま》だに馮黄白の名に出会ったことはありませんが」

「そうかな？」

別腸は十冬の顔を見て、

「私は一度だけ黄白の名が載っている書物を読んだことがあります。広平《こうへい》に住んで正徳《せいとく》の頃、洒脱《しゃだつ》な縦酒《しょうしゅ》であったと紹介されていますが」

「広平というと、倪瓚《げいさん》も広平にいたことがあります。しかし君台観左右帳記《くんだいかんそうちょうき》はおろか、郭《かく》若虚《じゃくきょ》の図画見聞志《とがけんぶんし》にも黄白の名はなかったと思います」

「そうでしょう。あの画は翰林図画院《かんりんとがいん》作家風にうまく似せてはいるが、時代はもっと下るでしょう。私が見たのは志異《しい》に登場する秀才の名でしたよ」

「聊斎志異《りょうさいしい》？　実在した人物ですか？」

「蒲松齢《ほしょうれい》は材を広く見聞したといいます。郵筒をもって材料を四方の同人に向けてもいます。人物の名もそのまま付けたと伝えられます」

「黄白は画人ですか？」

別腸は十冬の真面目な顔を見ると、くすりと笑った。

「蒲松齢が作り出した空想上の人物とも考えられます。また、たまたま黄白という画人が実在していたかも知れない。が、黄白という人物がいたにしろ、いなかったにしろ、その黄白は椛山訪雪図など描かなかったことだけは確かでしょう」

「描かなかった？　それはどういう意味ですか」

「十冬さんも一杯食わされているようですね。あの画題をよく思い出して下さい」

「椛山……椛山というのは、一般的に紅葉の山のことですか？　それとも固有名詞でしょうか」

「そうさな。楓山《ふうざん》、或《ある》いは紅山《こうざん》などであったら、中国のどこかの山で同じ名が見付かることもあるでしょう。だが椛山という山はないのです。中国広しといえどもね」

「なぜです？」

「君らしくもない。椛などという文字は中国にはないからです。椛は日本で作られた国字ではありませんか」

十冬は思わず、箸を取り落しそうになった。

「そ、そう言えばそうです」

「あの絵はいかにも古画らしく巧妙に拵《こしら》えられてはあるが、贋物《にせもの》でした。いや贋物とは言えない。署名に志異の登場人物の名を借用したり、画題に一目で国字と判る椛の字を使ったりしている。したがって、君のいう欺し絵という言葉が、ぴったり当て嵌《はま》りますよ」

「欺し絵ですか。椛の山に雪を訪ねる——別腸さん、なぜ今を盛りの紅葉の山に雪など訪ねるのでしょう。いざりの勝五郎でもあるまいし」

「十冬さん、楓《かえで》の字を使った、楓宸《ふうしん》という言葉を知っていますか」

「さあ？」

「宮殿を意味するのです。漢の宮殿は楓を多く植えられていた。そこから楓宸と言えば、天子の宮殿を意味すると、説文《せつもん》に書かれています」

「つまり、あの画題には、華美を尽した生活であっても、そのうち冬に至れば、氷の雪に埋まるであろうという意味が籠められている。その山に見入っている画中の老人はとりもなおさず作者というわけですね」

「そのとおり。奢侈《しゃし》に溺れ権勢を極めた人間でも、行き着くところは同じ雪の山。そうした世の流れを、作者は古画に託して描いたのです。このような戯作的な諷刺《ふうし》精神は江戸末期の味がいたします」

「とすると、この絵の本当の作者は？　決して凡手とは思えませんが」

「そう、あの皮肉な着想、大真面目に欺し絵を描く稚心、その全てを閉じ込めて、十冬さんほどの人をもからくりに感じさせなかった筆勢を持った画家は、そうざらにはいやありません。私の考えでは、まず――画狂老人、北斎《ほくさい》以外は考えられません」

「北斎――何か証拠でもあるのですか？」

「あの頃、たまたま私は北斎の雪山図《せつざんず》と題された絵を所持していたことがあるのです。雪山図はけれんのない、文字通りの雪山の図でしたが、驚くべきことには、山の形、人物、泉、小道などの配置、全体の構図、潑墨の調子などが、椛山訪雪図そのままであったのです。つまり、双幅は同時期の作物、或いは北斎が対になることを意識して制作された絵ではないかと思われます」

「私が椛山訪雪図を拝見したとき、別腸さんはすでに北斎の雪山図を？」

「いや、私が雪山図を入手したのはその後でした。だが、雪山図を手にしても、まだ私は彼の天才には気付かなかった。黄白は、ただうまく出来ている粋人の画作程度に考えていました。私がこの絵の真価を知るまでには、一つの事件を待たなければなりませんでした」

「事件――というと？」

別腸はちょっと表情を硬くした。

「殺人事件なのです。私がここで十冬さんに講釈めいた話が出来るのも、実はその事件に遭ったからなのです。また殺人事件の秘密は、或る意味で黄白が解いたとも言える。忙しくなかったら、その事件の話をいたしましょうか」

本当は十冬は忙しい身体であった。だが、

「ぜ、ぜひお願いします」

十冬はあわてて坐《すわ》りなおすと、酒の追加を注文した。

別腸とは「酒に別腸、碁に別知」という語に依《よ》ったものである。酒好きで老人趣味を持っていた彼は、若い頃この語に会って大いに感じるところがあり、雅号として無闇に使った。三十代になると、この雅号を後悔するようになった。傲岸不遜な調子にひどく困りはてた。皮肉なことに、その頃には誰も本名で呼ぶ者はなくなってしまった。だが四十代に入ると、ひどい嫌悪の情は薄らいできた。使い馴《な》れすぎて、肉体の一部になってしまったのだろう。こうした変化は、自分が持っている顔に対する関心によく似ていると思うとおかしかった。

事件はその四十代の終りに起った。別腸の最も裕福であった時期である。

夏の初め、その日は抜けるほど晴れあがったことを別腸は忘れない。別腸はふと冬に思いを馳《は》せ、書庫から冬を画題にした何幅かを持ち出し、居間に広げて見る気になった。別腸は夏に冬の絵を見、冬に夏の絵を見る画癖があった。季節の違う絵を見ると、想像力に刺戟《しげき》が強く働き、絵に対する緊迫感が高まるといって好んだ。青葉繁《しげ》る季節、冬の絵を賞玩する気になったのは、別腸にとっては尋常のことであった。その日、別腸が書庫から持ち出した何幅かのうちに、北斎の雪山図も加えられていた。別腸が居間に落着いて軸に目を通していると、何点かのうちに、馮黄白の椛山訪雪図が入っていることに気が付いた。

この画幅を特に選び出したつもりはなかった。おそらく北斎の雪山図を手にしたとき、無意識に椛山訪雪図も取りあげたものと見える。彼が美術に関心を寄せ始めた頃には、もうこの絵があった。おそらく、先代の蒐集品《しゅうしゅうひん》の一点だったのだろう。別腸が選ぶともなくこの絵に手を触れたということは、なにかこの絵が心にひっかかるものを持っていたのである。馮黄白という奇妙な署名、意味あり気な画題、そして雪山図との不思議な暗合。別腸はふと、この画幅に手を伸し、黒くなった桐《きり》の箱を開けた。

障子がいっぱいに開け放されている。部屋の前は枯山水《かれさんすい》の庭。庭はたいして広くはなかったが神居古潭《かむいこたん》の奇石が別腸の自慢であった。床の間には鉄斎《てっさい》の軸、庭に面した壁には春信《はるのぶ》、湖龍斎《こりゅうさい》などが額に収められ、紫檀《したん》の棚に、仏像、土偶、壺《つぼ》、香炉などが、いっけん無造作に置かれている。

湖龍斎の隣に掛けた椛山訪雪図の前で、別腸は長い間自分を忘れていた。とろりとした午睡に身をまかせているようでもあった。

別腸が我に返ったのは、日もやや傾き、庭の石が青みを帯び始めた頃であった。秘書の大村樹也《たつや》が理事会の時間を知らせに来たからである。

「また俗界に戻らねばならないか」

別腸は心の中でつぶやいた。

「お片付けいたしましょうか」

大村は椛山訪雪図に目を移して言った。

「いや、そのままにして置きなさい」

別腸はまだはっきりと絵の中から覚め切っていないのであった。

大村は畳の上に散っている軸物を一つ一つ丁寧に揃《そろ》えてから部屋を出て行った。

大村樹也は美術品の管理を任されていた。初めのうちは勝《すぐ》れた記憶力で、別腸に重宝がられていたが、そのうち美術の鑑賞家としての目を持つようになった。色の黒い、痩せた男で、目が窪《くぼ》んでいた。笑うことはあまりなかったが、大人しい生真面目な性格であった。最近は家事を任してある、かずらと言う女性に関心があるようで、休日になると、かずらの後を追うようにして大村はいなくなり、同じ時刻に前後して二人は帰宅する。その度にかずらは女らしい美しさが増してゆくようだった。

別腸は三十分ばかり部屋にぐずぐずしていた。画幅はそのままにして、大村の運転する車で会場に着いたのは暗くなってからである。初夏には珍しい満月が輝いていた。別腸はしばらく空を見上げて、すぐには歩を進めることが出来なかった。

その頃、別腸は料亭組合の理事を受け持たされていた。もっとも別腸の持っていた料亭一二六《ひふろく》には殆《ほとん》ど顔を出していない。全て妻の雪子に任したままである。雪子は少しも垢抜《あかぬ》けのしない、田舎の土の臭いのする女であったが、妙に料亭を経営する才能に長《た》けていた。自分でもそれが性に合うらしく、別腸が少しも力にならないことに、不平一つこぼさなかった。

理事会は愚にもつかぬ話ばかりで、別腸はただ杯を空けるばかりであった。

会場で彼が電話で呼び出された時は、八時を廻《まわ》っていた。

「大変なことが起りました……」

大村樹也の声が上ずっていた。

「強盗が入りました。……かずらさんが、殺害されました」

「かずらが、殺害……」

別腸は耳を疑った。めっきり美しくなったかずらの白い顔が浮んでは消えた。目鼻立ちの整った娘で、よく気の付く、やさしそうだが芯の強いところもあった。信州にいる別腸の知人の紹介があり、彼の家に住むようになったのは三年前、もう二十になっただろうか。

「私もすぐ帰るが、警察には知らせたか？」

「こ、これからです」

別腸は所轄の警察署に顔見知りの警部がいることを思い出し、森山という名を大村に教えた。

「すぐお迎えに行きましょうか」

「いや、私は車を拾うから君は来なくともよい。君は家を出てはいかん。繁子はどうしている？」

繁子というのは矢張り別腸亭で働いている老女だった。

「あまり興奮するので、今休むように言いました」

「雪子にもすぐ連絡するように」

「――判りました」

別腸が家に戻ると家中の明りがつけられ、門の傍に何台もの黒い車が止っていた。別腸は名を名乗り、巡視の警察官に玄関に通してもらった。自分の家に案内されるなど変な話だが、その時の別腸はそんな皮肉を受け取る余裕はなかった。

玄関の式台に繁子が置物のように坐り込んでいた。

「一体どうしたのだ」

繁子は別腸を見ると、白いハンカチで何度も目頭を押えた。繁子の途切れ途切れの話をまとめると、こうである。

その晩、夕食の片付けが終り、繁子とかずら、それに大村の三人はテレビを見ていた。

八時前後、大村は自室に戻り、かずらは邸《やしき》の戸締りのために立ち上った。繁子はまだテレビに夢中であった。しばらくすると、大村が繁子のところに来て、何か叫ぶような声と物音がしたのに気付かなかったかと訊いた。繁子はテレビに心を奪われている。それに少し耳が遠くなっていた。

大村に言われてみると、いつもよりかずらの戻りが遅いような気がした。二人は立ち上り、邸内を見廻ることにした。

異変はすぐに見付かった。別腸の居間である。襖《ふすま》が大きく開かれたままになっているのを繁子が見付けたのだ。部屋の明りは消え、庭に面した障子も開けられ、月の光がいっぱいに差し込んでいた。大村が電灯のスイッチを入れると、繁子の目に惨状が飛び込んで来た。

部屋の中央にかずらがあおのけに倒れていた。顔は鬱血で歪《ゆが》み、鼻孔からは血が流れていた。衣服の乱れは、激しい抵抗のあったことを思わせた。かずらの首に紫の絹がからみ付いていた。かずらが首に巻いていた、ネッカチーフであることはすぐに判った。

部屋の中が乱され、何点かの画幅が紛失しているのを、大村が知った。

「庭に足跡が残っていると、大村さんが言っていました」

繁子が恐ろしそうに言った。とても自分の目で確かめることなど出来なかっただろう。

「裏木戸の内側の桟が開けられていたそうです。足跡で犯人が捕まるでしょうか」

別腸は何も答えなかったが、心ではとても無理だろうと思った。庭に敷いてあるのは、粗い砂礫《されき》である。足跡は残っているにしろ、犯人を決定するほどのはっきりとした跡は望むべくもない。

別腸の帰宅を知らされたのだろう。大村樹也が蒼《あお》い顔をして現われた。まるで幽霊でも出て来たような姿であった。

「とんでもないことになりました……」

「雪子は？」

「まだお帰りがありません。電話ではすぐお戻りになるからとのことでした」

大村の傍に警察官が立っていた。どうやら訊問《じんもん》の途中であったらしい。

別腸は自分の部屋に入った。何人もの捜査官が立って動いていた。屍体《したい》には灰色の布が掛けられている。別腸はひざまずき、布の端を持ち上げた。無残な死顔であった。別腸は思わず合掌した。

庭にも何人かの捜査官の姿が黒々と動いている。投光器が当てられ、月の光がそのところだけ切り裂かれていた。

「——済みません」

大村が別腸に言った。別腸の部屋には見知らぬ男たちが押し入っている。掃き清められた庭も踏み荒されるだろう。大村はそんな別腸の心をよく知っていた。

「仕方がない。災いはどこにでもある」

別腸は呆然《ぼうぜん》として部屋を見廻した。玄関で繁子の言ったほど部屋は荒されていなかった。

唐三彩《とうさんさい》の壺が転がり、湖龍斎の額が少し傾いている程度である。いずれも殺人の現場とはふさわしくない品々であった。

「ご災難なことでした。お悔やみ申します」

顔見知りの森山警部が別腸の傍に寄って来た。白髪の交った髪をきちんと分け、警察官らしくない柔和な目だが、小さな口に力強い鋭さが感じられる。

「早速で御迷惑とは思いますが、少しお尋ねしたいことがあります」

別腸は警部を洋室の応接室に案内した。だが別腸の答えられることはあまりなかった。殆どの質問は大村の応答で充分であった。

「門の戸締りはどうなっていたでしょうか」

と警部が訊いた。

「門はあまり開けられたことがありません。出入りは傍のくぐり戸が使われます。いずれもしっかりと鍵が下ろされています」

大村が答えた。

「御主人は今夜、車を使われたそうですね」

「車庫のシャッターは車の出入り毎《ごと》に必ず閉めます。無論、鍵を掛け忘れるようなこともありません」

「それは私も確かめました。裏木戸が開いていましたが」

「裏木戸にはいつも桟が掛けられています」

「今日誰かが桟を掛け忘れたようなことは？」

「考えられませんが」

警部は丹念に邸の出入口を問いただした。別腸の居間は庭に面したガラス戸だけが閉められていた。鍵は下ろしてなかった。おそらく塀を乗り越えて、何者かが居間に侵入したと思われる。塀には忍び返しなどなく、その気になれば誰にも容易に塀を乗り越すことが出来るだろう。

「大村さんが叫び声と物音を聞いた時刻をはっきり覚えていませんか？」

大村は漠然と八時を少し過ぎた頃だとしか答えられなかった。その前後の様子は、別腸に繁子が話した経過と一致していた。八時過ぎ、大村はテレビから離れて自室に戻り、書物を広げていた。物音が聞えるまで、二十分か三十分だったと言う。大村は不審に思い、繁子と邸を見廻り、かずらの屍体を発見したのである。テレビを見ていた繁子に聞けば、その正確な時刻は知れるかも知れない。

警部は死んだかずらの出生地や年齢、性格などを聞いた後、

「最後に大切なことをお尋ねします。被害者が発見された時、この邸の中から紛失した品物がありましたら、全ておっしゃって下さい」

「美術品の管理は私が任されております」

大村が静かに言った。

「事件を警察に通報した後、私は美術品が気がかりになりまして、あの部屋を見渡しまし

た。そして二幅の軸が紛失していることに気が付いたのです。一点は北斎の雪山図——」

「北斎の雪山図……」

警部は軸の大きさや特徴を精《くわ》しく書き取った。

「——で、もう一つは？」

「長谷川等伯《とうはく》の枯木《こぼく》野猿図《やえんず》——」

別腸は唇を噛《か》んだ。その日別腸が書庫から持ち出した軸のうち、二点までがなくなっていたのである。被害を金額にすれば、さほど甚大ではない。むしろ唐三彩の方がはるかに高価である。だが、いずれも別腸の愛惜極まりない品物であった。またそれ以上に、かずらが何物にも代え難く思えた。

「御主人は美術品の蒐集家として有名でいらっしゃいますが、他の美術品は？」

「全て書庫に収められています」

書庫の鍵は別腸と大村が保管しており、戸が開けられた形跡はなかった。だが一応の確認は必要であった。大村は捜査官と一緒に書庫に向った。

入れ違いに雪子があわただしく応接室に入って来た。

「あなた、今繁子から聞きました。かずらが死んだって、本当ですか？」

雪子は酒に酔っているようだった。雪子は全ての事情を聞くと、声をあげて泣き崩れた。

最後に警部が自分の考えを別腸に告げた。

「まだ断定はできませんが、いろいろな事実と証言から、こういうことが考えられます。

侵入者は窃盗が目的で、お宅に忍び込んだようです。塀を乗り越えた跡が残っています。賊は庭からガラス戸を開けて居間に侵入し、美術品を物色しているところへ、被害者が戸締りをするために部屋に入って来た。いきなり電灯をつけられたので、あわてたとも考えられます。被害者はそれまで賊の気配には気付かなかったに違いない。顔を見られた賊は、声を立てられるのを恐れ、彼女に襲いかかって、絞殺したものと見えます。従って、賊は物色を続ける暇はなかった。物音を聞きつけてすぐにでも家の者が駆け付けて来るかも知れない。目についた二つの軸を手当りに抱えて、裏木戸の桟を外して逃亡した。美術品を狙う手口から見ると、かなり盗みの経験者の仕事のようです。指紋でも見付かれば、犯人の逮捕は、そう遠くはないでしょう。いずれにしろ、私たちは全力を挙げて犯人の割り出しに力を尽します。また何か気の付いたことがありましたら、すぐ通報して頂きます」

とは言うものの、捜査は壁に突き当ったようであった。その後、警部からは捜査の新しい発見は、何一つ別腸の耳に入って来なかった。

「で、北斎の雪山図はどうなりましたか？　戻らずじまいでしたか」

と十冬が聞いた。雪山図と椛山訪雪図が離散したことが残念のような口振りである。

「いや、帰って来ました。私の手もとにね。それも或ることがきっかけででした」

「或ることと言うと？」

「死んだかずらのところに、葉書が来たのです。暑中見舞の挨拶状でしたがね。そう、事件から、ちょうど二月経《た》った日でした。挨拶状を書いた人は、かずらの死を知らなかったようです。どこからだと思いますか？　実に意外なところからでした。差出人は、旭スイミング教室とありました」

「スイミング？　水泳教室ですか？」

「そうです。私も気になったものですから、旭スイミング教室に電話を掛けてみました。するとと、彼女は死ぬ直前まで旭スイミング教室の生徒であったらしいのです。山育ちのかずらは、水泳が得意でなかった。それで一大決心を固めて、スイミング教室に通うようになったのです。毎週日曜日、その年の一月からでした。今では室内プールで、一年中水泳が楽しめる設備が整っているようですね。便利になりました。彼女はそこで、かなり良い成績を上げていたことが判りましたよ」

「水泳と雪山図？　一体、どんな関係があるのですか？」

「彼女は私たちに水泳を習い始めたなどと、教えなかったのですよ。自分が泳げないのを話すのが恥しかったのでしょう。その前に、私のところへ、例の森山警部が訪ねて来たことからお話しするのが順序でしょう」

暑い日であった。応接室で顔を拭く警部のハンカチがくしゃくしゃになっていた。

警部はその後の捜査状況を別腸に報告した。それを聞くと、捜査はかなり難航していることが判った。盗品は現われず、二、三の前科のある容疑者は、いずれも白であることが証明されていた。別腸の方も、かずらのもとにスイミング教室から暑中見舞が届いたという外は、この事件について警部の耳に入れておくものは何もなかった。

森山警部は美術に深い理解を持っていた。別腸が警部と顔見知りなのは、美術を通してであった。話題は自然に盗まれた北斎の雪山図に移った。別腸が雪山図に大変よく似た、馮黄白という署名のある、椛山訪雪図のことを話すと、警部は大いに興味を持った様子で身を乗り出し、その絵をぜひ拝見したいと別腸に所望した。別腸は気軽に書庫に立った。

「ところが、奇妙なことが起っていました。椛山訪雪図は、書庫のどこを探しても見当らなかったのです」

「なくなっていた？　盗まれたのは雪山図ではなかったのですか？」

十冬は箸を動かすのを止めた。

「だから変なのです。その上、雪山図の方は、ちゃんと書庫の棚に載っていたのでした」

別腸は狐《きつね》にでもつままれたような気分で、雪山図の方を持って応接室に戻った。軸を広げて見ると、疑いもなく北斎の筆であった。

警部はむずかしい顔になって腕を組んだ。

「御主人の知らぬ間に、もう一度あの賊が侵入し、北斎と黄白を取り替えた、としか考えられませんね。最近、そんな跡に気付かれませんでしたか？」

「あれ以来、特に戸締りは厳重にしてあります。少しでも変ったところがあれば、すぐに判るでしょう。もし、二つの軸を取り替えたとすると、まるで風のような賊ですな。それとも……」

別腸は雪山図を巻き収めて、大村樹也を呼び出した。

「最近、書庫に異状がなかったかな?」

「……ありません、が」

大村はいぶかしそうに二人を見て、言葉少なに答えた。

「それに、またあの事件を思い出させて済まないが、もう一度尋ねたいことがある。あのとき盗まれた二点の軸を覚えているかね」

「覚えています」

「私もあの日書庫は全て点検した。一つは長谷川等伯の枯木野猿図だった。そしてもう一つは?」

「北斎の雪山図でした」

大村は慎重に答えた。

「それともう一つ。あの日、私は理事会に行ったね。その後で、私の部屋を片付けなかっただろうか」

「——何も片付けませんでした。先生は軸はそのままにしておくようにと言われましたから」

「そう、そうだったね。で、事件の後、私が掛けたままにした軸を始末したのは、君だったかね?」

別腸が凶行のあった部屋に入ったとき、湖龍斎の額が傾いていることに気が付いた。しかしその隣に掛けてあった黄白には気付かなかったのである。その時、すでに黄白は巻き収められてあったのだ。

「いえ、私ではありません」

大村は不思議そうな顔で別腸を見た。

「あの軸は賊が持ち去ったのではありませんか？」

「持ち去られたのは、北斎だった」

「そうです。それが？」

「少し変なことが起ったのだよ。今気付いたのだが、北斎はちゃんと書庫にあったのだよ」

別腸は北斎の軸を示し、雪山図を広げて見せた。

「その代り、黄白だけが、どうしても見当らない」

大村はじっと雪山図に見入り、ただ首を傾《かし》げるばかりであった。

別腸はあの日、黄白を壁に掛けたまま理事会に出席した。その後、居間を片付けた者はいない。かずらや繁子は美術品に手を出すことはないので、黄白は凶行のあった時も壁に掛けられたままになっていた筈《はず》である。ところがその後、賊の行為は極めて異常だ。壁の黄白を巻いて箱に収めて現場に残し、北斎と等伯を持ち去ったのである。更に盗まれた筈の北斎は別腸の書庫から発見され、黄白の方が消えてしまった。

別腸と警部は、大村が部屋に戻った後、黄白が消えた意味を考えあぐねた。

「大村が黄白と北斎とを思い違いしていたとは考えられませんか？」

警部は別腸に言った。

「考えられませんね。構図や筆致が似ているとはいえ、画題がまるで違っていますから」

「そうですね。絵に対し全くの素人でもないわけですから」

「でも、念のためもう一度聞いてみましょうか」

呼び鈴を押すと繁子が来た。大村を呼びに行った繁子は、戻ると敷居の上に坐りこんでしまった。

「大村さんが……首を吊《つ》って……」

警部はいきなり立ち上った。別腸は拳を握りしめ、自分の無能を呪った。

「大村樹也の部屋には、椛山訪雪図と枯木野猿図がきちんと置いてありました。そして、その上には遺書も置かれてあったのです」

別腸はそう言って、太い息を吐いた。

「かずらがその年、めきめき美しくなったのは、恋をしているからだろうと思っていた私の考えは、大変な間違いでした。彼女は一生懸命に水泳を習っていたのです。適度の運動と水から上った肌の輝き、水泳への自信と、無論、深緑の季節も、彼女の美しさを磨きたてたでしょう。彼女にとって、当分恋など必要でなかったかも知れない」

「すると、大村は？」

「大村はかずらに恋をしていたのです。生真面目な彼は、恋にも命がけでした」

「だが、彼女の方は、大村の愛を受け入れようとはしなかったのですね」

「むしろ、嫌っていたようですね。大村はかずらが水泳教室に出掛けると、必ず跡をつけて、彼女の水着姿を遠くから見守っていました。かずらは彼のそんな視線が身ぶるいするほど気味悪かったのです。かずらが嫌えば嫌うほど、大村の執着は激しくなりました。彼は愛を告白し、哀願しました。だがかずらの心は固く閉ざされたままです。そうして、とうとう、力ずくでも彼女を奪おうとまで思いつめるに至りました。

そしてあの日、大村は私の留守に、あの部屋に明りを消してじっと潜んでいたのです。勿論《もちろん》、かずらが戸締りをしに、一人で部屋に入って来るのを待っていたわけです。大村はかずらが部屋に入るや、いきなり彼女に襲いかかりました。大村がなぜあの部屋を選んだのか。私にはその理由が判ります。部屋には貴重な美術品が数多くありました。その価値をよく知っているかずらは、激しい抵抗をして美術品に傷を付けるようなことはしないだろうと。

にもかかわらず、かずらの拒絶は強烈でした。いささかも意に従わない、ばかりでなく、大村の自尊心を傷つけるような言葉を叫んだ。そのとき彼は理性を失いました。怨《うら》みは憎悪に変り、気が付いたときには、かずらは彼の両腕の中で死んでいました。殺す気はなかった。彼の告白にはそう書いてあります。私もそれに違いないと思う。だが、我に返り自分の手で死んだかずらを見た大村は、狼狽《ろうばい》するとともに、殺人の罪から何としても逃れたい一心になったのです。そして愚かにも下手な小細工を弄したのですが、それがある程度まで警察の目を外《そ》らす役に立ったのですから、世の中は判りません」

「別腸さんは長い間傍にいた大村を疑《うたぐ》ることは出来なかったでしょう。顔見知りの森山警部も、それに惑わされたと言えそうですね」

「それもあるかも知れません」

別腸はちょっと苦そうに酒を飲んだ。

「大村は殺人現場を、いかにも強盗が押し入ったような状態に作り替えました。といっても美術品を毀《こわ》すようなことは、彼としては出来ませんでした。せいぜい壺を転がし、額を斜めにする程度でしたが。次に彼はガラス戸を開け、庭に降りて賊が外部から侵入したような痕跡を作り、いかにも賊が逃げ出したように、裏木戸の桟を外しました。明りをつけずにです」

「明りをつけなかった？　どうしてそんなことが判りますか」

「その夜は、月が美しく輝いていました。明りをつけなくとも、犯人は不自由しなかった筈です。森山警部に聞くと、大体そういう時に、犯人というものは明りをつけないのが常識だそうです。その上、大村が明りをつけなかった、もっと有力な証拠もありました」

「それは、どういう証拠ですか？」

「大村は最後に、盗賊が持ち去ったと見せるため、現場で目に付いた二つの軸を盗み出しました。一つはその日私が書庫から持ち出した等伯の枯木野猿図であり、もう一つは壁に掛けておいた、雪の山を描いた画幅だったのです」

「雪山図？ すると別腸さんの留守に、誰かが黄白と北斎を掛け替えたのですか？」

「大村もきっとそう思ったのでしょう」

「しかし？」

別腸は煙草を取り出すと、マッチで火をつけた。そしてゆっくりと煙を吐き出すと、

「――闇の夜は、吉原ばかり月夜哉。なのです」

と言って十冬の顔を見た。

「闇の夜は――？」

そういえば、十冬は別腸に出会ったとき、彼が同じ句を口にしたのを思い出した。

「ダリのボルテールの奴隷市場を見たとき、其角《きかく》にもこんな句があったなあと思い出したものです」

「其角の句ですか？」

「そうです。闇の夜は吉原ばかり月夜哉。十冬さん、この句は何を言おうとしているのか、判りますか？」

十冬はちょっと考えたが、難解な句ではなかった。どうということのない、ただの句ではないか。

「つまり、こうでしょう。闇の夜、月の出ていない夜、江戸の町々は静かな闇の底に沈んでいる。だが、吉原の遊廓《ゆうかく》、遊里の世界だけは別で、その一廓だけは満月のように明るい。つまり、歓楽の不夜城、吉原の繁栄を詠んだ句ではありませんか？」

別腸は満足そうな笑顔になった。

「とすると、ずいぶんありふれた句だとは思いませんか。対手は一筋縄ではゆかない其角ですよ。どうやら、十冬さんも其角の術中に陥ったと見えます」

「すると、この句には別の意味があるとおっしゃる？」

「よろしいですか。もう一度詠みますから、よくお聞きなさい。闇の夜は吉原ばかり……月夜哉」

別腸は、闇の夜は吉原ばかり、と一息に言い、ちょっと間をおいてから、月夜哉、と句を継いだ。

「あっ――」

十冬は思わず小さな叫び声をあげた。魔法にでもかけられたようだった。別腸の詠み方によって、句の意味はがらりと変ってしまったのである。

闇夜の底にあった江戸の町々は、みるみる満月に照らされて浮び出され、明るく輝いていた吉原の遊廓が、すうっと真っ暗な闇に包まれてしまったではないか。陰画は一瞬のうちに、陽画に反転したのである。

「お判りでしょう。闇の夜は、で切って詠むときと、吉原ばかり、で切ったときと、この句は詠み方によって、正反対の意味になってしまうのです。弦歌高唱、耀明尽きることを知らない紅灯の世界は、嘘《うそ》と駆け引きの世界、煩悩の闇に閉じ込められているとも言えるのです。古川柳にもありますな。――吉原が明るくなれば家は闇……」

「ずいぶん皮肉な句ですねえ」

「ところで、椛山訪雪図も、実は二重の意味が籠《こ》められていたのです」

「それはさっき聞きました。漢の宮殿に紅葉が多く植えられているところから、楓には楓宸という語がある。つまり華美や権勢も、いずれ雪の山に被《おお》われてしまうという意味でしょう」

「いや、私の言う二重の意味というのは、そういった観念的な意味ではなく、実際に視覚にうったえるものでした。部屋の調度が、女優メエウエストの顔に見えるようにです」

「其角の句は、詠み方を変えたために別の世界が浮びあがった。ダリの画はただ見るだけで品物の配置が人の顔に見える。しかし、椛山訪雪図は私もこの目で見ています。あれはただの紅葉の山でした。それとも、どんな見方をすれば、別腸さんの言う二重の意味が見えるのですか。横から見たり、透かして見たりなどするのですか？」

「いや、横から見たり透かして見なくとも見えるのです。ただ、あの絵が描かれた時代のとおりにして見れば」

「時代のとおりに？　私たちは江戸時代に戻ることは出来ませんよ」

「そうですね。でも絵を見るための照明なら、江戸時代のとおりにすることは出来るでしょう」

「照明――ですか」

「蠟燭《ろうそく》の光で見るのです。私は突然それに気が付いて、実験をしてみましたよ。椛山訪雪図を壁に掛け、私は何本もの蠟燭に火をつけ、電灯を消してしまいました。蠟燭の光であの絵に向うと……」

「向うと？」

「不思議なことには、今までごく淡かった丹の色が、灯の光を吸ったのではないかと思われるばかりに色を増し、紅葉の色は一段と鮮やかさを増したものです。そして、ほのかに動く、蠟燭の光で、紅葉全体が、秋風にさざめき始めたではありませんか。私はこの画人の力量に、改めて感心させられたものです。紅葉の山は蠟燭の光で鑑賞されるように、注意深く彩色されたのに違いありません」

十冬は目を細めた。記憶の中にある椛山訪雪図が、いつの間にか色を深め、風に揺れ始めたからである。

「しばらくしてから、私は蠟燭の火を、一本一本消してゆきました。外からの月の光が、部屋を青白い世界にいたしました。――もうお判りでしょう。実際にそれを見た私は、驚嘆のあまり、棒立ちになっていました。月の光の中で、紅葉の山は、雪の山に変り果てていたのです……」

「雪山図！」

「そのとおり。青い光の中では、紅葉の丹は完全に消え去ってしまいました。紅葉の葉は山一面に降りしきる雪に変ってしまったのです。酒の芳香を漂わせていた泉は固く凍り付きました。生を受け付けぬ、厳然とした死の世界がそこに出現しました。道に立っている老人はと見ると、ほんのりと赤味を差していた目元が、黒い隈取《くまど》りに変って、あたかも骸骨に似た死霊のような姿に変っていたのです。十冬さん、こんな恐ろしい絵を想像が付きますか？」

「想像出来ます！」

十冬の眼底にある椛山訪雪図も、そのときゆらめきながら、雪の山に変ってゆくのを、彼は見ることが出来たのである。

「椛山訪雪図――」

十冬は呆然として画題を口にした。

「そのとおり。椛の山に雪を訪ねる――この画題は絵の変化を説明したものでした」

「すると、北斎が雪山図を描いているうちに、椛山訪雪図の着想を得たとお考えになるわけですね」

「確定は出来ませんが。或いは北斎を見た他の画家であったかも知れません。この画家の狙い――又はこの画題を注文した好事家なら、こうしたでしょう。絵の主人は、この軸を前にして、月の美しい夜を選び、宴を張ったと思います。多くの燭《ともしび》がかかげられ、紅葉は一段と色を増します。宴たけなわになった頃を見計らって、主人は燭を消してしまいます。あでやかな紅葉はたちまちに色を失い、厳寒の雪山に変化してしまいます。今の栄耀、現在の歓楽のすぐ隣には、死の世界が待っている。この寓意《ぐうい》を見た人は、思わず己に立ち戻らずにはいられない。絵の主人はそんな皮肉な楽しみをしたかも知れませんね」

「江戸の粋人の、しそうなことです」

「——大村樹也は、私の留守の間、あの部屋にいて明りをつけずに、かずらが戸締りに来るのを、じっと待っていたわけです。かずらを待ち受けている間、彼は壁に掛っている椛山訪雪図を見ていたのでしょうが、月の光の中で、紅葉の山が雪の山に変っていることには、全く気が付きませんでした。大村は理事会の時刻を告げに部屋に入って来たとき、椛山訪雪図が壁に掛っているのを見ていたわけですが、それが雪山図に変るものだとは夢にも思いませんでした。彼が部屋を出た後で、私が北斎の雪山図と掛け替えたとばかり思い込んでいたわけです」

「黄白がそのままになっていたとは知らなかったのですね」

「大村は凶行後も明りをつけませんでした。屍体と一緒にいる現場を明るくするのは、危険だと思ったのでしょうが、明りをつけない方が、もっと危険だったのです」

「そのため、黄白が変化していたのに、気が付かなかったわけですからね」

「大村は外部から盗賊が侵入したように偽装するため、目に付いた黄白と等伯を持ち去りました。自分ではあくまでも、北斎と等伯を盗んだつもりでいたのです。他の品物に手を付けなかったのは、自分の部屋に持ち込むには、細い軸の方が隠し易《やす》いと思ったからです」

「そして警察の、盗品の調べに対し、盗難にあったのは、北斎と等伯だと証言したのですね」

「私も大村の言葉だから、それに違いないと信じ、書庫の方の美術品ばかりに心が行っていました。大村も自分の手で盗んだ二品に疑いを持つはずがなく、残った桐の箱の中まで調べなおそうとはしなかったのです。箱書は古く黒くなっていましたから、文字もちょっと見ただけでは判りませんでした。その結果は、二月後、盗まれた筈の雪山図が書庫の中から現われ、黄白が消えるという、奇怪な現象が起ったのです」

「雪山図が書庫から現われたのを知って、大村は自分の間違いを覚《さと》ったのですね」

「そうです。彼は部屋に戻り、隠したままになっている軸を改めました。そして、そこには雪山図はなく、椛山訪雪図が出て来たので、彼は愕然《がくぜん》としたのです。それを問い詰められれば、もう弁明は出来まい。いや、それ以前からすでに大村は死を覚悟していたのです。黄白がそのきっかけを与えたのでした。それにしても、私がもう少し早くそれに気付けば、と思うと、それが残念でなりません……」

別腸は妻の土産にする龍田巻を注文していた。

十冬はその日まだ用件が残っていたが、土産の出来上るのをじっと待っていた。別腸がこんな話を自分にした真意を考えていたのである。あくせく富を築いたにしろ、明日は雪山の中だということを自分に教えているのではないだろうか。あの江戸時代の粋人のように。

「雪子が妙な相場に手を出しましてね」

別腸は土産を大切に受け取って言った。

「お蔭で私は煮込みの旨さを知ることが出来るようになりました」

「蒐集を手放して、淋《さび》しくはございませんか？」

十冬はそっと尋ねた。別腸は歯の欠けた口を大きく開けて笑った。

「初めのうちは、ね。でもこの頃は私の心の中に壮大な美術館が出来上りましたよ。その中には無論、椛山訪雪図も雪山図もございます。私はいつでもそれ等《ら》を手に取って眺めることが出来ます。そして今日、蒐集の中にダリも加わりました」

「あなたは――」

十冬はすっかり冷めた残りの煮込みの汁を、旨そうにすすり込んでいる別腸を見てつくづくと言った。

「羨ましいことです。あなたは本当に贅沢《ぜいたく》な生活をしていらっしゃる……」

曜変天目の夜

恩田 陸

恩田　陸（おんだ・りく）

一九六四年生まれ。日本ファンタジーノベル大賞の最終候補となった『六番目の小夜子』で九二年にデビュー。二〇〇四年、『夜のピクニック』で吉川英治文学新人賞を受賞。〇六年、『ユージニア』で日本推理作家協会賞を受賞。〇七年、『中庭の出来事』で山本周五郎賞を受賞。一七年、『蜜蜂と遠雷』で直木賞と本屋大賞を受賞。ミステリー・SF・ホラーなど多彩な方面で活躍している。著書は他に『三月は深き紅の淵を』『月の裏側』『Q&A』『ネクロポリス』『夢違』『錆びた太陽』など。

ようへん【窯変】陶磁器の焼成中、火焔の性質その他の原因によって、素地や釉《うわぐすり》に変化が生じて変色し、または形のゆがみ変ること。ひがわり。また、そのためできた陶磁器。

ようへん【曜変・耀変】中国福建《ふっけん》省の建窯で南宋《なんそう》時代に作られた天目《てんもく》茶碗の一。漆黒釉面《ゆうめん》に大小の星紋が浮び、そのまわりが玉虫《たまむし》色に光沢を放つ。天目で最上のもの。

「広辞苑」第四版（ルビは編集部）

——きょうは、ようへんてんもくのよるだ。

今しも、倒れた老婦人が目の前を運び出されていくところであり、関根《せきね》多佳雄《たかお》は一瞬自分がデジャ・ヴを見ているのかと思った。それほどその光景は、彼の記憶のはるか底の方から閃光《せんこう》のように蘇《よみがえ》ってきたのだ。

あの夜と、同じだ。

「大丈夫でしょうかねえ、こんなに混んでいますものねえ」

隣では妻の桃代《ももよ》が、運ばれる老婦人を心配そうに見送っている。彼女よりも十歳ほど年上だろうか。しかし、彼の妻は実際の年齢よりもかなり若く見えるから、案外同じくらいの歳《とし》かもしれない。

確かに会場は混んでいた。狭い会場に多数の年配の客、それも圧倒的に女性客がひしめきあっている。美術作品を押し合いへしあいしながら眺めることくらい不毛なものはない、と彼は苦々しく思ったが、国宝の茶碗《ちゃわん》の久々の限定公開、しかも本日が最終日ときては、会場が殺気立つのも無理はない。

茶道仲間の友人にその評判を聞いた妻が見たいと言うのにつられたのと、関根多佳雄自身も駅のポスターで見た茶碗の写真に惹《ひ》かれたために、のこのこ遠くから出てきたが、駅前のバス乗り場から長蛇の列で、嫌な予感がした時には既に遅かった。

今どき東京にこんなところがあるのかと思われるほど、鬱蒼《うっそう》とした林の中にその美術館はあった。寿司《すし》詰め状態のバスから吐き出された乗客たちは更《さら》にえんえんと歩かされ、入場時間ぎりぎりに会場にすべりこんだ時には、短くなる一方の秋の陽射《ひざ》しはもう遠のいていた。ここまでで、早くも彼の機嫌は大きく斜めに傾いている。

それでなくても関根多佳雄という男は、最も物資の乏《とぼ》しい時代を生きた年代にしては見上げるような大男だ。それが、同年代の中でも選《え》りすぐったのかと思われるほど極めて小柄な人々で人口密度の高いこの場所にいると、人様の分も空間と酸素を消費しているようでますます居心地が悪い。

それでも気を取り直して会場をぎろりと見回す。目指す茶碗はというと、奥の方の細長いガラスケースの中にさりげなくちょこんと収まっていた。その周りには、その中身からなんらかの恩恵にあやかろうと目をぎらぎらさせた人々の顔がびっしりと隙間を埋めており、滑稽《こっけい》やらおぞましいやら。心の中で苦笑しながらも、彼はその長身を生かしてケースの中の茶碗をひょいと覗《のぞ》きこんだ。

最初の感想は、「意外と貧弱だな」の一言だった。

ポスターの写真の印象から、もっと大きな茶碗を想像していたのに、目の前の茶碗は大きめの真っ黒な御飯茶碗、くらいのサイズだった。むしろ、隣のガラスケースに並べてある油滴天目《ゆてきてんもく》茶碗の方が充分な大きさがある上に、黒い素地一面に細かく散った七色に輝くしぶきのような模様が美しく、優れて見えた。

「こんなに小さいものだったんですね」

桃代の感想も同じだったらしい。しかし、中に浮かんだ数々の星紋は、確かに自然の造形物であるとは信じられないほどだった。その小さな黒い空間に、何か特別なものが凝縮されて詰まっていた。

その時、既に予感はあった。自分が何かを思い出しかけているという。

グリーンのカーペット。黒い茶碗。降るような星空。桜の花。

どさっ、という音がして、人々はその音の方向を見た。痩《や》せた女性が床に倒れている。

あっ、と思った。

——きょうは、ようへんてんもくのよるだ。

飛び散る花びら。黒い茶碗。隣に倒れている男。

貧血を起こしたらしいその女性が運び出されると、会場はたちまち元の雰囲気に戻る。

多佳雄は他の展示物を見ながら、じっと考えていたが、おもむろに口を開いた。

「——ねえ、なんといいましたっけ、あの人」八王子《はちおうじ》の。十年ほど前に亡くなった」

「ああ、酒寄《さかより》さんですね。たしか、偉い学者さんじゃなかったでしたっけ。どうしたんですか、急に」

場に居合わせたんでしたね。どうしたんですか、急に」

「そうか、酒寄さんでしたね。

多佳雄は妻の記憶力に感心する。要するに、妻は想像力があるのだ。彼女の家は、代々著名な日本画家を輩出していて、彼女の腕もかなりのものだった。多佳雄がこれこういう人に会って、こんな人だった、と言う。すると、彼女はいくつか多佳雄に容姿や人柄に関する質問をするだけで、かなり具体的にその人物を思い浮かべることができるらしい。しばらく経《た》ってから実際にその人物を妻に紹介しようとして、こちらが名前を出す前に、彼女が「誰々さんですね、伺《うかが》っております」とはっきり名前を口に出して驚かされることが一度ならずもあった。

酒寄順一郎《じゅんいちろう》。そうだ、そういう名前だった。鮮明な記憶が蘇ってくる。彼は司法学者だった。多佳雄がまだ裁判官をしていた頃、たびたび八王子の自宅を訪ねていっては、深夜まで熱心に判例の解釈について話し合ったものだ。最近話題になったイギリスのホーキング博士に似ていないこともない。多佳雄はいつも自分で提《さ》げていったウイスキーを呷《あお》っていたが、彼は大の紅茶党で、細君に作らせた英国式のスコーンをゆっくり齧《かじ》りながらゆるゆると紅茶を飲んでいた。

その日も、すっかり遅くまで話しこんだ多佳雄がいつものように一階の客間で眠りこみ、順一郎は二階の寝室に引き上げていった。その夜、彼は帰らぬ人となったのである。

記憶というのは、しばしば不可思議な形で脳味噌《のうみそ》に収まっているものだ。

ある特定の記憶は、なぜか自分の目で見た形ではなく、自分をも含めて誰かが天井から見下ろした形で収まっている。多佳雄にとってそういう記憶は二つある。一つは初めて女性と寝た時の記憶であり、もう一つは冷たくなった順一郎を発見した時の記憶である。一つめの方については、行為についての感想はさっぱり覚えていないのに、女性と寝ている自分という場面だけは、写真のように鮮明な形で思い出せる。狭い木造家屋の二階の角部屋。自分のだだっぴろい背中と日焼けした首筋（もちろん後ろ側だ）が見え、その隣に女性の青白いどこか刹那《せつな》的で気怠《けだる》い顔が覗いている。彼女の空虚な目は、じっと天井のこちらを見つめている。掛け布団の柄《がら》は芍薬《しゃくやく》の花を写したもので、部屋の隅《すみ》の屑籠《くずかご》の中には、破いた葉書が入っていたということまで覚えている。

一方、順一郎の発見は、それこそ推理小説によくある殺人現場の「図解」そのものの記憶である。緑色のカーペットの上に順一郎は倒れており、片手はカーペットの上に転がった黒い抹茶茶碗《まっちゃ》にかけられていた。死に顔は安らかだった。離れた板張りのところに、ティーポットとカップが落ちて割れていた。それを呆然《ぼうぜん》と見下ろしている自分がいて、更にその二人を、どこかもっと高いところから見下ろしている記憶がある。これは誰の記憶なのだろう?

当時、順一郎は徐々に体調を崩しており、最後に会った日は本当に弱っていた。透き通りそうに青白い肌。指先も時折震え、カップを受け皿に置こうとすると、かちゃかちゃと神経質な音をたてた。

——今年はもう、早々にブランケットを出したよ。年々寒さを感じるのが早くなる。この手足の冷たさといったら! いやはや、我々は毎日少しずつ死んでいっているわけだが、この手足ときたら、それを深く実感させられるねえ。

彼は自分のティーセットを非常に大事にしており、決して他人には触らせなかった。ノリタケが戦後輸出用に作ったというポットとカップ。レトロな柄なのに、どこかモダンな香りのする黄色と黒の花柄。それを戸棚にしまいこんで、鍵までかけていた。彼はいつでも二階でお茶が飲めるように、二階にも小さな流しをこしらえており、お茶を飲んだあともゆっくり丁寧《ていねい》にポットとカップを洗っていた。彼が背中を丸め、時間をかけてカップを洗う姿が印象に残っている。

その彼が、その日、その茶碗の話をしたのだった。

──最近、抹茶用の茶碗にも興味を持ってね。君、曜変《ようへん》天目茶碗というのを知っているかね？　かつて中国から伝わり、まだ日本の茶道がわび・さびを確立する前の時代、茶碗そのものの美しさが珍重《ちんちょう》された時代に最上のものとされた茶碗。窯《かま》の中でいったいどのような偶然が起きてあんなものができるんだろう、いまや日本でしか存在しない奇跡の茶碗。その一つを曜変天目という。イヤア、一度だけ見たことがあるんだが、茶碗の中にたくさんの星ぼしが散っていて、蒼《あお》く輝いている。それがネ、本当に宇宙をさかさまにのぞきこんでいるような錯覚を覚えるんだ。その中にすっぽり宇宙が収まっているんだよ。あれにはすっかり魅せられてしまってね、とてもあんなものは手に入れられないが、形の似た真っ黒な茶碗を求めて、その中にあの星ぼしを思い浮かべてみるんだ。

我々は肉体という容《い》れものに閉じ込められている、この肉体という窯の中で、何十年も燃え続ける、窯の外からは解らないけれど、中では何かがじりじりと灼《や》かれて少しずつ変化していくのさ、最後に窯を開けてみて、美しい茶碗が出てくるか、割れた土くれが出てくるかは誰にも解らない──ねえ君、例《たと》えば君は私がすっかり私の記憶を失《な》くしていて、君のことを忘れてしまっていたら、君は君の知っている私とその私とを同じ人間だと思うかね？　窯を開けた時に、以前と同じ人間かどうかは、誰にもわからないじゃないか？

彼は楽しそうだった。純粋に理性の世界に遊ぶことのできる人間だけが見せる、あの歌うようなあどけない表情が目に浮かぶ。そして、ぽつりと言ったのだ。

——今日は、曜変天目の夜だ。

会場をひとあたり見たあとで、多佳雄は再び曜変天目茶碗のところへ戻ってきた。その中をもう一度覗きこんでみる。そこだけ空気が濃いような、密度の重さを感じるのは気のせいだろうか。子供の頃、台所で母親が太巻き寿司を作っているのを見ていたことを思い出す。薄焼き卵やでんぶ、かんぴょうが無造作に敷いてあったように見えたのに、巻き簾《す》でぎゅっと転がして菜切《なき》り包丁でさくりと切ると、その断面に凝縮された思いがけない模様が見えてくる。あれと同じだ。何か巨大なものをすさまじい圧力で押し縮めたような緊張感が、茶碗の周囲を覆《おお》っている。自然界においては、完璧な造形というのはしばしばその完璧さゆえに畸形《きけい》な印象を与え、畏怖《いふ》の対象となるものだが、これがそうらしい。そして、まさにこれは、超新星の誕生の瞬間を土に封じ込めたモニュメントなのだ。そんなことを驚嘆と共に思いめぐらしていると、だんだん茶碗が大きく見えてくる。星ぼしの蒼い輝きが、より一層冷たい熱を帯びて彼に迫ってくる——

「そういえば、あなた、あのあとに手紙が来ましたね」

妻の声で彼は我に返った。

ぎゃあぎゃあと群れをなして遠ざかるムクドリの声。

気が付くと、彼はすっかり日の暮れた道を、他の客たちとともにぞろぞろと出口に向かっているところだった。

多佳雄はおうむ返しに尋ねた。

「あのあと?」

「酒寄さんの亡くなったあとですよ。あなたはそのまま葬儀の手配のお手伝いをして、お通夜をして、うちに帰ってらしたのは二日くらい経ってからでしたでしょ? そのあと、うちに酒寄さんから手紙が届いたんですよ。わたし、郵便受けから手紙を出して、裏返して名前を見てびっくりしたのを覚えてますもの」

多佳雄も思い出した。死者からの手紙。

あとから聞いた話では、順一郎の研究室の助手が、まだ彼の死を知らないうちに、机の上に出しっぱなしになっていた手紙を、気をきかせて投函したということだ。

彼は自分の衰弱ぶりから、死期が近いことを悟っていたらしい。手紙には、自分が近々死ぬであろうということと、長年の友情に対する礼とが彼らしい淡々とした文章で簡潔にしるされていて、すこぶるあっけない手紙であった。なんとも用意のいい男だ、と半ばあきれ顔になった瞬間、封筒の底に何かが残っていることに気付いた。手紙の最後の一節をふと読み返す。

――年寄りのささやかな感傷。悪いが、君にはこれを持っていてほしい。

多佳雄は封筒を逆さにした。ぱさ、と軽いものが机の上に落ちる。

髪の毛だった。順一郎の白髪が、数本束ねられてそこに落ちていた。

「あたしも見たわ、あの茶碗。すごいわよね、見た瞬間はショボイなって思うんだけど、何度も見てるとだんだん鬼気迫る感じがしてくるのよね」

その夜、娘の夏《なつ》が予約しておいてくれた京橋《きょうばし》のフランス料理のレストランで、現われた夏は開口一番そう言った。

クリーム色のノーカラーのスーツに、二連の真珠《しんじゅ》のネックレスとイヤリング。我が娘ながら、実に美しい。それなりの場数を踏んで、弁護士という職業に自信をつけてきたことと、近ごろ婚約したこともあり、公私ともに充実の時、というところだろう。もっとも婚約者は売り出し中の若手の指揮者で、ヨーロッパ公演の真っ最中。当分別々に暮らすことになるのは二人とも承知の上である。

それにしても、同じものを見て同じような感想を持つというのは、やはり血のつながりのせいであろうか。こうしてたまに娘に会うと、昔小学校の担任に言われた言葉が、最近になってやけに思い出される。

夏ちゃんはその——とにかく頭のいい子ですわ。なんというか、言葉は悪いですが、一種悪魔的、と言いましょうか。とにかく、他人を自分の思い通りに動かすことにかけては天才的だ。傍目《はため》にはそんなふうに見えないのに、気が付くと皆、教師たちでさえ、いつのまにか彼女の望む方向に進まされているんですな。意識してやってるにしろ、無意識にやってるにしろ、どちらにしても少々末恐ろしい。

確かに、上と下の息子のナイーブさに比べ、夏の感情の安定度は際立《きわだ》っていた。とにかく、怒るべき状況でも、悲しむべき状況でも、彼女には第三者的に面白がってしまう方が先なのである。このように豪胆な、はっきり言って人間離れした娘に相手が見つかるのかとひそかに心配していたのだが、更にひとまわりも大きくすこんと抜けた大陸的な青年を連れてきたので、上には上がいるものだとあきれた。

夏は店員と懇意にしているらしく、皆ニコニコと彼女に寄ってきて話しかける。娘のあしらいは堂にいったものだ。あの茶目っ気と色香をまじえた視線でウイットに富んだ台詞《せりふ》をかけられたら、若いギャルソンなどはたまらないだろう。

「あたしね、あの茶碗を見ると、なぜか落語の『あたま山』を思い出しちゃうの。知ってるでしょ。サクランボを種《たね》ごと食べた男がいる。その種がおなかの中で育って、頭のてっぺんに桜の木が生えてきちゃって、周りで近所の人が花見をするんでうるさくてたまらない。あんまりうるさいんで、桜の木を抜いちゃう。ところがそのあとに池ができて、漁師が魚を取りに来たり、心中をしようというカップルが来たりで相変わらず騒がしい。あんまり騒がしいんで、そこに身を投げて死んじゃう、あの話。どうしてかしらね。『あたま山』もあの茶碗も、どちらもブラックホールを連想させるからかしら。あの茶碗の中に身を投げたらすっぽり入っちゃうんじゃないか、って思うからかしら」

ぎくりとした。

『あたま山』。

舞い散る桜の花びらがひらひらと宙を舞うのが見える。

多佳雄は思わずフォークとナイフを握った手を止めた。

そうか、さっきから順一郎に関する記憶にかすかな違和感を感じていたのは、このせいだったのか。

——今年はもう、早々とブランケットを出したよ。

順一郎との最後の夜の記憶を蘇らせようとすると、その背景にはらはらと桜の花びらが舞うことに、どこかで気付いていた。しかし、彼とその夜を過ごしたのは晩秋の、もう師走《しわす》に入ろうかという寒々しい季節だったはずである。なぜ桜の花びらの記憶があるのだろう、と頭の片隅で自分でも知らないうちに疑っていたのだ。

本当に、なんとまあ私と娘の思い付くことは似ていることか。

そうなのだ。あの時、あの茶碗を見て、多佳雄自身も『あたま山』を連想したのだ。

ただし、彼が『あたま山』を連想したのは、ブラックホールを連想したからだけではない。

身投げ。

あの夜、順一郎と多佳雄は、自殺について話をしていた。当時、非常に巧妙に事故にみせかけて自殺し、自分の会社に多額の保険金が下りるようにした男がいた。この男、大変な洒落《しゃれ》者で身だしなみにうるさく、自分で生地《きじ》を選んで作ったスーツは自分で手入れをしてクリーニングに出すほどだった。その彼が、ヘビースモーカーの友人のパーティで着た、お気に入りのスーツをクリーニングに出していなかった。そのことに疑問を持った保険会社の調査員が、気が遠くなるほど地道にコツコツと証拠を集めて、自殺だったということを立証したのである。

――さて、この話の教訓は何だろう？

順一郎の口癖《くちぐせ》だったこの台詞に、あの日二人は何という答を出したのだっけ？

自分の死を予期している者は、無意識のうちにその痕跡を残す。

これがその日の教訓だったような気がする。それは、セットしていない目覚まし時計であったり、しまいこまれた眼鏡《めがね》であったり、いつもより多すぎるペットの餌《えさ》であったり……自分の死を知っている者は、自然とその準備をする。

そんな話をしていた。それから話題は、いちばん効果的な（つまり、簡単で自分にも他人にも迷惑のかからない）自殺手段は何か、という話になった。

やはり毒だろうね、と順一郎は言った。コントロールできる死、自分で自分に与えられる死。有史以来、毒を呷った者、盛られた者は数知れない。彼は、毒を使って自殺した人々、もしくは毒殺されたとされる人々、あるいは毒を使って歴史に名を残した人々の名前をすらすらと暗唱した。クレオパトラやソクラテスに始まり、モーツァルトにナポレオン、ディクスン・カーの『火刑法廷』のモデルとされたブランヴィリエ侯爵夫人、『ボヴァリー夫人』の下敷きとなったのではないかと言われる、十九世紀フランスでのマリー・

カペルの夫殺し事件、などなど。

彼はすさまじい記憶力を誇る男だった。それは能力というよりも既に性格の一部みたいなもので、とにかくその気がなくても一瞥《いちべつ》しただけで覚えてしまうらしい。日常生活においても、親しい友人の住所や電話番号は諳《そらん》じていたため、「住所録いらず」と呼ばれていたほどである。

——毒というのは不思議だね。他の手段ならば生涯に一度きりの犯罪ということも在り得るけれど、毒というのは必ず反復するね。つまり、一度他人に対して毒を使った者は、必ずまた誰かに毒を盛るね——だから、毒という手段で一度きりの犯罪にするためには、自分に対してしか使うことができないね。そういう意味でも、毒というのは自殺に最もふさわしいかもしれない——おう、もうポットが空《から》だ。

順一郎が持ち上げたポットから、紅茶の葉がぽたり、とカップの底に落ちた。

「あら、そのポット、もう空よ。お代わり頼みましょうか」

夏の凜《りん》とした声に、多佳雄は自分がコーヒーポットを持ってぼんやりしていたのに気付いた。そういえば、さっきもポットが空なのを確認したはずなのに——いやはや、さっきから料理にも上《うわ》の空《そら》だ。多佳雄は大きくため息をついた。

「うん、頼む」

「なんか今日のお父さん、ヘンね。どうしたの、さっきからぼんやりして」

夏はけげんそうな顔をしながらギャルソンを呼んだ。

多佳雄は頭をかきながらうつむく。

ふと、カップの底に、コーヒーの輪だけが残っているのが目に入った。

——おう、もうポットが空だ。

ポットを持ち上げる、神経質な細い指先。黄色い花柄のポット。

多佳雄はまじまじとカップの底を見つめた。

——おう、もうポットが空だ。

忘れる。

その言葉が頭の中に大きく太い活字となって浮かんだ。

ポットにもう紅茶が入っていないことを、忘れる。

順一郎は、忘れない。彼は自分が使ったマッチの本数まできちんと覚えている男なのだ。米櫃《こめびつ》に残った米粒の数まで覚えてるんじゃないか、と揶揄《やゆ》されるほどだった。

忘れるはずがない。多佳雄の知っている順一郎ならば。

しかし、あの夜。彼は何度も空のポットを持ち上げていた。カップの底には点々と、でがらしの紅茶の葉が落ちていた。

彼は忘れていたのだ。自分がもう紅茶を飲んでしまっていたことを。

——例えばだ、君は私が全く記憶をなくしていたら、私のことを友人だと思うかね？

忘れていたのだ、彼は。少なくとも、記憶力が落ちていた。それも、ほんの少し前にしたことを忘れるほどに。

アルツハイマー。

もし、彼が、自分の記憶力が急速に落ちつつあることに気付いていたとしたら？

自殺。

――やっぱり、毒だろうね。

ぱさりと机の上に落ちた髪の毛。

年寄りのささやかな感傷。毒を呷った人々。ナポレオンの毛髪には、通常の人間の致死量の十数倍もの砒素が含まれていた。自分の死を予期する者は、必ずその痕跡を残す。

砒素。

砒素《ひそ》中毒の症状とはどういったものだったか？　砒素は少量の服用では死なない。毎日少しずつ服用すると、体内に蓄積され、だんだん疲れやすくなり、死に至る。それは自然死に見えることもある。顔は透き通るように青白くなってくる。症状が進むと、肝臓に障害が起こる。一方、神経症状が現われ、指先に知覚の欠落が出ることもある――

かちゃかちゃと震えるカップの音。

いつも彼は紅茶を飲んでいた。多佳雄はいつもウイスキーを飲んでいた。

いや違う、彼は自分の家には酒を飲む人間しか招待しなかったのだ。多佳雄はお茶も好きだが、酒を飲んでいる時は一切《いっさい》他のものは飲まない。

ゆっくりと時間をかけて紅茶を飲む彼。ノリタケのポットとカップは自分で丁寧に洗い、戸棚にはしっかり鍵をかけ、他人には決して使わせない——

あのポットに砒素が入っていたのだろうか？

多佳雄は愕然《がくぜん》とした。

静かな部屋の中で、四方山《よもやま》話をしながら幸福そうな表情で紅茶を何杯も飲んでいた順一郎。いつも穏やかな、冷徹な深い瞳で語り続ける順一郎——

——我々は、毎日少しずつ死んでいっているんだからね。

文字通り、自分は目の前で一人の男が自ら死んでゆくのを知らないうちに見守っていたのだ。それを、今ごろ。十年近く経ってから気付くとは。

「お父さん、コーヒー入ってるわよ」

娘の声にはっとした。

目の前のカップに、湯気をたてる黒い液体が満たされていた。その黒い鏡に自分の顔が映っている。そこにも小さな暗黒があった。

外に出ると、人通りの少なくなった大通りを、そっけなく車が行き来していた。

ひんやりとした空気に、ワインで火照《ほて》っていた身体がかすかに身震いする。

今日はいい天気だった。

多佳雄はひょいと空を見上げた。漆黒《しっこく》の空。こんな明るい銀座《ぎんざ》の街角で、星が見えるはずもない。

――きょうは、ようへんてんもくのようだ。

あの時、順一郎はどんな気持ちであの言葉を発したのか。

自分という容れものの中で、自分にも止めることのできないスピードで変わっていく精神。記憶がどんどん欠落していくという恐怖は、彼にとっては自分が違う生き物になっていってしまうように思えたのだろうか。

最後に窯を開けてみて、美しい茶碗が出てくるか、割れた土くれが出てくるかは誰にもわからない――

彼は奇跡を期待していたのだろうか？　それとも絶望していたのだろうか？

「車を拾いましょうか」

夏が訊《き》いた。

「いや、もう少し歩きたい」

多佳雄は手を上げて、ゆったりとした足取りで歩き始める。

顔を見合わせ、妻と娘が彼の後ろでおしゃべりを始める。

自分の妄想かも知れぬ、と多佳雄は思った。

調べれば済むことだ。まだ彼の引き出しの中には、順一郎の最後の手紙と髪の毛が残っているはずである。あれを鑑識に持っていけば――

彼は無意識のうちに首を左右に振っていた。自分がそんなことをしないということをよく知っていた。

自分はどうするだろうか。自分が自分でなくなっていってしまうと知った時、どんな選択をするのだろうか。

——毒を一度他人に使った者は、必ずもう一度誰かに使うね。毒は反復する。

毒の誘惑。一番効果的な。

多佳雄はふと顔を上げて、いくつもの色鮮やかな銀座のネオンを見つめた。

私は使わない。最後まで自分自身だ。どんなに変貌しようとも、家族すら見分けられなくなったとしても、私であることに変わりはない。そして、私の精神が燃えつきてしまっても、最後の最後まで私という窯の中に、生命という核だけは燃え続けるのだ。

信号が赤になっていた。

立ち止まった多佳雄は、もう一度空を見上げた。

相変わらず、こうこうと点《とも》る電飾の群れが空を侵《おか》している。

しかし、その奥には、無限の暗黒が広がっているのだった。ふと、彼は自分がまだあの美術館にいて、ガラスケースの中の茶碗を見下ろしているような錯覚を覚えた。

まさに、今日は曜変天目の夜であったのだ、と彼は心の中でつぶやいた。

信号が変わり、後ろの二人に促されると、彼は再び前を向いて歩きだした。

老松ぼっくり

黒川博行

黒川博行（くろかわ・ひろゆき）
一九四九年生まれ。会社員・美術教師を経て、八三年、サントリーミステリー大賞佳作に選ばれた『二度のお別れ』で小説家デビュー。八六年、『キャッツアイころがった』でサントリーミステリー大賞を受賞。九六年、「カウント・プラン」で日本推理作家協会賞を受賞。二〇一四年、『破門』で直木賞を受賞。警察小説やハードボイルド、美術ミステリーなどを中心に活躍している。著書は他に『切断』『アニーの冷たい朝』『疫病神』『文福茶釜』『国境』『蒼煌』『悪果』『後妻業』『桃源』など。

1

杉原《すぎはら》が十二神将像を二体、持ってきた。高さ三尺ほどの木造、伐折羅《ばさら》大将と珊底羅《さんちら》大将。二体とも鎧《よろい》を着て沓《くつ》を履き、岩を模した台座の上に立っている。伐折羅の武器は剣、珊底羅の武器は三股の槍《やり》だが、先が折れている。伐折羅の左腕は肘から先が折損していた。

「よろしいな。時代もある」立石《たていし》はいった。

「鎌倉は無理としても、室町はあるんやないですかね」

杉原はうなずく。「彩色もけっこう残ってますやろ。干支《えと》もちゃんとしてるし」

「戌《いぬ》と午《うま》ですな」

十二神将像は髻《もとどり》に干支の動物をつけているのが約束だ。伐折羅は戌、珊底羅は午。憤怒の形相で虚空を睨《にら》みつけている。

「これはどこから？」訊《き》いた。

「すんません。出は堪忍してください」

杉原は浅く座りなおした。「丹波《たんば》のお寺さん、とだけいうときます」

「ほかにもありますんか。宮毘羅《くびら》とか因達羅《いんだら》とか」

宮毘羅は金比羅童子、因達羅は帝釈天ともされるから人気がある。

「因達羅は寺にありましたけど、傷みが激しいんですわ。腰のあたりが虫食いで、後ろから添え木をしてました。せやから、ちょっと売り物には……」

寺にはまだ三、四体、残っているが、どれも同じように傷んでいる、といった。杉原は仏教美術を主に扱っているハタ師で、各地の寺をまわり、仏像や仏具を買って、立石の店に持ち込んでくる。立石は去年、平安時代の大般若経断簡《だんかん》と、藤原時代の焼経《やけぎょう》断簡——もとは巻物であったものが火災にあい、上下が焼け焦げている——を杉原から買い、顧客に売った。杉原は出処を明かすときもあれば、そうでないときもある。

「念のために、これはややこしいもんやないですな」

暗に、盗品ではないことを確認した。ここ数年、無住の寺から仏像が盗まれる事件が多発している。

「もちろん、ちがいます」杉原はかぶりを振った。

「で、値は」

「一体、五十でどうですやろ」

「五十ですか……」

顧客の干支を考えた。堺の大正鉄鋼の村山《むらやま》会長は戌年のはずだ。村山は仏像を蒐集《しゅうしゅう》している。「はい、もらいましょ。二体とも」

「おおきに。ありがとうございます」杉原は頭をさげた。

立石はほとんど仕入を値切らない。だから相手もふっかけはしない。お互い、プロ同士の取引だから、言い値が高いと判断したら、買わないだけだ。

「ほな、領収書くださいな。日付なしで」

いって、立石は帳場にあがった。文机《ふづくえ》の抽斗《ひきだし》から帯封の百万円を出し、杉原のところにもどる。杉原から領収書を受けとり、金を渡した。

「買うたからいうんやないけど、お顔がけっこうですな」

ソファに腰をおろし、二体の神将を見あげた。顔の赤い彩色がガラス越しの自然光に映える。杉原が丁重に埃《ほこり》を払ったらしく、鎧の溝に施した截金《きりかね》もところどころに見える。

「これで鬼でも踏みつけてたら、申し分ないですわ」杉原は笑った。

「邪気払いまでしてもろたら、お気の毒や」立石も笑う。

そこへ、『くつろぎ』のマスターがステンレスのトレイを持って入ってきた。コーヒーカップを立石と杉原の前に置き、ポットのコーヒーを注ぐ。くつろぎは『古美術　立石』の筋向かいの喫茶店だ。

「仁王さんですか」

カップに角砂糖とミルクを添えながら、マスターはいった。

「武神ですわ。薬師如来をお護《まも》りする」

「みごとな彫りですな」マスターは腕組みをして像を見る。

「マスター、干支は」

「申《さる》です」

「そら残念や。戌か午やったら、この像を勧めるんやけど」

「なんのことです」

「頭に戌と午がついてますやろ」

「ああ、そうですな。きれいに彫ってる」

マスターは顔を近づけた。「けど、よう買いませんわ」

「冗談ですがな」

「分かってます」

マスターはポットを置いて出ていった。

立石はコーヒーにミルクを注ぎ、口をつけた。

「このごろは丹波のあたりをまわってはりますんか」

「篠山《ささやま》のお寺さんで屛風《びょうぶ》を買いました」

杉原は角砂糖を入れた。「墨絵の芭蕉《ばしょう》と牡丹《ぼたん》です」

「ええもんですか」

「円山《まるやま》派の絵で筆は達者やけど、時代が若い。それに屛風は売りにくいしね」

「座敷のある家が少のうなりましたもんな」屛風は広い畳の間に広げるものだ。

「お寺さんはどこも逼迫《ひっぱく》してますな。檀家《だんか》が寄りつかんようになって」

杉原はひとつ間をおいて、「阿弥陀《あみだ》さんはどないですか。高さ二尺ほどの木像を一体、預かってるんやけど」

「いつのもんです」

「ちょっと若いんですわ。よういって、江戸初期です」

「阿弥陀はね……」

阿弥陀如来像は市場に出まわっている数が多く、コレクターに人気がない。武神のような動勢がないし、伏し目がちの表情も退屈だ。「藤原、鎌倉くらいまであるんやったら、見せてもらいたいけどね」

「やっぱり、あきませんか」

杉原はカップの底に左手を添え、濃茶《こいちゃ》のようにコーヒーを飲んだ。

「誕生仏《ぶつ》はないんですか」

釈迦が摩耶夫人《まやぶにん》の腋《わき》の下から生まれたとき、自ら七歩あるいて右手で天を指し、左手で地を指して、〝天上天下、唯我独尊〟と唱えたという説話からきた像だ。赤ん坊の像だから、そう大きいものはない。還暦を迎えたひとが人生の新たな出発を祝う意味で身辺に置くことも多く、誕生仏は右から左に売れる。

「去年の冬でしたかな、笠岡《かさおか》のお寺さんで乾漆《かんしつ》の誕生仏を見つけたんやけど、なかなかに目端の利く住職で、言い値が高いんですわ。そら、きれいな像で欠けひとつなかった」

時代は室町、高さ一尺五寸、全体が落ち着いた赤茶色で腰布の流れもみごとだったという。「写真は撮りましたさかい、あとでお送りしましょか」

「頼みます」

うなずいた。「それで、向こうさんの言い値は」

「二百です」

「ええ値ですな」

「買うか、買わんか、迷うたんやけど、なにせ手元に余裕がないもんやさかいに」

凄腕《すごうで》のハタ師の杉原が迷ったのなら、ものにまちがいはない。写真を見て、いいものなら買おう、と立石は思った。

「二百三十くらいやったら、手に入れてくれますか」

「そら、もちろん」

杉原は相応の手数料を払えば動く。立石が杉原を知ってかれこれ二十年になるが、偽物《ぎぶつ》を持ってきたことは一度もない。仕入を依頼したらしっかりやる男だ。

「せやけど、このごろは世知辛《せちがろ》うなりましたわ。テレビの鑑定団の影響かして、初出《うぶだ》しに行っても素人さんに足もとを見られる。柄の折れた鋤《すき》、鍬《くわ》から、雑巾みたいな刺し子の野良着まで買えというさかい、往生しますわ」

「しかし、ハタ師が初出しせんかったら商売にならんでしょ」

ハタ師は寺や民家を訪れて骨董《こっとう》や民具を買い、市場に流して利益を得る。これに対して立石のように店を持ち、客を相手に商売する古美術商を店師という——。

「確かに、掘り出し物は初出しでしか見つかりませんわな」

杉原とは仕入が終わると、こうしていつも話をする。客に対しても同じだ。店に入ってくる客は一日に十数人で、一見さんは少ない。馴染《なじ》み客とはコーヒーや茶を飲みながら骨董談義をして、いまどんなものに興味があるかを把握する。あのひとにはこれ、このひとにはあれ、と勧めるものを考えるのが古美術店主である立石の生業《なりわい》だ。

「――どうも、長々とすんません。ごちそうさんでした」

杉原は腰をあげた。「誕生仏の写真は、今日中にメールを入れときます」

「また、おもしろいもんがあったら頼みますわ」

「こちらこそ」

頭をさげて、杉原は出ていった。


神将像二体を二階の倉庫に上げ、箱を注文するために寸法を測っていると、自動ドアの開く音がした。階段を降りる。

ソファのそばに能見《のうみ》夫妻がいた。能見はカシミアだろう、丈《たけ》の長いチェスターコート、妻は襟元にシルバーフォックスをあしらったグレーのコートをはおっている。

「こんにちは。お顔が見えないから、お声をかけるところでした」愛想よく、妻がいった。

「ごめんなさい。倉庫の整理をしてました」

夫妻に腰をおろすよういった。能見はコート掛けにマフラーとコートを掛け、妻も掛けて、ソファに座った。

「今日はどこか、お寄りになったんですか」

「はい、ちょっと内覧会に」

なにの内覧会か、妻はいわなかった。

「お車は」

「近くの駐車場です」

能見が運転してきたようだ。夫妻は黒のベントレーに乗っている。

立石は茶を淹《い》れ、粉引《こひき》の湯呑《ゆのみ》でふたりに出した。

「なにかおもしろいものはありますか」茶をひとすすりして、能見がいった。

「黄瀬戸の皿と古唐津のぐい呑みが入りました」

「いいですね」夫妻はうなずく。

立石は立って、奥の部屋から箱をふたつ持ってもどった。紐《ひも》を解き、蓋をとる。皿とぐい呑みを夫妻の前に置いた。菊を象《かたど》った五枚揃《そろ》えの皿は径五寸、ぐい呑みは高さ二寸五分だ。

「みごとな菊皿ですな」

能見は黄瀬戸を手にとった。「釉《ゆう》もよろしい。ホツレもない」

「まったりしてますやろ」

灰釉《はいぐすり》が厚くかかっていて、淡黄色というよりは緑に近い色合いだ。

能見は皿を裏返して高台《こうだい》を見た。小さくうなずいてテーブルに置き、ぐい呑みをとりあげる。掌《てのひら》にのせて重さを確かめ、青灰色の釉薬《ゆうやく》と赤っぽい胎土に眼《め》を凝らす。

「この菊皿にヒラメの薄造りでも盛って、このぐい呑みで一杯やったら、さぞ旨《うま》いでしょうな」

上機嫌で能見はいい、「いかほどですか」

「菊皿は揃いで九十万円、ぐい呑みは二十万円……。百万円でお願いできますか」

「はい、けっこうです。いただきましょう」

あっさりしたものだ。ふたつ返事で百万円の買い物をする。能見は宝塚の総合病院の理事長で、品物を持ち帰ると二、三日後に振込がある。振込人は〝のうみ悠成会〟だ。

能見に限らず、店に来る顧客はみんな目利きだ。一見客も例外ではなく、ひやかしで入ってくる客はほとんどいない。〝おもしろい酒器はありますか〟〝志野の茶碗《ちゃわん》はありますか〟と、欲しいものをいって、見せると、気に入ったものや予算に合うものは買うし、そうでないものは買わない。実にはっきりしている。

『古美術　立石』がある大阪・西天満の老松町《おいまつちょう》は〝骨董通り〟と呼ばれ、九十軒ほどの画廊や古美術店が集まっている。古美術店には大まかなランクがあり、美術館クラスの茶道具や書画、やきものを扱う店が二、三軒、一級品を扱う店が四、五軒だろうか。一点数万円の日常雑器や書画を売る店も二十軒あまりある。『古美術　立石』はやきものと仏教美術を主に扱い、中でも朝鮮陶磁は美術館に依頼されて品物を納めることもあるから、その意味では〝最上位の店〟とランクされてもいいのかもしれない。

立石は持ちビルで商売をしている。敷地は十五坪で、建坪は十坪。一階は店、二階は倉庫、三階と四階を自宅にしていたが、五年前、城東区森之宮に敷地五十坪の一軒家を買って、いまはそこから店に通っている。定休日は日曜と祝日。地方へ仕入に行くときは休むこともある。

「このあいだ、塼仏《せんぶつ》を三枚、手に入れました」

能見がいった。「額仕立てにして床の間に掛けてみたんですが、駄目ですな」

「どこから出たもんです」

皿とぐい呑みを箱に入れ、紐をかけながら訊いた。塼は中国で煉瓦《れんが》のことをいい、阿弥陀如来などの浮き彫りを型押しした板状のやきものを塼仏という。

「奈良の當麻《たいま》あたりの廃寺跡から出土したと聞きました」

「塼仏は額にせんと、台座に立てといたほうが趣があるでしょ」

「なるほど。簡素なものは簡素なまま、ですな」

能見はガンダーラ仏の断片や板彫胎蔵界曼陀羅《いたぼりたいぞうかいまんだら》、木彫不動明王像なども所有している。どれも立石が売ったものだ。能見の仏教美術コレクションは百点を超えるだろう。

「ウインドーに置いてられる備前の茶入は作家物ですか」能見の妻が訊いた。

「藪内《やぶのうち》家十一世の竹窓《ちくそう》です」

共箱に〝閑居友〟の銘、口辺に共繕《ともづくろ》いがあるといった。

「お値段は」

「四十五万円です」

「そうですか……」

妻はそれっきり口をつぐんだ。

立石はウインドーに皿や壺《つぼ》を数点並べて、ひと月ごとに展示替えをしているが、それらの品が売れることはほとんどない。ウインドーの展示品は〝目垢《めあか》がつく〟といわれて、目利きの客に嫌われるのだ。また、店内に並べている品も五十点あまりと少なく、立石は客の好みに合わせて倉庫に置いてあるものを出してくる。能見のような上客は二カ月に一回くらい顔を出すから、そのたびに新しい品を見せなければならず、そのためには小まめな仕入が欠かせない。古美術店はいつも同じものを並べているのではなく、品物は絶えず回転しているものなのだ。

「失礼ですけど、能見さんの干支は午でしたね」思いついて訊いた。

「午です。昭和二十九年です」

「珊底羅大将があるんですが、ごらんになりますか」

「いいですな。珊底羅大将。見せてください」

能見は小さくうなずいた。

珊底羅大将像は売れた。箱を造るまでもなかった。値は百二十万円。売れるときはこんなものだ。能見は白布を掛けた像をベントレーのリアシートに載せて帰っていった。

能見のような上客は夫婦連れで来ることが多い。妻が夫の蒐集趣味に理解があり、とやかくいわないからだ。妻のほうが夫より熱心な夫婦もいる。いずれにせよ、年収が億を超える余裕があってこその蒐集だろう。

立石の店で数十万円のやきものを買う客は、ひとりで来る。三十万円の茶碗を買ったときは〝十万円だった〟と妻にいい、二十万円の皿を買ったときは〝五万円だった〟と報告する。彼らは能見のように蒐《あつ》めた茶碗や皿を日常的に使ったりはせず、棚に飾って眼で愉《たの》しむ。それもまた、微笑《ほほえ》ましい。能見にしろ一般の骨董マニアにしろ、コレクターはみんな病膏肓《やまいこうこう》だが、博打や酒に散財するよりはずいぶん上質な趣味だと立石は思う。


夕方――。一見の客が入ってきた。ひとわたり店内の品を見てまわる。手にウールのハーフコートを持ち、仕立てのいいダークスーツを着ているから、梅田あたりの上場会社の役員か。立石は客がなにか訊かない限り、こちらから話しかけはしない。

客は絵志野の筒茶碗の前で立ちどまった。

「この茶碗、姿がいいですね」口をひらいた。

「河骨《こうほね》と秋草の絵がよろしいですやろ。鉄絵の筆が走ってます」

しかしながら瑕《きず》がある、絵柄の裾にゴマ粒ほどの釉切《くすりぎ》れがあり、反対側にニュウ（罅《ひび》）が入っている、といった。「どうぞ、手にとってください」

客は筒茶碗を裏返して高台を確かめ、莫蓙《ござ》棚の上にもどした。少し離れて眺める。

「志野がお好きですか」

「美濃《みの》系統が好きです」

美濃古陶には黄瀬戸、瀬戸黒、志野、織部がある——。

「その茶碗、時代は天正から慶長と見ました」

志野はそのころが盛期で、慶長中期には姿を消す。

「これで茶を点《た》てたら旨いでしょうね」

「お茶をやってはるんですか」

「はい、家内が」

結婚記念日に贈りたい、といった。「これほどの茶碗は安くないですよね」

「三十万円です」

「なるほど……」

「けど、ええ話を聞かせてもらいました。二十五万円でいかがでしょう」

「ああ、それだったら」

客はにこりとした。「カードでお願いできますか」

「はい、もちろん」

客は上着の内ポケットから札入れを出した。

一日の売上が二百四十五万円——。黒門市場に寄って河豚《ふぐ》でも買って帰るか、と立石はひとりうなずいた。

2

二月——。珍しく霙《みぞれ》まじりの雨が降った日に、蒲池《かまち》が現れた。蒲池からは前日、大阪へ行くと電話をもらっていた。

蒲池はソフト帽をとり、コートを脱いでソファに腰をおろした。濃紺、ピンストライプの三つ揃いに糊《のり》の効いた真っ白のワイシャツ、織り柄のネクタイ。いつもながらにフォーマルな服装だが、ソフト帽をとった蒲池の頭頂部には髪がほとんどない。

「いやぁ、大阪は寒い。東京より寒いですな」

新幹線は雪のため、関ヶ原あたりで徐行運転だったという。

「熱いお茶を淹れますわ」

「紅茶をいただけませんか。レモンティーを」

「ブランデーを入れてもらいましょ」

『くつろぎ』に電話をして、紅茶をふたつ頼んだ。

蒲池は革のアタッシェケースから厚いクリアファイルを出してテーブルに置いた。

「今回は少し多めですが、見てください」

いわれて、立石はファイルを広げた。一ページに写真が三枚、皿や茶碗や瓶を各々、正面と裏面、底面から撮った写真だ。

「これ、点数は」

「五十二点です」

それは〝少し多め〟ではない。〝ずいぶん多め〟というべきだろう。

「いっぺんに、そんなに出してよろしいんか」

「実は、お孫さんが結婚するんです」

蒲池はソファに寄りかかった。「立石さんにはいってませんでしたが、〝山手〟のご自宅にはご長男夫妻がいらっしゃって、二世帯同居という形だったんですが、バンクーバーに赴任してられるご長男夫妻の息子さんがこの夏に結婚されることになって、日本に帰ってこられるんです。そんなわけで、敷地の中に別棟を建てているんです」

「ほう、そうでしたか」

蒲池の話はまわりくどい。山手の孫が結婚するから敷地内に家を建てていると、それだけをいえばいいのだ。

「別棟は大きいんですか」

「百二十坪の平屋です」建築家に設計を依頼した数寄屋造りの屋敷だという。

「そんな贅沢《ぜいたく》な家に新婚夫婦が住むんですか」

驚いた。いくら資産があるといえ、甘やかしすぎだろう。

「新しい邸《やしき》は山手の奥様がお住みになるんです」

「ああ、そういうことですか」

「だから、この際、会長のコレクションを整理して、新しい屋敷に移ろうと、奥様は考えられたんです」

「立ち入ったこと訊くようですけど、山手家の敷地は何坪ほどあるんですか」

「八百坪です」

初めて聞いた。横浜の山手町に八百坪の敷地があれば百二十坪の別棟を建てても充分に余裕がある。

〝山手〟というのは、符牒《ふちよう》だ。地名をそのままひとの名前にしたのは、蒲池がそう呼んでくれといったからだ。蒲池は山手家の番頭――西欧なら執事か――で、彼と取引をはじめた十三年前から、山手家の素性は一切、訊かない約束になっている。

立石は老松町のいちばんの老舗『和泉雅鳳洞《がほうどう》』の主人、常田《ときた》から蒲池を紹介された。

〝名前は明かせないが、横浜の大物コレクターが亡くなった。遺族がコレクションを売りたがっている。名品揃いだが、買い取るには資金が要る。遺族は売り立てを内聞にしたいから、コレクションをあなたとぼくで一手に引き受けるという条件でどうか〟ということだった。

立石は即座に了承した。雅鳳洞の主人は立石の師匠であり、引き立ててくれた恩人でもあった。

蒲池に初めて会ったのは雅鳳洞で、彼はクリアファイルを持参していた。写真が約六十枚、品数は二十点ほどだった。常滑《とこなめ》の灰釉三耳壺《かいゆうさんじこ》、備前の船徳利、猿投《さなげ》の手付瓶、鼠《ねずみ》志野の茶碗など日本の土物《つちもの》と、高麗《こうらい》の無釉梅瓶《メイピン》、李朝前期の三島扁壺《へんこ》、白磁瓶、染付蕪《かぶら》徳利など朝鮮の土物が主で、時代のさがる伊万里《いまり》、九谷などの磁器はなかった。

立石は息を呑んだ。まさに名品。実物を手にとるまでもなく、そのまま美術館に飾られても遜色のない逸品ばかりだった。蒲池がいうには、〝山手のもとに品物を納めていたのは東京日本橋の老舗古美術商で、山手は勧められるままに買っていたが、買値だけは帳面に付けていた。その帳面が山手の死後、金庫の中から出てきた〟ということだった。

蒲池は帳面のコピーも持参していた。《常滑灰釉三耳壺・れたう　備前船徳利・よそう》というふうにひらがなが書かれていたが、その意味は蒲池に訊くまでもなく、すぐに分かった。数字をいろは歌にあてているだけの簡単な符号だった。〝よたれそつねならむう〟を〝一～〇〟に置き換えれば買値になる。三耳壺の〝れたう〟は〝三二〇〟であり、船徳利の〝よそう〟は〝一四〇〟だから、三百二十万円と百四十万円で買ったと読める。中でも古伊賀の水指『うずくまる』は〝たたうう〟とあり、二千二百万円もの値で買ったらしかった。

立石は日本橋の老舗古美術商の名を訊いたが、蒲池は黙って首を振った。これだけの名品を納められるのは『至峰軒《しほうけん》』か『宮沢苔渓堂《みやざわたいけいどう》』にちがいない。その二軒は政財界に多くの顧客をもっていると評判だった。

写真で見る限り、怪しいものはなかった。どれも本物だ。染付の蕪徳利はほとんど同じ意匠の品が東洋陶磁美術館にあるし、一度は手に入れたい古伊賀の水指『うずくまる』もある。みんな欲しい、と立石は思った。

ご希望の値は――常田が訊くと、山手が買った半額を――と蒲池は答えた。

妥当な値だった。山手の買値は総じて相場より高かったが、半値なら商売になる。ほんとうの名品はさほど苦労せずに捌《さば》けるのだ。

常田と立石は帳面のコピーを預かり、別室で相談した。常田も買いたいという。山手コレクション約二十点の買値の総額は七千万円で、その半額は三千五百万円だったが、とりあえず常田と立石で千七百五十万円ずつ出し、それぞれがどの品をとるかは、あとで籤《くじ》を引こうということになった。

常田と立石は応接室にもどり、購入の意志を伝えた。蒲池は品物を雅鳳洞宛に美術運送で送るといい、ものにまちがいがなければ三千五百万円を振り込んでもらいたいといって、三協銀行横浜中央支店の口座番号をメモに書いた。口座の名義人は《山手恒産　蒲池稔《みのる》》だった――。

「いま、ふっと思い出しました。蒲池さんと初めて会うたときのことを」

立石はいった。「あの日も雨が降ってて、えらい寒かった。蒲池さん、モスグリーンのソフトを被《かぶ》ってはりましたな」

「ああ、まだ持ってます。ノックスの中折れ帽」

「帽子がお好きですね」

「好きというよりは、防寒具ですね。夏は日傘の代わりです」

蒲池は頭を撫《な》でた。蒲池は夏、パナマ帽を被っている。「——常田さんがお亡くなりになって、十年ですか」

「そう、十年です。常田さんには、ほんまに世話になりました」

雅鳳洞は長男が継いでいる。長男も目利きだが、顧客とのつきあいを億劫《おっくう》がるせいか、段々に売上が減って品物の回転も滞り、資金繰りが苦しいらしいという噂《うわさ》だ。

「わたしはいまも心残りがあります。蒲池さんから初めて引き取らしていただいた品物の中にあった古伊賀の『うずくまる』。あれは籤を引いて常田さんのとこに行ったんですけど、わたしがこの商売をはじめて三十年、いちばん欲しかったもののひとつですわ」

うずくまるは出世した。常田は千百万で手に入れたうずくまるに千八百万の値をつけて雅鳳洞に置いたが、すぐにふたりの客がついた。ふたりとも古い馴染み客だから、どちらに売るとも常田は言い出せない。困ったあげくに、京都の洛鷹《らくよう》美術館にうずくまるを見せ、これを買わないかといったら、ふたつ返事で了承された。常田はふたりの客に、美術館に納める先約がある、といって諦めさせ、うずくまるを洛鷹美術館に売った。その売値が二千三百万円だったというから、常田もけっこう商売人だ。うずくまるはいま、洛鷹美術館の常設展示品としてガラスケースに入れられ、第一室に置かれている。いずれは重要文化財に認定されるだろう。

常田の死後、立石は蒲池から二百点あまりの品物を買ってきた。中でもいちばんの目玉は李朝中期鉄絵大壺で、素朴な獅子《しし》の絵がおもしろく、洛鷹美術館に六百五十万円で納めた。鉄絵大壺はうずくまるの隣に展示されている。

『くつろぎ』のマスターが紅茶を持ってきた。ガラスの小瓶にブランデーを入れている。蒲池は十滴ほどのブランデーを紅茶に落とした。

「普段はなにを飲まれるんですか。ワイン、コニャック、スコッチ?」立石は訊いた。

「いえ、洋酒よりは日本酒ですね」

蒲池は紅茶を混ぜる。「夏は冷酒、冬は燗《かん》酒、芋焼酎も飲みます」

一年四百五十日は酒を飲んでいる、と蒲池は笑った。

「でも、飲めなくなりましたよ。若いころは一升でも平気だったのが、いまは三合で寝てしまいます」

「そのお齢《とし》で三合はお強いですよ」蒲池は七十歳近いはずだ。

「立石さんは」

「わたしは不調法で、ビール一缶に、スコッチが四、五杯ですかね」

「毎日ですか」

「一年四百五十日です」

「わたしと同じじゃないですか」

蒲池はまた笑った。「話は変わりますが、近々、眼の手術をします」

「ほう、そうですか……」

蒲池の眼を見た。「白内障？」

「前々から医者にいわれているんです。手術しましょうと」

蒲池はいった。「立石さん、眼は？」

「老眼だけです」

ときどき、不整脈が出る。眩暈《めまい》がして起きられないこともある。毎年春の人間ドックで低血圧と貧血を指摘されるが、薬は服《の》んでいない。「──骨董は齢をとるほど味が出るけど、人間は老いぼれるだけ。なんか知らん、おかしな商売してると、つくづく思います」

「好きなものを商いして暮らせたらいいじゃないですか。わたしは羨ましい」

「病膏肓ですわ。お客さんもみんなそうですけど」

立石は紅茶を飲んだ。「いっぺん、どうですか。こちらにお泊まりになって、新地あたりで食事をするのは」

「ありがとうございます。……しかし、明日も仕事ですから」

蒲池は年に一、二回、大阪に来るが、いつも日帰りする。彼は毎日、山手恒産の事務所へ行き、山手家の不動産管理や雑務をこなさないといけないらしい。

雅鳳洞の常田は山手の素性を明かさないまま亡くなったが、立石は蒲池から折々に話を聞き、山手が誰なのか見当をつけた。戦後財界の大立者で政界にも籍をおいた大迫亨《おおさことおる》だ。

大迫は明治四十一年、大同製紙社主大迫有介の長男として生まれ、慶應義塾政治科を卒業後、父が築いた大迫コンツェルンの後継者として大洋製糖社長となった。戦後、連合国占領下で公職追放となったが、昭和二十五年に復帰。昭和二十九年に大同製紙社長となり、その六年後には五十一歳の若さで日本商工会議所会頭となった。大迫は民自党総裁岸井省三に誘われて神奈川一区から衆院選に出馬。当選して議員となったが、岸井の狙いは大迫の莫大《ばくだい》な資産だったといわれる。

大迫は岸井引退後、派閥を継承して大迫派とし、民自党政調会長や経済企画庁長官などを歴任したが、派閥維持に私財を注ぎ込む結果となり、大迫コンツェルンは解体されて資産の多くを失った。その後、大迫派が細るとともに権力闘争にも興味を失い、派閥を解散して政界から身を退いた。大迫亭は平成十一年、九十歳で死去。横浜山手町の邸と横浜市内のいくつかのビルが残った——。

立石が見るに、蒲池は代議士大迫亭の地元秘書で、大迫の引退後、大迫家の資産管理会社である大迫恒産の責任者になったようだ。

「山手家の当主はいったいどれほどの骨董を蒐めてはったんですか」

ファイルの写真を仔細《しさい》に見ながら、立石は訊いた。

「それがわたしにも分からないんです。多いときは千点を超えていたと思いますが」

蒲池は山手の生前、蒐集の手伝いやコレクションの整理をしていなかったので、正確な数は知らないという。「山手はものに執着しない性格《たち》でしたから、お客様がいらっしゃって、応接間に置いてある美術品を気に入ったといったら、その場で箱に入れて進呈していました」

お客様、というのは派閥の子分だろう。小遣い代わりに渡したのだ。

「ご当主は書画とやきものと、どっちがお好きやったんですか」

「それはやきものでしょう。山手が自分で蒐集したんですから」

山手の屋敷には書画が二、三百点あったが、どれも先代が蒐めたもので、山手本人は書画には興味が薄かったようだという。「しかしながら、応挙とか若冲とか大観とか、わたしでも知っているような大家の作品がたくさんありましたし、茶室にはいつも鉄斎や大雅の水墨画が掛かってました」

以前、蒲池に聞いた話では、書画は名古屋と京都の大手画廊数軒に引き取らせて、その総額が十億円を超えたというから、いかに上質なコレクションだったかが分かる。

大迫家がなぜ、東京の画廊に書画を売らなかったのか——。それは、ひとえに大迫家の体面だろう。だから、常田や立石にも素性を明かさず、いっさいを内聞にするという約束で、遠い大阪までやきものを売りにきているのだ。

ファイルを繰る手がとまった。牡丹染付の皿だ。柔らかな白釉の地肌にやや緑がかった呉須の牡丹が滲《にじ》むように浮かんでいた。素朴で上品で、いかにも滋味がある。皿の脇に添えられた折り尺を見て、立石はアッと声をあげた。

「この皿、十一寸やないですか」

「そう、十一寸です」

蒲池はうなずいて、帳面のコピーを開いた。《李朝染付龍文十一寸皿・ららう》とあり、《鈍翁《どんのう》、耳庵《じあん》、経る》と添え書きがあった。

「これは……」

鈍翁とは、三井財閥総帥で利休以来の大茶人といわれた益田孝。耳庵とは、東邦電力社長で〝電力の鬼〟と称された松永安左エ門だ。「鈍翁から耳庵に渡って、山手家に来た皿ですか……」

「わたしも調べました。朝鮮陶磁で一尺を超えるものは珍しいようですね」

「珍しいどころやない。これほど大振りの李朝染付は初めて見ました」

高麗、李朝とも、朝鮮陶磁に大皿はほとんどない。八寸皿はおろか、七寸皿も。その理由は諸説あるが、韓国料理は種々の鍋料理をはじめとして汁物が多く、皿よりも鉢が器の主体になったといわれ、また、染付の装飾皿といった豪華なものは用途が限られており、大皿に食べ物を盛って大勢で食べる宮廷や両班《ヤンバン》の邸内で主に使用されていたとされている。

十一寸皿はしかし、高台裏にホツが数カ所、縁の二カ所に小さな欠けが見えた。欠けには共繕いの直しが入っている。〝ららう〟は〝八八〇〟だから、大迫は八百八十万で買ったようだが、これが完品なら二千万は堅い。

「いや、名品です。すばらしい」

「そういっていただけると、わたしもうれしいです」蒲池はわずかに表情をくずした。

立石はファイルの写真をすべて見た。五十二点の品物に怪しいものはなかった。

蒲池は帳面の符牒を数字に換えた。合計して、一億一千二百万円。半額なら五千六百万円だが、五千万円でいかがですか、と蒲池はいった。

「今回は数が多いので、ご都合がわるければ、半分でも引きとっていただければ……」

「いえ、みんないただきます」

言下にいった。蒲池から品物を買って損したことはない。これまで二百点以上の品物を引きとったが、一点として偽物はなかった。目利きの骨董マニアには垂涎《すいぜん》ものの品ばかりなのだ。

「ありがとうございます。大阪へ来た甲斐《かい》がありました。いつも気持ちのいい取引をしていただいて感謝しております」蒲池は両膝に手をあてて頭をさげた。

「そのお言葉はそっくりお返しします。うちも商売やし、充分に儲《もう》けさせてもろてます」

「ところで、今回はお孫さんの結婚という事情もあって、これまでとはちがう口座に振込をお願いできますか」

「はい、けっこうです。口座を教えてください」

「三協銀行山手町支店です」

蒲池は名刺の裏に《山手恒産　蒲池稔　00385××》と書いた。「――じゃ、品物は今週中に美術運送で発送します」

「分かりました。到着したら検品して、五千万円を振り込みます」

大きな取引だが、ほんの一時間で終わった。

〝骨董屋でいちばん大切なんは仕入です。一にも仕入、二にも仕入、それに尽きます〟

――師匠の常田の口癖だった。

3

そうして半月――。

大迫家から買った五十二点の品物は三分の一が売れた。常連の客は〝なにか、おもしろいものは入ったか〟と、ひと月に一回は顔を出すから、各々の好みに合わせて品物を見せる。李朝三島壺や白磁合子《ごうす》など、二百万円までの値付をしたものは、あっというまに売れた。いくら不況とはいえ、コレクターは好きなものには金を惜しまない。

昼前、杉原が誕生仏を持ってきた。以前に頼んでいた、笠岡の寺の持仏だ。高さ一尺五寸、頭は無髪、上半身は裸、両の腕で天と地を指している。掌に載せてみると、いかにも軽い。乾漆造は粘土原型に布と漆を何層も塗り込めて成型したあと、中の粘土をくり抜くのだ。

「ほんまに、ええ仏さんですな」

杉原から聞いていたとおり、瑕ひとつない。時代も室町はありそうだ。「代金は二百三十で？」

「はい、二百三十で」

立石は現金で支払い、領収書を受けとった。

「──後ろにある絵刷毛目の俵壺《ひょうこ》、みごとな出来ですな」杉原はいった。

「ああ、あれはこないだ、手に入れました」

振り返って、いった。李朝の俵壺だ。白磁に鉄絵で魚と睡蓮を描いている。

「参考までに訊いてよろしいか」

「値段ですか」

「すんません」

「三百五十です」口縁《こうえん》に共繕いがある、といった。

「形がかわいらしい。絵も素朴で、わざとらしさがひとつもない。なんとも、みごとな壺ですわ。ハタ師のわたしが欲しいくらいです」

「そういってもらえると、うれしいですな」

「どこか、交換会に出てましたんか」

「いや、個人のコレクターからいただきました」

立石は大阪美術倶楽部の会員ではない。仕入は京都と奈良の業者交換会に行くことが多いが、最近はいいものが出ないから足が遠ざかっている。交換会に出る安いものは、偽物か瑕のひどいものばかりだ。

そこへ、電話──。子機をとった。

──古美術立石です。

──おはようございます。滝沢《たきざわ》です。

──あ、どうも。おはようございます。

洛鷹美術館の学芸部長だった。

──今日、五時のお約束でしたが、館長に急用が入りまして、時間を変更していただけないでしょうか。

──はい、わたしはいつでも。

──まことに勝手ながら、午後二時では……。ご無理なら、日を改めます。

──分かりました。二時にお伺いします。

──申し訳ありません。よろしくお願いします。

電話は切れた。

「杉原さん、コーヒー頼もうと思たんやけど、出かける用事ができました」

「あ、そうですか。ほな、わたしは失礼します」

「追い出すようで、すんませんな」

「なにをいわはりますやら」

杉原は手提げのポーチに金を入れて出ていった。

京都嵐山堂ノ前町──。洛鷹美術館の駐車場に車を駐《と》めた。風呂敷包みを持ち、東玄関から館内に入って二階へあがり、学芸室のドアをノックする。はい、と返事があり、澤井がドアを開けた。

「こんにちは。お待ちしてました」

愛想よく、澤井はいった。工芸が専門で、近代陶磁、木工、漆、染織などに詳しい。

「滝沢は館長室です。わたしも同席していいですか」

「はいはい、どうぞ。見ていただくひとが多いほうが張り合いがあります」

「朝鮮陶磁は不得意ですけど、勉強させてもらいます」

澤井とふたり、館長室に入った。館長の河嶋《かわしま》と滝沢がソファに並んで座っていた。挨拶を交わして、立石は河嶋の、澤井は滝沢の向かいに腰をおろした。

「立石さんからメールをいただいて、びっくりしました」

滝沢がいった。「写真を見ただけで分かります。どれも名品ですわ」

「そういっていただけるのがなによりです。お目汚しにならんかったらええんやけど」

風呂敷包みを解いた。箱は三つ。高麗青磁陽刻皿を出した。

「いいですね」

滝沢がいった。皿を手にとって肌を確かめ、裏に返して高台まわりを見る。「釉が厚いのに透明感がある。カセ肌も自然です」

カセとは、風化のことをいう。高麗青磁に伝世品はほとんどなく、出土品特有のカセが見られるのだ。

河嶋と澤井も皿をじっくり見た。河嶋は仏教美術が専門だが、やきものにも目が利く。

次に、立石は白磁黒象嵌《ぞうがん》瓶を出した。二合徳利ほどの小ぶりなものだ。胴が張り、のびやかな造形だ。

「これは直しも繕いもない完品です」

使用に伴う自然なスレはある。両班が酒を入れて飲んだのだろう。

「みごとです」滝沢は掌で胴を撫でた。

立石は三つめの箱の蓋をとった。李朝染付龍文十一寸皿を出す。河嶋の前に置いた。

三人とも黙りこくって、ただじっと皿を見つめていた。十一寸皿の稀少《きしょう》性を知っているのだ。滝沢は手にとろうともしない。

「この品には由緒があります。鈍翁と耳庵の持ち物でした」

「鈍翁、耳庵……」

河嶋がつぶやいた。「さすが、名品中の名品ですな」

「気に入っていただけましたか」

「これを気に入らないキュレーターはいないでしょう」河嶋はうなずいた。

「この三品、当館にいただきたいと存じます」

滝沢がいった。「――それで、立石さんの心づもりは」

「二千万円です」

李朝染付龍文十一寸皿が千二百万、高麗青磁陽刻皿が三百万、白磁黒象嵌瓶が五百万、

といったが、ここからが交渉だ。いくら相手が美術館といえ、付け値どおりに決まることはない。

「いかがでしょう。千五百万円では」

「いえ、それはちょっときついです」

「いままでのつきあいがあることですし、三点まとめていただくということで、お願いできませんか」

「わたしも、もう、これだけの名品を入手できることはないと思てます。正直いうて、千五百万では苦しいんです」

「じゃ、中をとって、千七百五十万円では」

「すんません。意地を張るわけやないんですけど、二千万円は考えに考えた末に付けた値です」

「分かりました。千八百万円です」

河嶋がいった。「それでお譲りください」

思いどおりの値だった。千八百万なら文句はない。洛鷹美術館のオーナーは伏見の緋鷹酒造だから、資金的に余裕がある。

「ありがとうございます。ほな、千八百万円で」立石はいった。

三点の品物を預けて洛鷹美術館をあとにした。美術館側は改めて真贋を鑑定し、真作と見極めたら、今月末に代金を振り込んでくる。立石がみるに、滝沢は日本古陶磁と朝鮮陶磁に関して第一級の目利きだ。

立石はまっすぐ大阪へは帰らず、古門前《ふるもんぜん》の骨董街に寄った。『唯陶軒《ゆいとうけん》』や『萬儒堂《ばんじゆどう》』は顔が障《さ》すから、ほかの店を見て歩く。なんとも、ろくなものがない。一見して怪しいものがあれば、真作もあるが、総じて付け値が高い。観光客の多い骨董街の弊害だろうか。

それでも、東大路通近くの店で銅製の蟋蟀《こおろぎ》籠をひとつ買った。闘蟋《とうしつ》の蟋蟀を運ぶための小さな虫籠だ。五百円玉大の染付の餌皿もついていた。蟋蟀籠は仕入ではなく、ただ形がおもしろいから買った——。

4

三月——。馴染みの客を送り出して一息ついたところへ、見知らぬ男が入ってきた。度の強そうな黒縁の眼鏡、くたびれたステンカラーのコートにグレーのスーツ、安っぽいレジメンタルタイ、ソールの反ったビジネスシューズ。立石の店には珍しいタイプの客だ。

男は店内の品物を眺めるでもなく、そばに来た。

「立石さんですね」

いきなり、名を呼ばれた。「わたし、神奈川県警の辻井《つじい》といいます」

男は上着《きしよう》の内ポケットから警察手帳を出して広げた。縦長で、下半分は旭日《きよくじつ》を象《かたど》った金属製の徽章《きしよう》だった。

神奈川県警？　立石は訝《いぶか》った。なんで大阪府警とちがうんや——。

「実は、あなたが売った骨董品に贓品《ぞうひん》手配がされています」

「なんですて……」

「思いあたる節は」

「ありませんわ、そんなもん」

いってはみたが、すぐに思い浮かんだのは杉原が持ってきた品物だった。伐折羅大将と珊底羅大将、乾漆の誕生仏も買った。まさか、あの杉原が盗難仏を持ち込んだとは思えないが。

「立石さん、あなた、蒲池稔という男をご存じですね」

「誰です、それ」動揺を隠した。

「横浜の大迫家は」

「知りません」

「とぼけてもらっちゃ困る。あなたは蒲池の口座に金を振り込んでるじゃないですか」

辻井は立石を睨《ね》めつけた。「五千万もの大金を振り込んでおいて、知らないはないでしょう」

「……」

「先月の二月六日、あなたは三協銀行山手町支店の『山手恒産　蒲池稔』の口座に五千万円を振り込みましたね」

「はい……」認めた。銀行の記録に残っているものは認めざるを得ない。

「蒲池は山手町の大迫家から骨董品を持ち出しました。おそらく、七十から八十個。あなた、蒲池から骨董品を買いましたね」

辻井は数を把握していないようだった。「どうなんですか。買ったんでしょ」

「ちょっと待ってください。そういう一方的な質問に答える義務があるんですか」

「義務はありません。ただし、協力いただけないのなら、こちらとしてもそれなりの対応をします」

「なんです。対応というのは」

「家宅捜索。参考人事情聴取。場合によっては逮捕もあり得ます」

「そんなあほな。警察権力の濫用やないですか」

「だから、こうしてお願いしてるんです。事情聴取はともかく、この店に家宅捜索が入るのは困るでしょう」

辻井は声を荒らげることもなく、静かに話す。風采のあがらない男だが、こちらの痛いところを的確についてくる。

「蒲池から骨董品を買いましたね」

「蒲池さんから買うたんやない。わたしは山手恒産から買うたんです」

「なるほど。ものはいいようだ」

辻井はコートを脱いだ。「座っていいですか」

「どうぞ」

辻井をソファに座らせて、立石も座った。辻井は膝に手を組んで、

「あなたもご存じのように、蒲池は大迫家で四十年近く働いていた。民自党の大迫亨が政界を引退するまでは私設秘書、そのあとは大迫家の世話係として」

辻井の話は立石が調べたことと、ほぼ一致していた──。「蒲池は一月末、大迫恒産を退職した。長年の労をねぎらって、大迫家は二千万円もの退職金を払ったが、引き継ぎを受けた担当者が所蔵品台帳を照合すると、あるはずの美術品が大幅に足りない。どうやら蒲池が持ち出したらしいとみて身辺を調べたら、蒲池は三協銀行山手町支店に個人口座を作っていた。『山手恒産　蒲池稔』という口座をね」

辻井は視線をあげた。「ここまでいえば、お分かりでしょう。蒲池は大迫家の骨董品をあなたに売って、金を振り込ませたんです」

「その話はおかしいですね」

立石はいった。「わたしはいままで何百点という品物を山手家……いや、大迫家から買いました。蒲池さんとのつきあいは十三年にもなりますけど、まちがいを起こしたことはいっぺんもありませんよ」

「そりゃそうでしょう。あなたと蒲池の去年までの取引は大迫家が認めていた。だから、あなたは大迫家の口座……三協銀行横浜中央支店の『山手恒産　蒲池稔』に金を振り込んでいた。……なのに、今回は山手町支店に代わったことを、あなたは不審に思わなかった

んですか」

「思うもなにも、大迫家の敷地に別棟を建ててるから、コレクションを整理すると聞きましたんや」

「なんですか、別棟というのは。大迫家は工事なんかしてませんよ」

「ほな、バンクーバーに赴任してる長男夫婦の息子が結婚して同居するというのは」

「初耳ですね。そもそも大迫家の長男夫妻には娘がふたりいるだけです」

「敷地が八百坪いうのはほんまですか」

「それくらいはあるでしょう。森の中に屋敷が建っている感じです」

敷地の北西隅にある二棟の蔵が美術品の収蔵庫だと辻井はいった。

「大迫家は蒲池さんを告訴したんですか」

「そう、刑事告訴をね」

「どういう罪です」

「背任横領です。今後の捜査で窃盗、詐欺罪が加わるかもしれません」

「わたしはなんですか。共犯とでもいうんですか」

「いまのところは贓品故買でしょう」

「冗談やない。わたしはまじめに商売をやってきた。贓品なんか買うわけない」

「そうはいっても、あなたが買ったのは贓品ですよ。蒲池が大迫家から盗んだ贓品だ」

愕然《がくぜん》とした。立石がこれまでに売った二十点あまりの品物は盗品だったのだ。洛鷹美術館に納めた李朝染付龍文十一寸皿も、顧客に売った李朝三島壺や白磁合子も。

「仮に、わたしが買うた品物が贓品であったとしても、わたしは蒲池さんに騙《だま》されたんです。いわば、善意の第三者です」

「ほう、おもしろいことをいいますな。あなたはさっき、大迫家から何百点もの品物を買ってきたといったが、その内訳は記録として残ってるんですか」

「それは……残ってませんね」

「なぜ、残してないんですか」

「この商売は仕入を明かさんのが鉄則です。十万円で買うた品を百万円で売ることもあれば、その逆もあるんやから」

税務対策としても仕入と売上を書くのはまずい。それらはすべて立石の頭の中にある。美術品は本来、値段があってないようなものなのだ。

「だったら、証明できないでしょう。これまでに大迫家から出た所蔵品と、あなたが支払った値段の妥当性を」

「どういう意味ですか」

「あなたが蒲池にリベートを渡して、大迫家の所蔵品を不当に安い値で買ってきた可能性もなくはない」

「警察はそうやって、なにもかも悪意にとるわけですか」

声がうわずった。冷静に——と、自分にいいきかす。

「立石さん、我々はね、犯罪性の有無を考えるんです」

「辻井さん、何課ですか」

「県警本部の捜査二課です」

「経済犯とか知能犯を捕まえるとこですな」

「よく、ご存じですね」

「その程度はね」

店に警察官が来るのはそう珍しいことではない。数年に一度は天満署の盗犯係の刑事が来て、贓品手配書を置いていく。「蒲池さんはどうなったんですか」

「失踪しました。……というよりは、逃走中といったほうがいいかもしれない」

「失踪……」

「蒲池は身寄りのない男です」

結婚歴はなく、両親もいない。齢の離れた兄がひとりいたが、七年前に亡くなった。蒲池の生まれは青森だが、立ち寄った形跡はない、と辻井はいった。

「わたしは蒲池さんに会うて問いつめたい。なんで、こんなことしたんですと」

「犯罪者の動機というやつはまちまちでね、それが分からないから、こうして捜査をする。金、権力、女、恨み、保身……。蒲池は大迫家から受けた恩を仇《あだ》で返したが、ほんとうの動機は本人に訊くしかない。あなた、蒲池からなにか聞きましたか」

「あのひととプライベートな話はしてません。大迫家という名前すら聞いてない。ふたりのあいだでは〝山手家〟でとおしてました」

蒲池との経緯を手短に話した。辻井は黙って聞いている。「──そういえば、最後に会うたとき、白内障の手術をするとかいうてました」

「いつです、その手術は」

「近々、とだけ聞きました」

「病院は」

「聞いてません」

辻井はメモ帳とボールペンを出してメモをした。

「今回、蒲池から買った骨董品は何点ですか」

「五十二点です」

「買値は五千万円。三協銀行山手町支店の『山手恒産　蒲池稔』に振り込んだことはまちがいないですね」

「そのとおりです」

「何点か、売れましたか」

「二十点ほど……」

「買いもどすのは」

「無理です」

「そうでしょうな」

辻井は顔をあげた。「いずれ、任意同行という形で事情聴取するかもしれません」

「横浜まで行くんですか」

任意なら同行する必要はないと思った。

「こちらの所轄署の取調べ室を借ります」

「いちいち面倒ですな」嫌味でいった。

「蒲池との取引はいつからですか」

「さっきもいうたやないですか。十三年前です」

「なぜ、横浜の人間を」

「大迫家の当主が死んで……そのときは横浜の大コレクターとだけ聞いたんやけど、所蔵品を売りたいという話があったんです。横浜や東京では処分しにくいから、ツテをたどって大阪に来たんでしょ」

「なぜ、立石さんの店に来たんですか」

「うちはやきものと仏教美術が専門で、朝鮮陶磁が多い。資金的にも無理がない。それが理由ですわ」和泉雅鳳洞のことはいわなかった。

「いままでに蒲池から何百点もの骨董を買ったといいましたよね。その金額は」

「いえません。いえるわけがない」古美術商の根幹にかかわることだ。

「立石さんはいつからこの店を」

「昭和五十六年ですわ。木造の仕舞屋《しもたや》を取り壊してビルに建て替えたんです」

当初は資金繰りに苦労したが、八〇年代のバブルにさしかかって品物は飛ぶように売れた。年間、二、三千万円の品物を買ってくれる上客が十数人、一見客も百万円単位の品物をぽんと買った。いまの年間売上はバブル最盛期の十分の一だろう。

「古美術商の前はなにをされてました」

「身辺調査ですか」

「参考までに」

「うちは父親が料亭をやってましたんや。宗右衛門町《そえもんちよう》でね。料亭には器がたくさんあるし、自然とやきものに興味を持ったんですな」

確かにいいものが揃っていた。古伊万里、古九谷、古唐津——。幼いころから名品に囲まれていれば眼も肥える。駄物には高いものも安いものもあるが、名品に安いものはない。それを胆《きも》に銘じてこの商売をやってきた。

「立石さんのようなプロに訊くのはなんですが、陶磁器の真贋《しんがん》は分かるんですか」

「分かります」

「どこで」

「佇《たたず》まいです」

「佇まい……」

「やきものには土や釉薬や絵柄、全体の形状といった約束事があるんやけど、まずはその品物を前にしたときの感覚です。真作には嫌味がない。いわくいいがたい品がある。それが佇まいです」

「しかし、偽物を買ったことはあるでしょう」

「ないというたら嘘《うそ》になりますわ。……けど、それは欲にかられたときです。名品に掘り出し物はないいんです」

この男には骨董趣味があるのだろうか。要らぬことばかり訊いてくる。

辻井は話が逸《そ》れていることに気づいたのか、メモ帳を閉じた。ソファに片肘をついて、

「これは余計なことかもしれませんが、立石さんに対する刑事告訴を回避するつもりなら、大迫家の法定代理人と話をしてください。訴状を作った弁護士です」

「それは示談ですか」

「刑事事件に示談はありません」

「告訴を回避したら〝贓品故買〟はないいんですね」

「当然でしょう。我々も手間が省ける」

逮捕するのは蒲池ひとりでいい、と辻井はいった。

「弁護士の名前は」

「江藤《えとう》だったかな……」

辻井はまたメモ帳を繰った。「江藤法律事務所、江藤徹也《てつや》」

事務所は横浜市中区太田町だといった。

「わたしの携帯も書いておきます。蒲池から電話があったら、必ず知らせてください」

辻井はふたつの電話番号を書き、メモ帳の一枚をちぎってテーブルに置いた。

5

辻井が帰ってすぐ、蒲池の携帯に電話をした。出ない。やはり逃走中なのだろうか。

メモを見て、弁護士にかけた。

――江藤法律事務所です。

女の声だった。

――大阪の立石と申します。江藤先生は。

――お待ちください。

電話は切り替わった。

――江藤です。

――初めてお電話します。わたし、大阪の古美術商の立石と……。

――ああ、聞いてます。蒲池から所蔵品を買ったひとですね。

――ついさっき、辻井という刑事さんが来ました。神奈川県警の。

――ほう、刑事が。

――いろいろ事情を訊かれました。蒲池さんを刑事告訴されたそうですね。

――おっしゃるとおりです。

――わたしは贓品故買の嫌疑をかけられてます。そんなあほな話がとおるんですか。

――とおるもなにも、そこは県警と地検の判断でしょう。あなたに対して違法性があると認識したら、強制捜査にも入るし、起訴もされます。

――それが困るんですわ。強制捜査すなわち家宅捜索でしょ。店をひっかきまわされたら商売に差し支えます。あそこはとんでもない仕入をしてるという評判がたって、お客さんを失います。

――それはあなたの身から出た錆《さび》じゃないんですか。

くそっ、失礼なやつや。えらそうに――。

――告訴の取り下げはできんのですか。

――刑事告訴は取り下げできません。

――ほな、どうしたらいいんですか。お知恵をください。

――立石さん、わたしは大迫家の法定代理人です。いわば敵方であるあなたに余計なアドバイスをするわけにはいきません。

――そこをまげてお願いしますわ。刑事さんが先生の電話番号を教えてくれたんです。

――困りましたね。

しばらく間があった。

――分かりました。あなた、大迫家に損害賠償するお考えは。

――あります。

――五千万円ですよ。全額は。

――それは無理です。大迫家は五十二点の所蔵品を失って、一銭の金も受けとっていない。いくら蒲池が拐帯《かいたい》したといっても、あなたという買取り手があってこその所業でしょう。

――先生、わたしは善意の第三者です。

――だったら、法廷でそう主張してください。

――賠償金か解決金か名目は分からんけど、二千万円ならどうですか。

――駄目です。大迫家が納得しない。警察もあなたと蒲池の共謀を疑ってます。

――無茶苦茶や。推理小説の話やないですか。

――あなたは蒲池と共謀して、いったん蒲池の口座に五千万円を振り込んだ。あとで山分けにした可能性もなくはない。

――よう考えてください。わたしは蒲池に五千万を払った上に、二千万も出すんですよ。あんまり、かわいそうやないですか。

――あなた、所蔵品を手に入れたじゃないですか。売って利益を得たはずです。さすがに弁護士は口がうまい。痛いところを衝《つ》いてくる。

――半額の二千五百万なら出します。それで大迫家と交渉してもらえんですか。

――どんな交渉を。

――それは先生が考えてください。代理人なんやから。わたしはとにかく、家宅捜索が困るんです。

——あなたのお考えは聞きました。大迫家と相談します。

——わたしの電話番号をいいますわ。

伝えて、電話を切った。つづけて上垣《うえがき》の携帯に電話をする。すぐに出た。

——もしもし、おれ。立石。

——おう、久しぶり。元気か。

——ぼちぼちやってる。ちょっと相談に乗ってくれへんか。

——なんや、トラブったんか、偽物でも売って。

——そんなんやない。贓品故買容疑や。刑事が来た。

——そら、洒落《しゃれ》にならんな。

——今晩、空いてるか。

——先約があるけど、断る。おまえの頼みやったら。

——すまんな。新地で河豚でも食お。『加茂惣』や。

——分かった。七時やったら行ける。

電話は切れた。ありがたいと思う。上垣は高校からの友人だ。

七時——。上垣は加茂惣の座敷で湯引を肴《さかな》にヒレ酒を飲んでいた。長押《なげし》にコートとスーツの上着を掛けているのは、事務所から直接来たのだろう。

「わるい。おれが誘いながら待たしてしもた」

立石は座卓の前に腰をおろした。

「時間より先に来たんはおれの勝手や」

上垣は手を叩《たた》いた。着物の女将が顔を出す。立石はビール、上垣は注ぎ酒を頼んだ。

「──贓品故買て、知らんとやったんか」

「あたりまえや。知ってたら買わへん」

「どういうこっちゃ。詳しいにいうてくれ」

上垣は箸を置き、座椅子にもたれた。顔が黒いのはゴルフ焼けだろう。上垣は北野高校から阪大法学部へ行き、四回、司法試験を受けて弁護士になった。専門は民事。金融関係に強い。顧問先を多く持っている。

「実は今日、神奈川県警の刑事が来た──」

立石は経緯を話した。上垣はときおり質問を挟みながら聞く。初めて立石に見せるプロの顔だった。

「──そんなわけで代理人と話した。たぶん、大迫家の顧問弁護士やろ」

「それでおまえは金を払うんか」上垣は注ぎ酒に河豚の皮を移した。

「筋がちがうかもしれんけど、向こうの弁護士には払うというた」

「そいつはしかし、両刃《もろは》の剣《つるぎ》やぞ。故買を認めたことになるかもしれん」

「そこは分かってるつもりや。けど、家宅捜索はあかん。老松町でやっていけんようになる」

思い浮かぶのは『斉々堂』だ。道祖神や野仏を大量に盗んでいた窃盗団から品物を買い、贓品故買容疑で大阪府警から家宅捜索を受けた。起訴はされなかったが噂になり、客が寄りつかなくなって廃業した。つい一昨年のことだ。

「しかし、分からんのは、五千万の横領で刑事が来たことや」

上垣はいう。「なんぼ刑事告訴したというても、警察はそう軽々に動かんぞ」

「そこんとこは説明がつく。大迫亭や。十三回忌が済んだというても、元は大迫派の領《りょう》袖《しゅう》や。まだ現役の子分も民自党におるやろ」

大迫家は横浜の政界、財界、そして警察関係にも影響力があるだろうといった。

「辻井いう刑事は上層部にいわれて来たんやな」

「おれはそう思う。辻井はいかにも出世志向いう顔してた」

「階級はなんや。警部補か」

「いや、そこまでは知らん。警察手帳をちらっと見せただけや」

「めんどくさいのを相手にしてしもたな」

「辻井か」

「いや、大迫家や」

「蒲池にはいままでぎょうさん儲けさせてもろた。これが税金かもしれん」

「しかし、二千五百万は払いすぎとちがうか」

「そういうてしもたんや。向こうの弁護士に」

今回の五十二点は少なくとも八千万円で捌ける。そんな考えがあるから、つい甘くなってしまったのかもしれない。

「とにかく、代理人から連絡がくるのを待て。おれは刑事事件に疎《うと》いから、ヤメ検の弁護士に訊いてみる。金を払うことの是非と金額についてな」

「すまんな。相談料も払わずに」

「どこか連れてってくれ。新地の高級クラブに」

「分かった。どこでも連れてったる」

襖《ふすま》が開いて、河豚刺しが来た。一尺二寸の平皿は今出来の伊万里だった。

6

二日後――。上垣から電話があり、金を払うのは待て、といった。

――ヤメ検と話をした。しばらくようすを見ろという意見や。

――どういうことや。

――おまえと蒲池の共犯関係について、検事が〝捜査経済上不必要〟と判断するか、〝大迫家という有力者がからむ案件であり、立証の意義がある〟と判断するか、そこが定かでないという意見なんや。

──おれは共犯やないぞ。蒲池が持ち込んだ品物を……。

──分かってる。最後まで聞け。

──ああ……。

──問題はおまえが払う金の名目や。〝賠償金〟は絶対にあかん。故買を認めたことになる。〝慰謝料〟や〝解決金〟もあかん。せいぜい〝迷惑料〟とでもするのがベターやけど、それで強制捜査が回避できるとはいえん。

──しかし、大迫家に誠意を見せるのはわるいことやないやろ。

──これがもし民事提訴やったら、おまえが大迫家に迷惑料を払うことで取り下げもあるんやけど、いったん刑事告訴をしたら、あとは警察と検察の領分なんや。

──蒲池が逮捕されたら、おれの正当性が証明されるんとちがうんか。

──凶悪犯でもない蒲池の逮捕に人員を割くほど警察は暇やない。指名手配するくらいが関の山や。

──ほな、おれはどうしたらええんや。

──そもそも、個人に対する家宅捜索は抜き打ちが原則や。それを辻井とかいう刑事が口に出したんは、リークなんか、ブラフなんか、狙いが分からん。……とにかく、代理人から連絡があっても金は払うな。おれに知らせてくれ。

──分かった。そうする。

フックボタンを押した。

週明け――。江藤から電話があった。立石の意向を大迫家に伝え、了承を得たという。大迫家は蒲池の刑事罰だけを求めており、これ以上、ことを荒立てる考えはない、と江藤はいった。

――二千五百万円は大迫恒産に振り込んでください。メモしてもらえますか。

――はい、どうぞ。

――『三協銀行横浜中央支店、大迫恒産、高畑芳郎《たかはたよしろう》』、口座番号は０１６９３××です。

――高畑さんは大迫恒産の代表者ですか。

――そう、蒲池のあとの代表者です。

――蒲池さんの行方は分からんのですか。

――そのようですね。警察はなにもいってきません。

――毎日、蒲池さんの携帯に電話してるんやけど、つながらんのです。

――それはそうでしょう。逃げちゃったんだから。逃走資金も潤沢だし。

ひとごとのように江藤はいう。

――ところで、振込はいつですか。

――はい、今月中には。

――今月はあと十五日もありますよ。

――すぐには用意できんのです。二千五百万もの大金は。

――とりあえず、半分でも振り込みましょうよ。わたしの顔も立ちますから。

――そこは猶予してください。うちも余裕があるわけやないんです。

――しかたないですね。大迫家に伝えておきます。

さも不機嫌そうに江藤はいい、電話は切れた。

江藤のものいいが腹立たしかった。所詮は大迫家に仕事を依頼された代理人ではないか。弁護士が金のことばかりいってどうする。

上垣に連絡しようと子機のモニターを見て、いまの電話が携帯からかかったことに気づいた。090・5488・23××――。

江藤は出先から電話してきたのだろうか。大迫恒産の口座番号は手帳を見ながらいったのだろうか。

妙やな――。なにかしら、ひっかかった。弁護士は担当案件の資料があり、スタッフもいるオフィスから業務上の電話をするものだが。

立石はパソコンを起動させた。《横浜　江藤法律事務所》を検索する。一件だけヒットした。所在地は《横浜市中区太田町》で、弁護士名は《江藤徹也》だ。

そうか、考えすぎか――。

念のため、辻井から受けとったメモを見た。電話番号がちがう。局番は同じだが、後ろの四桁がまるでちがう番号だった。

子機をとり、パソコンを見ながらボタンを押した。

——江藤法律事務所です。
——大阪の立石と申します。江藤先生は。
——あいにく、出ております。
——いつ、お帰りですか。
——地裁の公判廷に入っておりますから、午後三時には。
——いま、裁判中ですか。
——失礼ですが、江藤とはどういうご関係でしょうか。
——大迫家の関係者です。
——はい？
——民自党の大迫亨、ご存じですよね。江藤先生は大迫家の法定代理人でしょ。
——ごめんなさい。業務上のことはお答えできません。
どこか話が嚙《か》みあわない。江藤が裁判中というのもおかしい。
——江藤先生の携帯番号ですけど、〇九〇・五四八八の二三××ですか。
——携帯の番号はお教えできません。
——五四八八の二三××。この番号がまちがいかどうかだけ、教えてください。
——ちがいます。
——そうですか。どうもありがとうございました。
電話を切り、着信のリダイヤルボタンを押した。すぐにつながった。

――江藤先生ですか。大阪の立石です。

――はい、なんでしょう。

――半金を今週中に振り込みます。

――それはよかった。大迫家の心証もよくなるでしょう。

――残りの半金も月末には。

――そうしてください。

電話を切った。時計を見る。十二時二十分だ。新大阪駅までタクシーを飛ばせば、一時すぎののぞみに乗れる。新横浜着は四時前だろう。

立石は江藤法律事務所の周辺地図をプリントし、コートを手にとった。


新横浜駅からＪＲ横浜線で横浜駅。タクシーで太田町へ走った。江藤法律事務所は横浜地裁のすぐ近くだった。

古めかしい煉瓦タイルのビル、エレベーターで五階にあがった。薄暗い廊下の突きあたりが《江藤法律事務所》だった。

ドアをノックした。はい、と返事があった。中に入る。短いカウンターの向こうに女性が座っていた。

「大阪の立石といいます」

低頭した。「江藤先生、いらっしゃいますか」

「さっきの電話の方ですか」少し驚いたようすで、女性はいった。「ちょっと確かめたいことがありまして、あのあと、新幹線に乗ったんです」

名刺を差し出した。女性は立って受けとり、別室へ行ってすぐにもどってきた。

「江藤がお会いします」

応接室に案内された。革張りのソファとガラステーブル、木製キャビネットがあるだけの殺風景な部屋だった。

少し待って、白髪の男が入ってきた。立石の名刺を持っている。ブルーのクレリックシャツに薄茶色のカーディガンをはおっていた。

「大阪からいらしたそうですね」

「すみません。事前の約束もなしに来てしまいました。法律相談ということで、ちょっとだけお時間をください」

「立石信夫《のぶお》さん……。古美術商をなさってるんですか」

「主にやきものを扱《あつか》うてます」

電話の江藤と、この江藤は声がちがう。電話の江藤は四十代から五十代、この江藤は立石と同年輩だ。

「いきなり変なことをお訊きしますけど、先生は山手町の大迫家をご存じですか」

「知ってます。名家です」

江藤はうなずいた。「山手町に多くの家作を持ってると思いますよ」

「大迫家の番頭が大迫亭のコレクションを横領換金して、刑事告訴されたような話は」

「いま初めて聞きました。金額的な被害はいくらですか」

「たぶん、数千万やと思います」適当にいった。

「あの大迫家が、たった数千万円で番頭を告訴とはね」

江藤は首をかしげた。「ほかにも事情があったんでしょうな」

「先生は民事ですか、刑事ですか」

「民事です。たまに刑事もやりますが」

「県警本部捜査二課の刑事に知り合いはいますか」

「いません。課長、参事官クラスだったら、何人か知ってますがね」

「いや、どうもありがとうございました」

これ以上、話をしても時間の無駄だ。「法律相談の料金はいくらでしょうか」

「要りません」

江藤は笑った。「わざわざ大阪からいらして五分の相談じゃ、いただけませんよ」

「それでは気が済みませんわ」

「じゃ、ひとつだけ頼みがあります」

「なんです……」

「以前、依頼者から贈られた古いものがあるんですが、鑑定してもらえますか」

「はいはい、もちろん」

いうと、江藤はキャビネットから箱を出した。真田紐のかかった一尺五寸の桐箱《きりばこ》は、いかにも造りが安っぽく、時代がない。それだけで中身の見当がついた。

江藤が箱から出したのは壺だった。一見、古伊万里ふうの色絵花鳥文染付壺だが、白地の肌が鈍く、上絵の釉も粗い。白磁に後絵付けをした偽物だ。

「けっこうな古伊万里です」

「そうですか」江藤の顔がほころんだ。

「これからも大切にしはったらいいです」

値はいわなかった。せいぜい一万円、といったら気を落とすだろう。

立石は礼をいい、江藤法律事務所をあとにした。

山下公園まで歩き、氷川丸に乗船した。船内の古い調度類がいい。船尾のデッキに立って、港を眺めながら上垣の携帯に電話をした。

――おれ。立石。

――なにかいうてきたか。江藤から。

――いうてきた。半額でも振り込めとな。

――あかんぞ。金を払うのはあかん。

――この電話、どこからかけてると思う。

――なんのこっちゃ。

──氷川丸。横浜や。

顚末《てんまつ》を話した──。

7

あのあと、江藤からは二回、電話があった。立石は、近々振り込みます、といいつつ、江藤の反応をみた。いつ本性を出すかと思ったが、向こうも警戒しているのか、脅しめいた言葉はいっさい吐かなかった。そうして月が替わり、いつしか沙汰止みになった。

五月の半ば──。上垣から電話があった。週刊誌の『ディテール』を読め、という。立石はコンビニで『ディテール』を買った。

その記事は見開きの二ページだった。《元経済企画庁長官故大迫亨氏の元秘書 逮捕》とある。蒲池稔は中部国際空港でフィリピンから帰国したところを、警視庁から手配を受けた中部空港警察署員に逮捕され、蒲池といっしょに帰国した義弟も逮捕されたという。《大迫恒産の元代表・蒲池稔（69）はここ二十年にわたって大迫家所蔵の美術品を持ち出して換金し、東京都港区に高級マンションを買うなどしていたが、これが発覚して今年二月、大迫恒産を解雇された。蒲池はそれまでに持ち出していた富岡鉄斎や横山大観作の掛軸など美術品十点あまりを東京の古美術商などに見せて金を受けとったが現物を渡さず、詐欺容疑で古美術商ふたりから刑事告訴されていた。また義弟の高畑芳郎（65）は稔に協力して美術品の保管や運搬をし、売り込みの際に同席することもあった。蒲池と高畑には仲間（40代とみられる男・姓名不詳）がいるとみられ、その男が一連の詐欺を主導していたともされる。大迫亨氏の長男・大迫賢一郎氏（73）は蒲池逮捕についてコメントせず、所蔵品盗難については今後の裁判で考えを明らかにすると語った——》

大迫家の壮大な屋敷と掛軸二点、花瓶、皿の写真が記事に添えられていた。

立石は上垣に電話をした。

——『ディテール』を読んだ。蒲池は捕まったな。

——それや、問題は。蒲池は大迫の所蔵品をちょっとずつ、くすねてたんやろ。

——おれは贓品を故買したことになるんか。

——故買やない。知らずに買うたんや。

——事情聴取に来るか、警視庁が。

——来んやろ、たぶん。

——もし、来たら？

——おまえに後ろめたいことはない。あったことをそのまま話せ。

——しかし、仕入値と売値はいいとうない。

——おまえの意思に反して喋《しゃべ》ることはないんや。

——蒲池は疫病神やったな。

——疫病神で儲けたんはおまえやろ。

——まあな。

蒲池を恨む気持ちはなかった。

カット・アウト　法月綸太郎

法月綸太郎（のりづき・りんたろう）
一九六四年生まれ。銀行勤務を経て、八八年、『密閉教室』でデビュー。八九年の第二作『雪密室』では著者と同名の名探偵・法月綸太郎を登場させた。二〇〇二年、「都市伝説パズル」で日本推理作家協会賞を受賞。〇五年、『生首に聞いてみろ』で本格ミステリ大賞を受賞。「新本格」の第一世代を代表する作家であり、ミステリー評論家としても活躍している。著書は他に『頼子のために』『一の悲劇』『怪盗グリフィン、絶体絶命』『キングを探せ』『ノックス・マシン』『赤い部屋異聞』など。

1

足下は石段といっても名ばかりで、すり減った切り石がまばらに顔を出しているだけだった。かろうじて山肌にしがみついているような坂道で、登るのに骨が折れることおびただしい。篠田和久《しのだかずひさ》は何度も足を止め、顔中に噴き出す汗を拭《ぬぐ》った。木陰に入ってもこの熱気だ。背広は麓《ふもと》でタクシーを降りた時からずっと腕に掛けっぱなし。とうに盆も過ぎたというのに、今年の暑さは異常だった。記録的な少雨のために雑木の緑も生い茂る勢いを失い、黄色くなってあえいでいる。葉ずれの音さえ干からびて、火葬にした骨をこすり合わせるみたいに響いた。石段の目地にこびりついた苔《こけ》がほとんど赤茶けた色に変っているのに、気づくとはなしに気がついた。

山というより丘の部類である。周囲は主に水田の広がる高梁川《たかはしがわ》のデルタ地帯で、ここだけが沖積世《ちゅうせきせい》に陸封された島の名残と思われた。汗みどろになって七合目辺りまで登ると、段丘状の山腹を均《なら》した陵徳寺の境内にやっとこさ行き当たる。日頃の運動不足もたたって、すっかり息が上がっていた。足腰の衰えと歳月の隔たりを痛感しながら、かつて一度だけここを訪れた時の記憶を呼び戻そうとした。崖《がけ》に背を接して蹲《うずくま》るように設けられた簡素な造りの本堂。無人寺となって久しいらしく、荒廃した印象のみが目に付いた。猫の額のような境内の乾いた地面に直射日光がじりじり降り注ぎ、きつい照り返しが視野を白ませる。篠田のほかに人の姿とてなく、蟬《せみ》しぐれがふっつり止《や》むと、余計にすさんで気疎《けうと》い感じがするのだった。動くものといえば、羽毛がばさばさに乾燥した野生の鳩《はと》が数羽、本堂の縁の下にもぐり込んで熱風を避けているばかり。篠田はその場にたたずみながら、他人の目を通して箱庭に封じ込めた砂漠の蜃気楼《しんきろう》を見させられているような分裂した感覚をおぼえた。以前どこかの雑誌に書いた美術評論で、「自分不在の臨場感」という言い回しを使ったことがあるが、今のこれはそうしたものに近いようだった。

――きみも一度こっちに来て、砂漠で世捨て人の暮らしをしながら、哲学を一から学んでみたらどうだい？　アビシニアのランボーみたいに。

そう問いかける、桐生正嗣《きりゆうまさつぐ》の声が聞こえたような気がした。篠田は思わず身をよじって、汗で背中に張り付いたシャツの不快な触感から逃れようとしたが、桐生の声まで振り払うことはできなかった。むろん、それが自分の内部より発したものであることは承知している。現実にその通りの文句を耳にしたわけではなくて、海の向こうから届いた絵葉書の走り書きの文字で読んだのだったが、年を経るにつれ苦い悔恨が堆《うずたか》く積み重なっていく篠田の記憶の中で、いつしかそれは絶交したかつての親友の肉声と渾然《こんぜん》一体となっていた。

桐生は十五年前に単身渡米して、一度きりその便りをよこしただけだった。発信地はネヴァダ州の名も知らぬ町で、裏返すと起伏に乏しく、これといって目を止めるべきものもない無人の荒野を切り取った粒子の粗い写真がうつっていた。およそ絵葉書らしからぬ構図であり、日本語の文章なのに英字のブロック体を思わせる、見まがいようのない桐生独特の筆跡で記されたそっけないメッセージも、砂漠を吹きすさぶ風のかけらを拾って貼り付けたコラージュみたいに読めた。篠田は返事を出さず、じきにその葉書もどこかに失《な》くしてしまったが、一切の人間性が蒸発しきった世界の果てさながら、一面荒涼として何の生気も色彩すらも感じられない画面を忘れようとしても忘れることができなかった。そこに写し取られた砂漠のざらざらした質感が、渡米するまでの二年間に桐生が発表した一連の作品に色濃く現われた、画家の絶望感を覆い隠そうとする絶望的なタッチと酷似しているように思われたからである。

モダン・アートに精通している者ならだれしも、桐生正嗣という名前を口にする時、思わず居ずまいを正したくなるような緊張と畏怖《いふ》の念を抱かずにはいられないだろう。桐生は「和製ポロック」の異名をとり、オールオーヴァーのドリップ絵画のローカルな継承者として、昭和四十年代から五十年代前半にかけてこの国の抽象画壇に孤高と呼ぶにふさわしい地位を築き上げていた。むろん当初は、ニューヨーク派の巨人ジャクスン・ポロック譲りのアクション・ペインティング技法をあげつらった揶揄《やゆ》にすぎない呼称だったが、まもなく人々はその異名に敬意を込めて、本気で口にしなければならないことに気づいたのだった。彼はポロックの抽象表現主義が頂点に達し、かつ挫折《ざせつ》を余儀なくされた一九五〇年という場所をみずからの仕事の原点に据えていたからである。だが篠田にしてみれば、もう三十年以上も昔、ソーホーの安フラットで初めて桐生の習作を目にした時から、誰よりも早く彼のたぐいまれな才能のほとばしりをつぶさに見せつけられてきたのだし、やがてそれが怒号のように一挙に開花して、キャンバスの上にポロック以後を踏まえた二十世紀絵画の新しい地平を切り開いていく日が来るであろうことも、肌で触知し確信できたのだった。篠田にとって桐生正嗣は、日本人の手による前衛美術表現の開拓に賭《か》ける情熱を分かち合った同志であり、お互いに火花を散らす最大のライバルでもあった。桐生と篠田、そしてやはり留学先で知り合い、後に桐生の妻となった三島聡子《みしまさとこ》を加えた三人は、ニューヨーク帰りの「三銃士」と呼ばれ、当時の日本美術界に伝説的な大旋風を巻き起こしたものである。自惚《うぬぼ》れでも誇張でもなく、かつてはこの国にもそうした逸話を誇らしく語り継ぐことのできる、熱気に満ちた輝かしい時代があったのだ。

十五年という不在の長きにもかかわらず、未《いま》だに桐生の作品は往年のアクチュアルな喚起力を失っていないはずだが、同時に彼の名前がある種の郷愁を誘うことも否めない、と篠田は思う。それは単に目まぐるしい時代の変化に押し流されて、前衛アートという表現の聖域が商業主義に呑《の》み込まれ、すっかり地に墜《お》ちてしまったせいだろうか。それとも、自分ひとりが特別そう感じるだけかもしれない。そうした時流に棹《さお》さし、さらに加速したことによって、今日の篠田が斯界《しかい》に占める確固たる地位があるのだった。いま振り返って、おのれの選んだ道がまちがっていたとは思わない。しかし、桐生は異なる道を行ったのだ。

彼はある日、ふっといなくなってしまった。文学と縁を切り、アフリカで旅商人となったランボーの後半生みたいに。わかっているのはそれだけである。あの謎めいた絵葉書を最後に桐生の消息はまったく途絶えていたけれど、篠田の中に染み付いた切り離された影のような記憶の輪郭がぼやけることは些《いささ》かもなく、むしろ年ごとに鮮明さを増していくばかりだった。それでも、虫の知らせのようなものは何もなかった。

五日前、桐生の甥《おい》という人物から訃《ふ》報《ほう》を聞いたのだった。先月ネヴァダ砂漠の隅っこの小さな町で、ひっそりと消えるようにその生涯を終えたという。思うさえ孤独な、異邦の死である。享年五十二歳。篠田より二つ年下だったが、これからはその差も開いていく一方なのだ。篠田自身の人生が幕を降ろす日まで。死亡記事はまだどこにも出てないが、いずれあちこちから追悼文を書くように依頼されるにちがいない。故人との深い関わりからして当然そうなるはずだが、まだ心の整理はついていなかった。それどころか、今になって桐生のことがますますわからなくなっていた。いや、わかろうとしないまま、ずっと投げ出してきたというべきだった。十五年の歳月がゴムのように縮んで、今の自分まであの頃に引っぱり戻されてしまったように感じる。そんなふうに思うこと自体、初老に差しかかった男の気の弱りというやつかもしれない。ついこの間までは、答を返さないでいることが何の苦にもならなかったというのに。ところが、そのついこの間というのがいつ頃まででだったか、はっきりと思い出せないこともまた確かなのである。

今は晩年の桐生が異郷の荒野にひとりきり、何を見ていたのか、何を考えていたのか、それが知りたくてたまらない。御《ぎょ》しがたい喪失感の深さにおののいているようでもあり、また成仏しきれない漂泊者の魂につきまとわれているような感じでもあった。死に目に会えなかったのを悔いているのではない。桐生が去っていくことと引き換えに残した問いを引き受けられるのは、たったひとり、自分を措《お》いてほかにはないというのっぴきならない実感だった。桐生正嗣という男が自分にとっていったい何者であったのか、もう一度その関係の実相を見きわめ、この十五年間ずっと棚上げにしていた問題に今こそ決着をつけなければならない。誰に告げるわけでもなく、篠田はひとりそう思い定めていた。

墓地に通じる小道をたどりながら、既視の感覚が徐々によみがえってくるのを感じた。傾《かし》いだ雛壇《ひなだん》みたいな緩急差の激しい斜面のぐるりに沿って、数基ずつ固まった墓群が不規則に散らばっている。敷地そのものが窮屈なせいか、高低も配列もまちまちで厳粛な雰囲気からほど遠く、そういえば前に来た時も何となく落ち着かない気がしたものだ。それにしても、当時はこれほど殺伐とした風情でもなかったはずだが、と改めて思った。指折り数えて十七年ぶりの墓参だが、昔のままに空地の残っている場所がある。移転墓の跡もちらほら目に付くところをみると、近郊に新しい霊園ができたようだ。もう何年も前から井戸が干上がっていると見え、水汲《みずく》み場の蛇口の栓は全開の状態で用をなさぬまま、錆《さ》びるに任せていた。盆を過ぎたばかりだというのに、献花の類が枯れきって茎だけを残し、片付ける者もなく朽ち果てているのは、この暑さのせいだけではあるまい。焼香の煙の一条もなく、かわりに洗わずに日干しにした雑巾《ぞうきん》が放つような臭いが鼻腔《びこう》をかすめる。すっかり黒ずんで、墨書きの戒名も読み取れない卒塔婆《そとば》が何本も折り重なって、地面に放置してあった。墓地全体のすさみようが、訪れる人の稀《まれ》なことを無言のうちに物語っている。さっきの本堂もそうだったが、捨て置かれ、寂れ果てていくばかりの風景を目にするにつけ、歳月の流れの無情さがもう人生の峠を越えたこの身に沁《し》みてならない。

ことさら探し当てるまでもなく、足が自然と目的の墓石の前まで来て止まった。枝振りに見覚えのある柿の老木が申し訳程度に葉を残して、ぽつねんと立っている傍のところだった。たった一度訪れたきりの場所を覚えていたことが、そんなに不思議でもないような気がした。年月を経た御影石《みかげいし》の表に、桐生家代々之墓と銘が刻まれていた。後ろに回れば、一族の物故者を記した墓誌の中に、嫁いだ聡子の名前も見つけられるはずだった。しかし、桐生の遺骨はここにはない。電話で聞いた甥の話によれば、縁者もいない異郷の砂漠の片隅に葬られることをみずから望んだのだという。そうした孤絶の遺志も篠田にとっては理解の埒外《らちがい》だったが、今日ここに来たのは、聡子の墓前に花を供え、桐生の訃報を聞いたことを伝えるためであった。

駅前のスーパーというより、よろず屋といった方がしっくり来そうな店で買ったありあわせの生花の包みをほどいて、左右の銅の花筒に均等に挿し入れた。塵芥《じんかい》にまみれた墓石を洗い、花筒に注ぐ水のないことが心残りである。事前にそうと知っていれば、どうにか用意のしようもあったものを。この墓地の中で聡子の墓だけ、昔と変らぬ姿をとどめ置けるものではないとわかっていても、そこには何とも正視に耐えない無慈悲な荒廃があった。

墓に引っかかった蜘蛛《くも》の巣のかけらを払い、背広のポケットから数珠《じゅず》を出して握り目をつぶった。

十七年前に来た時、季節は冬の終りだった。寒の戻りというのか、瀬戸内の三月とも思えない冷え込みの厳しい一日で、吹きつける風は今日と同じように乾ききっていた。その日も篠田はひとりだった。葬儀には参列せず、ほとぼりが冷めるのを待って、人目を避けるようにここを訪れたのだった。すでに桐生に対して、一方的な絶交を通告した後だった。芸術観をめぐる対立もあったが、むしろ感情的な理由が先走っていたことが今となっては否めない。稠密《ちゅうみつ》な痺《しび》れのように膚《はだ》を刺す冷気の中に身をさらしながら、ひとり吐く息の場ちがいな白さだけを拠《よ》りどころに、何時間も墓前に立ちつくしていた。言葉もなく、涙もなく、祈りもなく、ただ胸をかきむしるようなやりきれない怒りがあるのみだった。その怒りさえもじわじわと凍《い》てつかせる、冷たく青ざめて血の通わない月面のような風景なのだった。その時のことが、まるでつい昨日の出来事のような鮮明さで隅々まで脳裏によみがえり、篠田は全身にちりちりと鳥肌が立つのを感じた。

そんな気持ちなど知らない顔で、照りつける陽射しの強さは相変らずだった。何となく体がだるくなって古い墓石のひとつに腰《ひざ》を下ろし、手を団扇《うちわ》のようにして顔に風を送った。急に老け込んだみたいにため息なんかついている。残暑が身にこたえるようになったのはいつ頃からだろうか。かつて桐生と共に歩んでいた時代には、とどまるところを知らぬ熱気の渦に体ごと浸《ひた》っていることが、生きている証《あかし》にほかならなかったというのに。二人の長年の友情が絶たれたきっかけは、聡子が病死した際、桐生が示した「奇行」のせいだ。あれは忘れもしない、昭和五十二年二月の出来事である。

その日の早朝、まだ夜も明けやらぬ時刻に、桐生からの急な電話で聡子の死を知らされたのだった。篠田にとっては、文字通り寝耳に水の報だった。前年の春、聡子は病に倒れずっと入院生活を送っていたが、この年の正月に退院して自宅療養に切り換えたばかりで、病状が好転したものと信じていたからである。妻の死に動転しているのか、桐生の声は口数が少ないうえに要領を得なかった。どうしても見せたいものがあるから、すぐに来てくれ。そういう意味のことを口走っていた。いや、動転して要領を得ないのは自分の方だったかもしれない。とにかく篠田は、とるものもとりあえず、当時二人が住んでいた奥多摩《おくたま》の桐生の家に駆けつけた。

家の中は、廃屋みたいに冷えきっていた。つい先日、聡子の退院祝いで訪問したのと同じ家とも思えなかった。出迎えた桐生は一睡もしてないらしく、見るからにぐったり消耗した様子だった。髪はくしゃくしゃ、頰から顎《あご》にかけて、不精髭《ぶしょうひげ》の薄青い翳《かげ》りが死斑《しはん》のように浮き上がっている。そのくせ、気持ちだけが高揚しているような、妙に熱っぽい目つきをしていた。こちらの顔を見るなり、言いかけた話の続きをふと思い出したみたいに口を開いた。

「昨日の明け方に息を引き取った」

「――昨日の明け方？」

篠田は思わず聞き返した。妻の死のショックで時間の感覚がおかしくなっているのだろうか、桐生は心ここにあらずといったふうにうなずくばかりで、どうにもつかみどころがない。

「もう医者には知らせたのか？」

「いや。きみに電話しただけだ。きみとぼくのほかには、このことは誰も知らない」

「どうして？」

「することがあった」と桐生は言った。「きみにどうしても見てもらいたいものがある」

またしてもこの台詞《せりふ》だ。篠田は返答に窮した。ほかにも気になることがあった。桐生は汚れてしわだらけになったダンガリー・シャツとブルー・ジーンズを身に着け、足は裸足《はだし》だった。それはいつも仕事をしている時の格好なのだ。シャツのそこかしこに飛び散った塗料が、真新しい匂いと光沢を放っていることにようやく気づいた。聡子が死んでから、まる一日がかりで絵を描いていたのだ、そう直感した。最期を看取《みと》れなかっただけならまだしも、桐生に一杯食わされたような不満の念がわき起こった。

「それは後回しだ。先に聡子さんに会わせてくれ」

言い方が少しきつかったかもしれない。桐生は初めてわれに返ったような顔をした。身振りで奥の寝室の方を示し、先に立って廊下を歩き出した。急に小さくすぼんだみたいな親友の背中に付き従いながら、篠田は口調を和らげて言った。

「こんな急なことだとは思わなかった。退院したばかりで、この前来た時だって元気そうだったから、聡子さんはよくなっていると思い込んでいた」

「きみには隠していたが、医者にはもう手の施しようがないと言われていたよ」桐生はそっとかぶりを振って答えた。「どうせなら、病院より自分の家のベッドで死にたい、あいつがそう望んだんだ。ぼくもそうする方がいいと思った」

寝室のドアを開ける前に、桐生がほんの少しためらったような気がしたのを覚えている。部屋の中に入った時、最初は何がなんだかわからなかった。寝台に近づいてそれをしかと見届けながらも、わが目を疑わずにいられなかった。やがて真っ赤に焼けた鉄棒でみぞおちを突き上げられでもしたような、激しい憤りの塊が込み上げてきた。篠田は握り拳《こぶし》を固め、桐生の顔を見ないでたずねた。

「これは、おまえの仕業なんだな」

桐生のうなずく気配を肩越しに、目で見るよりも確かに感じた。篠田はもう我慢ならず、身を翻して桐生に詰め寄り、襟首をつかみながら叫んでいた。

「なぜこんなむごたらしいことを」

桐生は何か言いかけた。だが、その何かはついに言葉になりはしなかった。いや、仮になったとしても、二人を結んでいた絆《きずな》に決定的な亀裂が生じる音にしか聞こえなかったろう。彼の目は篠田をやり過ごし、寝台の上に注がれて離れなかった。そこに宿っていたものが狂気の光であったなら、桐生の行為を許すこともできたかもしれない。しかし、彼は錯乱していたわけではなかった。激しい感情の起伏にかかわらず、完全に正気で自分のしたことの意味をわかっていたはずである。

その日、そこで目にしたものを、篠田は生涯忘れはしないだろう。聡子のなきがらは寝台の染みひとつない、真っ白なシーツの上に仰向けに横たわっていた。病のために、あるいは薬の副作用のせいだったかもしれない、頭皮を覆う髪の量が哀れを誘うほどに貧しくなっていた。肌掛けはなく、身に着けていたものも全部はぎ取られ、あられもない全裸の姿だった。その透き通るように青ざめた肌をことごとく覆い隠すように、なきがらの前面、額から爪先《つまさき》に至るまで極彩色の速乾性絵具が隈《くま》なくまき散らされている。リズミカルな液状のはねと滴り、デリケートな靄《もや》がかかったような揺れ動く網の目状の色彩の積み重なりは、「和製ポロック」と呼ばれた画家の作品であることを示すあらゆる特徴を備えていた。それは人の形をしたキャンバスにほかならない。桐生正嗣は、息を引き取ったばかりの妻の裸体をキャンバスに見立て、最新作を完成させたばかりだったのだ。

2

もと来たJRの駅まで戻って伯備《はくび》線を使うつもりだったが、慣れない山の登り降りと暑さのせいですっかり参ってしまい、運転手のアドバイスもあって、帰りのタクシーを次の目的地の倉敷《くらしき》市まで直行させた。桐生の甥は、市内の公立高校で美術の教師をしているという。桐生の遺品の処理に関連して、篠田に相談したいことがあるらしい。夏休みで授業はないけれど、今日は午後から学校に顔を出すついでがあると聞いて、篠田は三時に職員室を訪ねることにしたのだった。倉敷駅から南に延びる中央通りに入ったところで時計を見ると、約束の時間まであと一時間と少し余している。暇つぶしがてら、久しぶりに大原《おおはら》美術館に寄ってみようと思いつき、美観地区でタクシーを停《と》めさせた。

平日だったが、八月もあと数日を残すばかりとあって、古い蔵屋敷が建ち並ぶ堀割り沿いの通りは、うだるような暑さをものともしないＴシャツやタンクトップの若者を中心に、そぞろ歩く観光客でにぎわっていた。派手な日傘を広げた客を運ぶ名物の人力車が、まばゆい陽射しに映える柳並木の鮮やかな青と白壁の列の間を、涼しげに風を切って走り抜けていく。その右手にどっしりと控えるギリシャ神殿を模した石造の建物が、大原美術館の本館だった。郷土出身の洋画家児島虎次郎《こじまとらじろう》の業績を記念し、美術の研究と発展を図るため、昭和五年、倉敷紡績の二代目社長大原孫三郎《まごさぶろう》が創立したもので、エル・グレコの《受胎告知》を始めとして、モネ、ルノアール、セザンヌ、マチス、ピカソなど、日本でも有数の西洋絵画コレクションを誇っている。篠田は正門のところで入場料を払い、ロダンの彫刻《カレーの市民》と《洗礼者ヨハネ》に迎えられる格好で本館の展示室に足を踏み入れた。

空調の効いた館内は、いつ来ても盛況である。展示室の壁の前に群がり、牛の歩みで移動する鑑賞客を尻目《しりめ》に、篠田はひとり急ぎ足で順路を奥へと進んでいった。戦前の大原コレクションとして知られる名画の数々にも、今日は一顧だに与えはしない。ピカソやブラック、カンディンスキーら、二十世紀前半のヨーロッパ前衛芸術運動を代表する巨匠の作品も素通りして、本館の出口の手前、アメリカ現代美術を展示するフロアにたどり着いた。ここに収蔵されている作品の大半は、第二次世界大戦後、孫三郎の嗣子《しし》總一郎《そういちろう》の手によって集められたもので、当時、国内のさる大家の作品の購入を断念してまで、買いつけに奔走したという逸話も伝えられている。印象派からキュビスムに至る時代の作品を並べたフロアに比して、この展示室で立ち止まり、ゆっくりと時間を過ごす人は少ないようだった。

デ・クーニングとロスコの作品にはさまれて、ジャクスン・ポロックの絵が二点、通路と反対側の壁の中央を飾っている。向かって左に位置するのが、《ブルー——白鯨》と題された全紙大のドローイングである。しかし、篠田は軽く一瞥《いちべつ》をくれただけでこの絵の前を離れ、右隣りの《カット・アウト》と対面した。ここまで足を運んだのは、この一枚の絵を見るためであった。

いや、それを普通の意味で一枚の絵と呼ぶのにはなにがしかの抵抗を感じる。《カット・アウト》は一九四八年から五〇年にかけて制作された作品で、まず厚紙の上にオールオーヴァーの画面を描いた後、身をくねらせて踊る人物に似たイメージを中央から切り抜き（《カット・アウト》という題はここから来ている）、残された周囲の部分を別のキャンバスに貼り付けたものである。最初に描かれたオールオーヴァーの絵は、白、黒、銀などの絵具のランダムな飛沫《ひまつ》を何重にも塗り込んで、むせ返るような密集した空間を作り上げ、さらにその表面を、チューブから直接ひねり出した赤と橙の太い線が縦横に走っている。

一方、中心部の切り抜かれた人物像の部分は、裏打ちの素のキャンバスに、金、銀、黒の染みが微《かす》かに付けられているだけで、作品全体としてみると、密度の高い錯綜《さくそう》した画面の真ん中に、空っぽの白地が出現したような印象を受ける。

　本来、地であるべき白いキャンバス部分が強いイメージ性を喚起するだけに、図と地の関係は反転し、絵の部分が人物のイメージに対して地となってしまう。と同時に、またその逆の関係も重なって見えてくるので、地と図は相互に転じ合い定まることがない。磔《はりつけ》にされたみたいな人物像は、画面の中心にあって、焦点として突出しているといえなくもないが、三次元的なふくらみをいっさい欠き、ただ視覚的に浮き上がってくるのみである。それはいわば網膜の欠損部、盲点のようなものとして、文字通り見えないところにある。この絵を見る者の前にひとりの人物がいることは確からしいのだが、それを見ようとして輪郭の内部に目を向けても、汚れたキャンバスの空白があるだけ。そして、これから目をそらすと、周囲の物質的なオールオーヴァーの画面が目に映るにすぎない。切り取られることによって実体を持たず、見る者の目の中のどこかにひそむようにして現われる奇妙な人物像。しかし、その在り方がどうあれ、躍動するイメージが画面の中心を占めていることに変りはない。そうした意味で、この絵には最盛期のポロックが陥ったジレンマ、疑いが如実に現われているのだった。

「イメージに対する烈《はげ》しい愛憎の儀式」まだ若かった頃、桐生がよくそんなふうに言っていたのを思い出す。「ポロックの生涯は、人間が持つさまざまなイメージと絵画とのたえまない相克が織りなす迷路を、性急に駆け抜けようとして挫折したカウボーイが、二十世紀というキャンバスの上に生き生きと描いてみせた、決して色褪《いろあ》せることのない一本の力強い軌跡なんだ。ぼくはその線が途切れたところから、もっと先まで進んでいきたい」

ジャクスン・ポロックは一九一二年、米ワイオミング州のコディで生まれた。三〇年以降はニューヨークに移り住んで、リアリズム画家トーマス・ベントンに師事し、メキシコの壁画運動やWPA（公共事業促進局）の連邦美術計画にも参加した。持病のアルコール中毒を治療するために受けた精神分析を通じて、アメリカ先住民（インディアン）のトーテムや古代神話に息づくユング的イメージを見出《みいだ》し、また第二次世界大戦中にニューヨークに亡命したシュールレアリスト、特にアンドレ・マッソンの影響を受けながら、オートマティスム（自動記述法）の手法を発展させて、四七年頃からまったく独自の作風を確立していく。キャンバスに直接絵具を滴らせるドリッピングの技法による、アクション・ペインティングと呼ばれるものである。それは、イメージという人間の記憶の形象を根こそぎにするための壮絶な賭けの旅、すさまじい否定と破壊から生じる目もくらむばかりの混沌《こんとん》の中から、新しい世界が誕生するドラマだった。

《アカボナック・クリーク》と《草の音》、四六年に制作された二つのシリーズ作品では、チューブから直接押し出された絵具の渦巻くような描線が画面をびっしりと埋めつくし、奥行きと中心をもたらす暗示的なイメージはほとんど姿を消してしまう。しかし、それらも次のステップを前にした通過点にすぎなかった。やがてポロックは、油彩絵具や筆塗りを放棄し、自動車塗料デュコなどの速乾性の絵具や塗料を缶からじかに筆や棒の先に付けて、時に激しい身振りを交えながら、床に大きく広げたキャンバスの上に自在に汲み注ぎ、まき滴らせ、スピードと躍動感にあふれる線を生み出していく。しばしば床の布の中に入り込み、画家は全身のアクションによって、次々と線を重ねていくのだった。この当時ポロックは、ある美術雑誌にこう書いている。

「私の絵はイーゼルから生まれるのではない。描く前にキャンバスを枠に張ることはめったにない。固い壁か床の上に、枠に張っていないキャンバスを鋲《びょう》で止める方がいい。私には固い表面の抵抗が必要なのだ。こうすると、その周りを歩き回ったり、四方から制作して、文字通り絵の中にいることができるので、私は絵といっそう近く、絵の一部であるかのように感じる。これは西部インディアンの砂絵の方法にそっくりだ」

ヨーロッパの近代絵画において、イーゼルに立てかけられたキャンバスとは、画家が世界をのぞき込んだ窓であり、現実を反映する三次元的なイリュージョンを開示する舞台であった。画家と世界の関係は固定され、静謐《せいひつ》でほどよい距離によって吊《つ》り支えられていた。一方、枠に張らずに床に置かれたキャンバスは、茫漠《ぼうばく》とした白地の広がりとなって目に映り、焦点を定めがたく、全体を捉《とら》えることも容易でない。ポロックはそうした未開の荒野のようなキャンバスの中に入り込み、絵と一体化しながら、自分の意識の壁を突き上げてくるものを外に引きずり出そうとする。「絵の中にいる時、私は自分が何をしているのか意識しない」、ポロック自身がそう語るように、それは自己実現と自己喪失が踵《きびす》を接する場所だったにちがいない。ハンス・ネイムスが制作中のポロックの姿を撮影し、発表と同時にセンセーションを巻き起こした一連の写真を、篠田は脳裏に懐かしく思い描く。ニューヨークの古本屋で、桐生と二人で万引きしたブックレットに載っていたやつだ。現実と地続きになったキャンバスの上で、何が起こるかわからない現在という時間の瀬戸際に立ちつくし、身体と意識、作品と制作行為の二律背反を、霊媒のように荒々しく、修行僧のようにストイックに演じ続けるひとりの画家。このネイムスの写真を契機として、批評家ハロルド・ローゼンバーグは「アクション・ペインティング」という概念を発明したのだった。

キャンバスの上に起こるべきものは、絵ではなく事件であった。画面は現実世界と照応するイリュージョンであることから解き放たれ、絵画それ自身が重層した世界そのもの、今ここで生成しつつある現実の運動たらんとしていた。ひとつの線が定着されると、その痕跡《こんせき》が執拗《しつよう》に記憶を揺さぶり、ある特定のイメージの方向へと媚態《びたい》をもって誘う。画家はその誘惑をはねつけるように次のアクションを起こし、身体と意識のきわどい相克を演じ続ける。「私はイメージをヴェールで覆い隠す」。もちろん、ポロックは無秩序な偶然のアクションに頼っているのではなく、突き上げてくるイメージの群れをいかなる参照をも拒んだオールオーヴァーの空間に溶かし込み、覆い隠すことによって、あの複雑の窮みとしか言いようのない画面を作り出していくのだ。むき出しの現在と身振りを通じて、次々と出現し重なり合っていく線条と飛沫。そこから読み取れるのは、ありとあらゆる既往のイメージ、人類の記憶の堆積《たいせき》にがんじがらめにされたイリュージョン、物理的時間の過去性から絵画を解放しようとする、強固で持続的な意志にほかならない。

四七年から五一年頃までのポロックの最盛期の画面には、飛び散った絵具の跡が、ただ目がくらみ、言葉を失うほかないぐらい幾層にも折り重なり、絡み合っている。そこではルネッサンス以来の消失点画法による遠近法的空間も、ピカソのキュビスムに発する多面的な空間すらも拭《ぬぐ》い去られて、画面上のすべての点が等質なオールオーヴァーの空間が生まれている。世界を特権的な一点、あるいは数点の焦点から眺めることをやめて、今ここにある現実のすべてを、その重層し、輻輳《ふくそう》し、中心を持たず、もつれ合う無限の多様性をありのままに、動的に捉えようとするアメリカ美術の本質が、まさにこの時期、ポロックによって見出されたのである。そしてこの手法は、ポロックが編み出した独自の方法であると同時に、アメリカという国が渇望したヨーロッパからの超越の方法でもあったといえるだろう。

しかし、彼がこの手法に賭けて描いたのはわずか四、五年の間であり、その極度の緊張が、画家を心身ともに疲弊させたのも事実だった。ポロックは四八年以来守っていた禁酒の誓いを、五〇年の秋になって突然破る。五二年以降、とりわけ晩年の作品では、速乾性塗料によるドリッピングが影をひそめ、油彩絵具を筆でキャンバスに塗るという伝統的な手法に戻る傾向が見られる。さらにこの時期の画面には、目玉や生き物のような形、あるいはユング的な心象風景といったイメージ性の強い形象が多く描かれるようになった。多くの人々の目に、それらが低迷や衰退の兆しと映ったのはまちがいない。

一九五六年八月十一日、霧の深い夜、ポロックは自ら運転する車を木に衝突させ、事故死した。まだ四十四歳だったという。死を前にした二年間は、アルコール中毒が高じて、ほとんど絵が描けない状態だったという。伝統的手法への不可解な回帰と合わせて、アメリカ美術の頂点に昇りつめた画家の「晩年の哀《かな》しさ」と言われる所以《ゆえん》でもある。

「篠田先生じゃありませんか？」

背後から不意に声をかけられて、篠田は瞑想《めいそう》を破られた。振り返ると、ぱっとしない制服に身を包んだ初老の学芸員がいそいそした表情を浮かべて、こちらを見ていた。顔は知っている。たしか西崎《にしざき》という名前で、美術雑誌や紀要に時々研究論文を寄稿している人物だった。ぎこちなく会釈を返しながら、おざなりに挨拶《あいさつ》すると、西崎は、篠田が入場券の半券を握りしめているのを見逃さなかった。

「おや、それは。事前に連絡をいただければ、そのままお通ししましたのに。篠田先生から入場料を取るなんて、受付の子も勉強不足ですよ。何か失礼はありませんでしたか？」

「いや、いいんです。今日は単なる一鑑賞客として来ているだけですから」

「今日こちらにいらしたのは、何かお仕事で？」

「プライヴェートな旅行です」篠田は相手の出鼻をくじくように言った。「これから知人を訪ねる予定があるんですが、少し時間が余ったので、急にここの絵が見たくなって」

「なるほど。ところで、まだ時間はありますか。せっかくおいでになったのですから、ついでに館長に会われませんか。いつも忙しい人ですが、今日はいるはずですし、先生がいらっしゃったと知ったら――」

「いや、本当におかまいなく。道草に寄ったようなものですから、わざわざ館長の貴重な時間を割いてもらうには及びません。それに、ゆっくり話しているほどのゆとりもないんです。後でくれぐれもよろしくとお伝えください」

「そうですか」

必要以上に遠慮したのは、あまり人と話したい気分ではなかったからである。相手が地方の美術館でくすぶっている学芸員となれば、なおさらだ。声を低くしていたつもりだが、周囲のいくたりかの視線が自分の方に集まってきたのも歓迎できなかった。さりげなく会話を切り上げる合図のように、篠田はポロックの絵に目を戻した。

ある種の気休めのように、さっきはやり過ごした《ブルー――白鯨》の方に目を向ける。題名通り目の覚めるような青色の地を背景に、画面左下には波立つ夜の海を思わせる図柄を配し、その上空を浮遊する太古の精霊の群れのように、黒、白、黄、橙に塗り分けられた種々の流動的な形が、おもちゃ箱をひっくり返したみたいにちりばめられている。これは、ポロックが画面からイメージを駆逐し始める四七年以前に制作された初期作品で、まだピカソやミロ、とりわけアンドレ・マッソンの造形的オートマティスムの影響が顕著に見られ、感覚器官を総動員したようなイメージの把握が、生命形態を擬した多様なフォルムの発見を促している。一般的にはポロックがオールオーヴァーの空間に至るまでの助走、最盛期のドリップ絵画の前座のように扱われ、必ずしも評価の高くない作品だが、篠田は久しい以前から極度の緊張をもたらす最盛期の画面よりも、むしろここに現われているような、自由奔放で血の通ったイメージ群にやすらぎを覚えるようになっていた。同様のことは、晩年の作品にもいえる。ポロック論のほとんどは、四八年から五〇年にかけて制作された《第一番》から《第三一番》に至るドリップ絵画をその頂点に位置付けているが、篠田はこうした従来の評価に対して、近年ますます声を大にして異議を唱えていた。そうした逆転が生じたのは、聡子が病に倒れ、死を迎えたのと相前後する時期からだったと思う。おそらく桐生との対立の遠因も、そこらへんにあったにちがいない。

「――そういえば、先月アメリカで、桐生先生が亡くなられたそうですね」と、西崎の声が聞こえた。内心の考えを読み取られたようで、聞き捨てにできない。

肩越しに横目で見ると、学芸員はまだ同じ場所にたたずんでいる。では、もうニュースは広まっているのか、と思いながら、篠田は生返事で応じた。

「もうずいぶんと噂《うわさ》を聞きませんでしたが」西崎は慇懃《いんぎん》な口調で探りを入れるように言った。「たしか向こうに行かれたのは」

「七九年。もう十五年になります」

「それ以来、桐生先生とはその――」

「ずっと会っていません。電話で話したことも、手紙のやりとりもなかった」

「そうですね」西崎は心得たふうに大きくうなずき返す。「なにしろ、あんなことがあった後では、そう簡単には」

篠田はかぶりを振った。あんなことというのが、聡子の死にまつわる騒動を指しているのか、それとも、その後の二年間の桐生との反目のことを言っているのか、いずれとも決めかねる言い方だった。ひょっとしたら、両方を兼ねているのかもしれない。しかしどっちだって、篠田には大差なかった。縁のない第三者に、桐生や聡子のことをとやかく聞かれるのがうっとうしくさえあった。篠田の心は現在を離れ、再び十七年前の寒い朝にさかのぼった。

どんなに問い詰めても答が返ってこないのを見きわめると、篠田は桐生を押し退《の》けるようにして、死んだ聡子の部屋を後にしたのだった。まっすぐ電話の置いてあるところまで行って、受話器を取り上げ、考えるより先に指が一一〇番を回していた。警察に通報して具体的にどんな説明をしたのか、はっきり覚えてない。まず医者を呼ぶべきだったかもしれないが、なにしろ頭に血が上っていて、到底許しがたい不正義を目の当たりにしたという感覚しかなかった。寒さと怒りに震えながら玄関の前にたたずんで、警察が来るまで、桐生とは顔も合わせないでいた。

到着した警官と一緒に聡子の部屋に戻ると、桐生はまだそこを離れていなかった。警官はなきがらの様子に驚き応援を呼んで、事情聴取のために桐生に任意同行を求めた。なきがらが運び出される時、篠田は聡子の背中を盗み見た。うなじから踵《かかと》まで、かろうじて体の裏側は桐生の冒瀆《ぼうとく》的行為を免れていたものの、生前の床ずれの痕《あと》や死斑のせいで、決して見映えのよいものではありえなかった。最初は変死体の扱いで、現場の写真が撮られ、検視も行なわれたが、むろん結果はシロだった。桐生が電話で言った通り、聡子は前日の早朝に病死しているとわかった。なきがらに絵具を塗りたくった行為が死体損壊に当たるかで少し揉《も》めたようだが、結局何のお咎《とが》めもなく、桐生は無罪放免された。何より著名な画家であるということが有利に働いたにちがいない。だが、篠田ひとりは許さなかった。篠田は桐生に対して、一方的に絶交を言い渡した。感情に走りすぎたきらいがないとはいえない。だが、桐生からの反論はなかった。

今になって振り返れば、当時、自分が桐生に対してした仕打ちのすべてが、実は不当なものだったかもしれないという気もするのだった。しかし、あの頃は、自分の行ないを露ほども疑わなかった。葬儀の後、ある美術出版社が聡子のなきがらの写真を手に入れ、桐生正嗣の最新アートという扱いで雑誌のグラビアにそれを掲載した。その記事は美術界にスキャンダラスな騒ぎを引き起こした。篠田はすかさず反対の立場から、徹底的に桐生を攻撃した。だが、やはり桐生の反論はなかった。その頃から桐生は、再び以前のような精力的なペースで、新しい作品を次々と発表し始めていた。まるで、聡子が病床に就いていた間の作業の遅れを取り返そうとしているみたいに。それらの作品は、桐生の従来の方向性をさらに極端に推し進めたもので、そのあまりにも無機的な、まるで砂漠を描いているような画面に、それまで彼を支持していた人々の多くが戸惑いを示すようになった。中でも桐生批判の急先鋒《きゅうせんぽう》となったのは、かつての盟友である篠田にほかならなかった。篠田はポロック評価の逆転と同じ立場から、桐生の非人間的・反イメージ的画面を一切合財《いっさいがっさい》否定した。その厳しさは、以前の二人を知る美術関係者の間でも不可解と噂されるほどだった。しかしもっと不可解だったのは、桐生の態度である。奥多摩の自宅のアトリエに閉じこもり、世間との交渉をほとんど絶って、篠田の批判にも耳を貸すことなく、ひたすら同じような絵を描き続けたのだった。そして、昭和五十四年の春、桐生正嗣は突然身辺を整理して渡米した。むろん、篠田には一言の相談もなく。その前年、都内の画廊で偶然出会い、お互いに言葉も交わさぬまま、すれちがったのが、桐生の姿を見かけた最後だった。

たしかに十七年に及ぶ長い絶縁の期間は、かつての二人の友情に宿っていた真実を遠い過去のおとぎ話に変えてしまったのかもしれない。だが、それはあくまでも、他人の目から見てそうだというにすぎない。桐生と共に過ごした波乱に満ちた青春期は、たとえその後の二人の歩みが分岐し、どれほど遠ざかろうとも、決して色褪せることなく、生き生きと篠田の記憶に刻み付けられていることに何ら変りはないのだ。その記憶を分かち合えるのは、篠田と桐生、それに聡子を加えても、たった三人限りである。そして、あとの二人がもうこの世にない今となっては、あの時あそこにあったかけがえのないものについて触れる権利を持つのは、世界中でたったひとり、自分しかいない。だからこそ、知ったかぶりの第三者に気安く桐生のことを語ってほしくない、という思いが、今の篠田には余計に強くあった。

3

篠田和久と桐生正嗣は、ニューヨーク留学時代にイースト・ヴィレッジのドイツ系ユダヤ人画商が経営するギャラリーで初めて出会い、いっぺんに意気投合して、もう次の日から桐生の下宿で共同生活を始めていた。むろん、家賃を浮かせるためである。訳知り顔の連中が詮索《せんさく》したがるような、同性愛的関係を持ったことなど一度もない。篠田が二十二歳、桐生は二十歳になったばかりで、当時はどちらも掃いて捨てるほどいるような無名の貧乏画学生、極東の島国を飛び出したむこうみずな黄色い肌の風来坊にすぎなかった。しかし情熱と野心にかけては、青い目をしたアメリカン・ドリームの体現者はおろか、どんな国の食いはぐれの青年にだって負けない自信があったのだ。

一九六〇年代初頭のニューヨークは、激動する世界とモダン・アートがじかに対峙《たいじ》する最前線の戦場さながら、薄汚れた路地や地下鉄の構内、うらさびれた廃倉庫やドラッグストアの物陰で、野蛮で崇高で、時には滑稽《こっけい》ですらある新芸術理念を胸に秘めた英雄気取りのボヘミアンの一団が、退廃した生活に身を貶《おとし》めながら、この街の一角からやがて世界の美術マーケットにおのが勇名をとどろかせ、ニューヨーク近代美術館やメトロポリタン美術館に作品が展示される日をせつなく夢みていた。そんな群雄割拠の雰囲気の中で、篠田と桐生はイマジネーションの還元的情熱と固い友情の絆を鍛え上げていった。まさしく熱く煮えたぎる坩堝《るつぼ》のような青春期だった。二人組の狩人《かりゅうど》みたいに街中の美術館や個人画廊を巡回し、アンディ・ウォーホルやジャスパー・ジョーンズの評価をめぐって夜を徹して議論し、家賃を滞納して下宿を追い出され雨の中で野宿し、ひとりが自信を失いかけた時はもうひとりが容赦なく檄《げき》を飛ばし、初めて絵が売れたのを祝って浴びるほど酒を飲み、娼婦《しょうふ》を買って自分の首尾を自慢し合った。そしてもちろん、キャンバスに向かい絵筆を握った。競うというより、ライバルに置いてけぼりを食わないように、寸刻を惜しんで絵を描いたのだった。お互いがお互いの才能の最大の理解者であり、かつ最も厳しい批評家だった。歯に衣《きぬ》着せぬ批判と、堰《せき》を切ってほとばしるような激励が、ひとつのコインの両面のように、二人の間でたえまなく投げ交わされた。いずれが欠けても、ひとりではやっていけなかったはずである。模倣と研鑽《けんさん》の時代は、そのようにしてあっという間に過ぎ去った。やがて、二つの相異なる才能の原石が灼熱《しゃくねつ》の溶鉱炉の中で、元の形を忘れるまでに溶け合い、混じり合った後、純粋な結晶体となって誇らしげに析出するように、篠田和久と桐生正嗣は互いに引けを取らない、それぞれの強靭《きょうじん》な個性を潑剌《はつらつ》と芽吹かせたのだった。

一九六五年になると、二人は通称「カミカゼ・コンビ」として少しずつ知られるようになり、その年の秋、初めて開いた共同個展がいくつかのレビューで高い評価を受けた。この時、ある記者が桐生の名前をまちがえて、Massacre Kill you と綴《つづ》ってしまったという有名な逸話に触れておくと、その記事は実際に存在したもので、決して後年の作り話ではない。ただし、誤解を招いた責任は本人にあって、篠田はよく覚えているが、ポロックの物騒なあだ名「ジャック・ザ・ドリッパー」に触発され、当時、桐生がわざとそう聞こえるような発音で名乗っていたせいである。三島聡子と知り合うきっかけになったのも、この個展だった。ボディ・ペインティングと呪術的な前衛舞踏を組み合わせたパフォーマンスで注目されている若い日本人女性の噂は、以前から二人の耳にも届いていた。それが聡子だった。向こうもヴィレッジのヒップな連中の間でささやかれる同国人アーティストの動向に、強い関心を寄せていたのだった。個展の会場に現われた時は、華奢《きやしや》で肌が透き通るように白い、いかにも大和撫子《やまとなでしこ》然とした印象のみが先行したが、数日後、彼女から誘われて二人が出向いたパーク・アベニューのライヴハウスで、初めて会った日とはまるで別人のような度胆《どぎも》を抜くステージに遭遇することになる。

ほとんど全裸に近い姿で素肌に原色のペイントを塗りたくり、津波のように押し寄せる大音響の読経のテープをバックに、身をくねらせ、のけぞり、髪を振り乱して、所狭しと舞台を這《は》いずり回る神がかりの巫女《みこ》みたいな壮絶な動きに、篠田の目は最初から最後まで釘付《くぎづ》けになっていた。それも同じ聡子なのだった。客席の灯《あか》りがついて、真っ先に桐生と目が合った瞬間、篠田は自分たちが二人ともいっぺんに彼女の魅力の虜《とりこ》になってしまったことを知った。異様な興奮の余韻さめやらず、盛大な拍手が鳴り響く中、二人は席を立ち先を争って楽屋へ急いだ。聡子はローブを一枚羽織っただけの格好で、汗でペイントが流れた顔におしっこを我慢している子供みたいな羞《はじ》らいの表情を浮かべて彼らを迎えた。このような場面でとっさに機転を利かせるのは、決まって桐生の役回りであった。

「ぼくらにステージ・コスチュームのデザインをやらせてくれませんか？　腕前の方は、こないだの個展で実証ずみだと思いますが」

　聡子は一瞬、狐《きつね》につままれたような目つきで、二人の顔を交代にじろじろ見つめていたが、じきに下町のじゃじゃ馬娘みたいな屈託のない笑みで顔をほころばせ、右の掌《てのひら》のペイントをローブになすり付けてから、おもむろにその手を差し出した。

「どうぞよろしく、予科練コンビさん」

　固い握手の後、篠田は桐生の袖《そで》を引っぱってこっそり耳打ちしたのを覚えている。いきなりあんなことを言い出すなんて、下心が見え見えじゃないか。突っぱねられたらどうするつもりだったんだ？　すると、桐生は真面目くさった顔でこう言った。

「下心だって？　きみはそんなけしからんことを考えていたのか」

　むろん、桐生だって同じことを考えていたのだ。先に寝たのは篠田の方だったが、それもいわゆるハナの差というやつで、三日とたたないうちに桐生はフライングを嗅《か》ぎつけ、猛然と篠田に抗議した。身に覚えのないふりをすると、桐生は本人の口からそう聞いたのだと言い放ち、シャツの前をはだけて、まだ生々しい聡子の唇の吸い跡を篠田に示した。抜け駆けしたことより、それを隠し立てしようとしたことの方が罪は重い、と立場が逆だったら、自分もそうしたであろうことも棚に上げ、桐生は激昂《げきこう》して篠田をなじった。篠田にしたって面白いはずがない。後ろめたいところがある分、余計に売り言葉に買い言葉で応じて、数年前に世界を震撼させたキューバ危機もかくやとばかり、一触即発の冷戦状態に突入した。

一言も口を利かない殺気立った一週間を経て、お互いに消耗しきったあげく、板挟みになった聡子の懇願もあって、二人はやっと歩み寄りの口実を見つけ、内心では胸をなでおろしながら、聡子の手前顔には出さず、そっぽを向きながら握手して、一昔前のハリウッド喜劇に出てくるような紳士協定を結んだ。それは双方とも排他的に聡子を独占しないという、甚だ楽観的かつ暫定的な内容の取り決めだったが、折からの西海岸からの追い風を受け、当事者各人の予想すら超えて、この取り決めは帰国後の一九七三年まで生き延びたのである。もっとも、聡子には全然別の言い分があったようで、結局あたしは、あんたたち二人のダシにされてるだけなんじゃないかって気がするのよ、ことあるごとにそう言ってやっかまれたものだった。そんな関係はありえないと聡子が一番よくわかっているはずなのに、やきもちだかなんだか知らないが、面と向かってゲイ呼ばわりされたことも一度ならずある。篠田も桐生も苦笑するだけで取り合わなかったけれど、たしかにそう邪推されても仕方がないような、聡子にも立ち入ることのできない男どうしの領分が存在するということは、お互い口に出すまでもなく明らかだったような気がする。

聡子を仲間に加えたことで二人が得たものは、そうした鞘当《さやあ》てによる一歩進んだライバル意識の亢進《こうしん》作用にとどまらなかった。聡子のパフォーマンスは「ダンスするキャンバス」と名付けられて、二人の新進画家の活発な「作品」発表の舞台となり、また交遊の幅が広がったおかげで、ディーラーや美術館からの引き合い、展覧会への出品依頼も増え、

「カミカゼ・コンビ」の株は急上昇した。対外的な変化ばかりでなく、聡子の存在は二人の作風にも重要な影響を及ぼしている。篠田は聡子の現代音楽のレコード・コレクションから、そして桐生は、彼女の踊りそのものから大きな刺激を受けたのだった。特に桐生の場合、その後の彼の評価を決定する、ポロック流のアクション・ペインティングを全面的に導入するためには、聡子のパフォーマンスが不可欠だった。桐生は以前からドリッピングを部分的に使用したり、脱中心的な画面構成を試みたりしていたが、ポロックが独力で切り開き、窮めつくした二十世紀絵画最大の発明をそのまま踏襲して、時代錯誤的なエピゴーネンと見られることには、ずっと抵抗があったはずである。その逡巡《しゅんじゅん》を見事に打ち砕いたのが、躍動する聡子の身体であり、ステージに充満するエネルギーにほかならなかったわけだ。これは桐生にとって大いなる収穫を約束する転機となり、六六年九月レイチェル・アウルグラス画廊で開かれた二回目の共同個展では、一部に冷笑的な意見も聞かれたものの、偉大な先人が開拓した荒野に新たな鋤《すき》を入れる大胆で真摯《しんし》な後継者として、おおむね好意的な評価を受けたのだった。

それより彼ら自身にも意外だったのは、この時期聡子との関わりを通して、捨ててきたはずの故国への郷愁が呼び覚まされたことである。ちょうど里心の付き始める頃でもあり、あるいは本場ニューヨークで頭角を現わしたばかりで、故郷に錦《にしき》を飾りたいという俗っぽい気持ちもなかったとは言い切れないが、何にも増して二人を強く駆り立てたものは、メイド・イン・USAの抽象絵画という武器を手にして、おのれが生を享《う》けた日本の風土に通用するかどうか試してみずにはいられない、そんな血の呼び声にも似た、ふるさとに向けて愛憎相半ばする思いだった。それは後から思い返せば、聡子のあらわな裸身に絵具を塗り重ねていく作業の中から、自然と湧き起こってきた感情だったにちがいない。九月の共同個展の後、ニューヨークでの活動に一区切りを付けて、その年の暮れ、三人は世界の芸術シーンの中心でつかみ取ったお墨付きを手土産に、意気揚々と日本に帰ってきたのだった。

昭和四十二年の春から、モダン・アートの本場で武者修行を積んだ「三銃士」が日本の美術界に切り込んだ武勇伝の数々は、それこそ枚挙に暇《いとま》がないほどで、表面的な出来事を列挙するだけなら、西崎のような専門家に略年譜を作らせた方が手っ取り早いかもしれない。むろん帰国した当初は、疑いと反発の方が強かった。抽象表現主義に対する理解の深さと広さにおいて、日米の格差はいかんともしがたかったし、ニューヨーク帰りの自称「前衛アーティスト」の有象無象と十把一からげに扱われたせいで、本国で正当な評価を得るまでには、予想をはるかに超える苦戦を強いられた。切り込み隊長はたいがい桐生の役割で、ありとあらゆる機会をとらえて、相手かまわず喧嘩《けんか》を吹っかける一方、篠田は作品制作と並行して、美術雑誌にアカデミックな論文を書きまくり、側面支援の態勢を取った。聡子は？　そう、彼女はいつも二人の活力とインスピレーションの源であった。後世に形として残るような「作品」はほとんどないけれど、彼女が演じた最高のパフォーマンスは、篠田と桐生の二人分を合わせたのに匹敵するか、ひょっとするとそれ以上の訴求力を持っていたかもしれない。あの当時、一度でも聡子のライヴに接したことのある者なら、言わずともわかってくれよう。時と場所を選ばず、音楽に合わせて聡子が踊れば、迷いの霧はあっという間に晴れた。

国内での評価は、篠田の方が先行した。その頃、篠田はスティーブ・ライヒやフィリップ・グラスのミニマル・ミュージックの方法に示唆を受け、微細な色彩と筆触の変化を用いた波状模様の反復的な積み重ねによって、画面上にモアレ効果を生じさせる作品を発表していた。評論家や画廊の経営者にはなぜか受けがよく、七〇年の万国博覧会にも出展が認められた。きみはいつも要領がいいんだからな、と桐生が苦笑交じりにぼやいていたのを思い出す。ほら、いつぞやだって、親友を差し置いてちゃっかり抜け駆けしただろ？顔の半分でにやにやしながら、篠田はこう切り返す。抜け駆けでもなんでも、今のうちにせいぜい差を広げておかなきゃ、出し抜いたつもりで油断してると、すぐに立場が逆転するからさ。すると、聡子がうんざりしたように横から口をはさむ。

「だからもういいかげん、あたしのことを引き合いに出して、二人で盛り上がるのはやめて頂戴《ちょうだい》よ」

当時、桐生が「和製ポロック」というあだ名に対して、ずっとアンビバレントな感情を持ち続けていたのはまちがいない。篠田にはその気持ちが痛いほどわかっていた。抽象表現主義に「激情の発露」というレッテルを貼ろうとする皮相的な解釈は、いつでも桐生を苛立《いらだ》たせた。アクション・ペインティングの手法にしても、昭和三十年代後半、日本にも雨後の筍《たけのこ》のように出現した文字通りのエピゴーネンたちが退場した後、味噌《みそ》も糞《くそ》も一緒くたのスクラップ置場同然と化した前衛画壇では、愚直ともいえる正攻法に徹した桐生の作風は、かえって時代遅れの一言で片付けられがちで、最初の数年はどうしても奇異の目でしか見られなかった。誰もが桐生の言動ばかり取り上げて、絵そのものを見ようとはしなかったのだ。彼はそうした偏見に抗しながら、同時にアメリカ先住民の砂絵の方法とは異なったアプローチで、日本の風土とがっぷり四つに組んだ独自の絵画的空間を構築していかなければならなかった。

遅ればせながら、桐生の作品がやっとまともに論じられるようになったのは、昭和四十六年の初めに制作した《憂国》あたりからだろう。この絵の制作過程を、当時八ミリに凝っていた聡子が映像に記録している。画質の粗いスクリーンの中で、桐生は最初、アトリエの床に広げたキャンバスの中央に赤の絵具で円を描き、その内側を塗りつぶしてから、老成した能楽師を思わせる極度に抽象化された動きによって、キャンバスの全面におびただしい塗料をまき散らし、流動する線と色彩の層を一分の隙もなしに織り重ねていく。前年十一月の三島由紀夫《みしまゆきお》割腹事件を容易に連想させる題名と、出征兵士の日章旗の寄せ書きを下敷きにしたかのような構図のせいで、右翼の脅迫を受けたり、反対に左寄りの評論家から見当外れな批判を浴びたりもし、一時は美術界を騒然とさせたが、この騒動が呼び水となって、臆断《おくだん》を排した公平な視点から桐生の作品そのものを見直そうとする動きが起こった。キャンバスに塗り込められた複雑多岐にわたる二律背反のダイナミックな連鎖、静と動、イメージと反イメージ、東洋と西洋、記憶と現在、部分と全体の対立が同時多発的に織りなす熾烈《しれつ》な葛藤《かっとう》をまざまざと見せつける画面、そして、そこから放たれる絵画そのものを肯定する強烈なオーラ。先入観を捨て虚心に絵と向き合いさえすれば、桐生正嗣という画家が単なる亜流どころか、ポロックの作り出したオールオーヴァーの空間を内部から突き破ろうとして、孤立無援のキャンバスの上で静かだが、すさまじい死闘を繰り広げているのは、誰の目にも明らかなのだった。「和製ポロック」という異名から侮蔑《ぶべつ》的な響きが取り払われ、彼の作品が国内でも理解されるようになったのは、こうした一連の動きを経てからだが、実はそれを仕掛けたのは策士・篠田にほかならなかった。《憂国》という人騒がせな題名も、もとはといえば桐生本人ではなく、篠田が発案したものであった。

桐生に対する無理解と風当たりの強さが解消されると、それまでの失地を回復するように、向きを転じた順風が彼を画壇の最先端に押し上げていった。昭和四十七年から翌年にかけて、桐生は各種の賞を総なめにし、美術館や画商たちは先を争って彼の作品をかき集めた。その勢いはモダン・アート界にとどまらず、一般的な知名度も高まって、桐生正嗣の評価はうなぎ上り、まさに向かうところ敵なしの感があった。しかし当の本人はといえば、それまでの切り込み隊長的言動がやっと影をひそめたぐらいで、天狗《てんぐ》になるわけでもなく、篠田や聡子が拍子抜けするほどのあっけらかんとしたマイペースぶり、画面の緊張に些かの弛《ゆる》みが生じることもなかった。というよりこの時期、既成画壇との実りの少ない軋轢《あつれき》によるロスが減じた分、キャンバスに注ぎ込まれるエネルギー、躍動する画面の内圧はいっそう倍加していった。「このことは彼の動的な表現スタイルが、制度的抑圧に対する怒りや狂気、鬱屈《うっくつ》した欲求不満の爆発という従来の解釈とは、まったく無縁の営為であったことを証明している」。昭和四十九年十月に行なわれた桐生の新作個展のパンフレットに寄せて、実作者と美術評論家の二つの顔を精力的に演じ分け、若くして前衛芸術界の動向をリードする中堅アーティストの地位を確保しつつあった篠田は、そんなふうに記した。桐生と共に歩んできた道のりを振り返り、最初は珍奇な輸入品でしかなかった抽象表現主義を日本の土壌に接ぎ木し、根付かせようとした二人の努力がようやく実を結び始めたことを確認して、さらにその裾野《すその》を広げていく決意を新たにする共同宣言のようなものだった。寄稿文の草稿を読ませた時、普段めったにそんな顔は見せない男だが、桐生は少し照れていたようである。

「悪くはないけど、辛口の批評で鳴らす篠田先生にしちゃ、ずいぶん手放しの賛辞だな。なんだか結婚式の友人代表のスピーチみたいじゃないか」

「そのつもりで書いたんだ」と篠田は言った。「これまできみたち二人に、ちゃんとお祝いを言う機会がなかったから」

「――こいつは一本取られたな」桐生は笑ったが、言葉で言い尽くせない感謝のまなざしが瞳《ひとみ》に溶けかかったように浮かんでいた。

桐生と聡子が結婚したのは、その年の二月のことである。役所に入籍の届けを出しただけで、改まった式とか披露宴みたいなことは何もやらなかった。二人がそういう格式ばったことを嫌ったのは確かだが、篠田に遠慮していたせいかもしれない。彼らはニューヨーク時代からずっと引きずっていたニュートラルな二夫一婦制を、遠近法の裏をかく有名な錯視図形にちなんで「ペンローズの三角関係」と呼んでいたけれど、結論を先送りにしていくアドレッセンスの期間に終止符を打つきっかけを作ったのは、三人の中で最年長の篠田にほかならなかったのである。有力な後援者から持ち込まれた縁談をことわりきれず、周囲がなしくずしに話を進めていって、ある日ふと気がつくと、結納とか式の日取りが云々《うんぬん》という状況になっていた。相手に不満があるわけではなかったし、文部省や美術界の要所要所に顔の利く富裕な一族の箱入り娘だった。それとなく桐生と聡子に紹介すると、もうネタは割れていて、さんざん善意の冷やかしと祝福を受けた。篠田にとって公私共に願ってもない良縁だったが、聡子とのつながりが最終的な決断をためらわせていた。かといって、桐生との約束を破ることはできなかったから、聡子には苦しい胸の内を明かすまいと自分に言い聞かせていたのだった。そうやってぎりぎりになるまで思い詰めたあげく、何がなんだか目茶苦茶になって、事前の相談も後先考える余裕もなしに、新宿のホテルのカクテル・ラウンジに二人を呼び出し、なりふりかまわず桐生の目の前で聡子に求婚したのが、昭和四十八年のクリスマスの夜だった。

聡子は驚きを隠さなかったけれど、藪《やぶ》から棒のプロポーズをはぐらかさないで、真剣に受け止めているのがわかった。まっすぐ篠田の目を見つめて、同席した桐生に助けを求めるそぶりも見せない。ついさっきまでは、篠田のフィアンセの話題を持ち出して、他愛ないやきもちの真似事《まねごと》みたいな軽口を叩《たた》いていたというのに、見上げた女だと思った。息苦しくなるほど、長い沈黙が続いたのを覚えている。何かの悪い前兆のような、不吉な感じがしてならなかったが、それが何なのか、篠田には考え及びもしなかった。桐生は一言も口をはさまなかった。ただそこにいて、黙って成り行きを見守っているだけだった。やがて聡子が大きく肩を上下して、抑えた口調で話し始めた時、篠田は自分の耳を疑った。いや、疑うだけではすまなかった。

「あたしは、昭和二十年の十一月に生まれた。母親の実家の下関《しものせき》で。それは知ってたわね。でも、母の嫁ぎ先が広島の片田舎だったことは話したかしら。母は終戦の直後まで、そこにいたの」

「――広島に？」

「そう。原爆が落ちた時も。母の嫁いだ先は爆心地から遠くて、直接の被害はもちろん、被爆者の認定を受けるような症状も出なかったらしいけど、確かなことはわからない。いいえ、きっと放射能の影響を受けたはずよ。母は里に帰ってあたしを産んでから、産後の肥立ちが悪くて、ずっと床に就いたきりだったというから。翌年の五月に死んだの。お乳をもらうどころじゃなかった。父親の方はね、南方で負傷した傷痍《しょうい》軍人で、たまたま八月六日に広島市内の友人を訪れていたんですって。もちろん、それっきり行方知れず。だから、あたしは下関の祖父母の手で育てられて、両親の記憶は何ひとつない」

「それは知ってる」と言いながら、篠田は自分の声が震えているのに気がついた。「でも、

「それで、きみは――」

「ええ」聡子は瞬《まばた》きもせずにうなずくと、篠田より百倍もしっかりした声で答えた。「その時、あたしは母のお腹の中にいた」

聡子が見知らぬ外国人のように目に映った。聡子を見ている自分と、面前の聡子との写像がねじくれて、嚙《か》み合わない感じだった。二十八年前、広島と長崎を見舞った未曾有《みぞう》の惨禍と今日まで続く原爆症患者の窮状、あるいは被爆二世の問題について、篠田は人並みの知識を持っているつもりだったが、そうした知識は、何年も前から自分がよく知っていた三島聡子という女にはまったくそぐわないように思えた。だが、それも同じ聡子なのだった。

「だけど、きみは健康体じゃないか」篠田はあえぐように、やっと喉《のど》から言葉を絞り出した。「だいいち、お母さんが早くに亡くなったのだって、被爆したからだとは決めつけられないはずだよ。薬も食糧も足りない時期だったから、そのせいで――」

聡子は首を横に振った。きっぱりと。

「自分の体のことは、自分が一番よく知ってるわ。子供の頃から、色の白い子だ、色の白いのは七難隠すって、みんなに言われたの。両親ともそんなではなかったはずなのに。それでなんとなく覚悟はしてたのが、ちょうど日本に帰ってくる前後ぐらいかしら、貧血とか、軽い自覚症状が出始めるようになってね。もちろん、今は生活に支障が出るようなものじゃないけど、これから先どうなるかわからない。だから――」

ためなのよ」

「だから？」

「あなたは静香《しずか》さんと一緒になるの」聡子はにべもない口調で言った。「彼女は気立てのいい人だから、絶対うまく行くと思う。あたしが保証する。そうするのが何よりあなたのためなのよ」

静香というのは篠田のフィアンセの名前で、もちろん、現在の妻である。あの時、聡子の目に映った自分はどんなだったろう、と篠田は今でも痛恨の念を伴って思い返すことがある。あまりにも思いがけない聡子の告白に度を失い、すげない拒絶に対して一言も答える術《すべ》を持たなかったのは確かだ。だが、本当にそれだけだったろうか。目に見えぬ放射能の影に怯《おび》えて、聡子を愛していると言った自分の気持ちに、これっぽっちの迷いも生じなかったと言い切れようか。ひょっとしたら、そのほんの少しの迷いを隠しきれなかったせいで、聡子を失ってしまったのだとしたら？　いや、今さら悔やんでみても始まらないことはわかっているし、気持ちに迷いが生じたか否かにかかわらず、その瞬間、篠田の心をわしづかみにしたものは、もっと別の激しい感情の隆起、自分だけ蚊帳《かや》の外に置かれていたという直感にほかならなかったのだ。篠田は聡子から顔をそらし、それまでずっと何かに耐えるように目を伏せ、押し黙っていた桐生を凝視した。

「きみは、このことを知っていたのか？」

桐生はそっと顔を上げた。お互いの視線が交わったその上に、桐生は無言の答を刻みつけるようにうなずいた。だしぬけに聡子が微かなうめき声だけ残して、その場にいたたまれなくなったみたいに席を立つ気配がしたが、桐生の顔からなかなか目を離すことができなかった。篠田がそっちに目をやった時は、もう駆け去っていく背中しか見えなかった。

初めてあいつのステージを見に行った日のことを覚えてるか？　桐生のそう問う声が覆いかぶさるように耳に入った。地鳴りのような読経の唱和。体ごとのたうち、悶《もだ》えるように舞台を這いずり回る虹色《にじいろ》の肌が篠田の脳裏を占める。ああ、と答えて桐生の方に向き直った。

「ぼくはその時、ふっと思ったんだ」桐生も遠い目をして言った。「これは何万という死者の魂を鎮めるための儀式にちがいないと」

篠田は顔の筋がこわばるのを感じた。

「じゃあ、あのボディ・ペインティングも？」

「そう。あれは、被爆した人たちの火傷《やけど》や火脹《ひぶく》れの痕なんだ。もちろん、聡子が実際に目撃したわけじゃない、スピリチュアルな想像力によって再現したものだが。そもそも、あいつがニューヨークで活動していたのはなぜだと思う？」

「――アメリカの原爆製造プロジェクトは、マンハッタン計画と呼ばれていた」篠田は唇を噛みしめ、かぶりを振った。「気づいていたなら、どうして最初に教えてくれなかった？」

「なんとなくそう思ったというだけで、確信があったわけじゃないし、憶測で語れるようなことでもないだろう。聡子に確かめたのは、ずっと後になってからだ。あいつはそのことを認めたが、きみには話さないでくれと言った」

「なぜ？」

「これはあたし自身の問題だから、誰にも同情されたり、憐《あわ》れんでもらったりしたくないだけ。そんな言い方だった。それは同時に、ぼくに対する通告でもあったんだ。だから、以後ずっとその問題については、お互いに触れないようにしていたよ。もっとも日本に帰ってきて、聡子がこっそり病院に通い始めたのは知ってたから、無理をしてないか、気をつけるようにはしていた」

「――知らなかった！　知らなかった！」篠田はテーブルに両拳を打ちつけ、そのまま頭を抱え込んで髪を掻《か》きむしった。「なんてことだ。ぼくは馬鹿だった」

「救いがたい大馬鹿者だよ」桐生は沈痛な面持ちでそうつぶやいたが、篠田が言ったのとはちがう意味のようだった。「でも、ぼくはきみを責めたりはしない。だから、きみもあいつを責めないでくれ」

責められるもんか、篠田は声にならない吐息を洩《も》らした。それから、やっと桐生のつぶやきの別の意味に思い当たり、自分の醜態を恥じた。無理やり気持ちを立て直して、篠田は言った。

「これであの取り決めも無効になってしまったということか。たしかに約束を破ったぼくが悪いんだ。聡子の言う通り、気立てのいいフィアンセと一緒になるから、後のことはきみに任せる。くれぐれも聡子のことをよろしく頼むよ」

桐生は勲章でも授けられたみたいに真顔でうなずきながら、

「だけど先に約束を破ったのは、ぼくの方かもしれんな。ぼくと聡子は、きみに対して隠し事をしていたことになるんだから」

「それはちがう。全然ちがうよ」と篠田は言った。だがもし、もしも桐生の方が先に自分と同じことをしたとして、その時、聡子はどんな態度を取っただろうか？　口には出さないが、内心でそんなことを考えずにはいられなかった。

「——もしぼくが今日のきみと同じことをしたら、やっぱり同じ目に遭ってたはずさ」二人の間にのみ通じる苦い笑みを浮かべて、桐生が言った。「とにかく、先に動いたやつが殺《や》られる決まりになってるんだ。たぶんあいつにとっては、体のことも口実にすぎないんじゃないか。そんなことより、三人で交わした誓いの方が大事なんだよ」

「三銃士だものな」篠田も笑った。

翌春、篠田は予定通り挙式した。新婚ほやほやの桐生夫妻も友人として出席し、壇上の新郎が思わず顔を赤くするような祝辞を述べた。三人の付き合いは従来と変らず、何のしこりも残っていないように見えた。少なくとも、彼らはそう望んでいるはずだった。しかし、それはあまりにも楽観的な甘い見通しだったかもしれない。その時は、篠田も桐生も肝心なことを見落としていたのだった。「三銃士」の危ういバランスが崩れ、その重心が一方に偏ることによって、一番大きなダメージを被るのは、二人の絵にほかならないということを。のみならず、聡子自身の抱える問題がそれに輪をかけた。十月の桐生の新作個展と相前後して、聡子はパフォーマンス活動を一時停止し、主婦業に専念すると発表した。関係者の多くは聡子が妊娠したものと早合点し、出産後には復帰するだろうと思い込んでいたが、篠田はそれが母親の胎内で被爆した放射線疾患の進行を意味することに気づいていた。しかも、個展の成功と聡子の活動停止を境に、桐生の制作ペースが徐々に落ちていることも明らかだった。もちろん、夫婦ともそんなそぶりはちらとも見せなかったし、桐生の作品から緊張と充実が失われることもなかったが、篠田の目には、帰国後の桐生の画面にはついぞ見られなかった、漠然とした迷いのようなものが忍び込んできている気がしてならなかった。いや、それは篠田の内部で形をなしつつあった危機の前兆を、桐生の絵に投影していただけかもしれない。いずれにせよ、篠田の抱いた漠然とした不安感は、まもなく自分自身の絵の中で顕在化したのである。

昭和四十九年から五十年にかけて、篠田の絵はますます細かいタッチに変化して、無数の針を束ねたみたいな微視的図形がびっしり集積した作品が続いた。この傾向は色調にも及び、それまでの色彩豊かな画面から徐々に単一のトーンへと移行していく。彼の売り物だったモアレ効果はとうに姿を消し、親しい画商たちも首をひねるようになった。《白夜》と名付けた作品では、砂粒のように微細な点描がチタン白のタッチで埋められ、削り取られて、ほとんど白一色の平板な画面になり果ててしまったのである。初めから均質な画面を目指していたわけではない。色や形のわずかな差異が示す生々しい躍動感を追っていただけなのに、絵筆を置いた篠田の前にあるものは、もはや一枚の絵とは言いがたい、まるで南極の氷原を見るようなホワイト・ノイズの無機質な広がりにすぎなくなっていた。

篠田は呆然《ぼうぜん》として、すぐにその絵を桐生に見せた。桐生は一目見るなり、篠田がパニックに陥った理由を察知したはずである。なぜなら「和製ポロック」と呼ばれた桐生自身が、ポロックの衣鉢を継ぐ者として、常に瀬戸際に立ち問い続けてきた問題がそこに露出していたからだ。それこそ、かつてポロックが到達し、かつ挫折した一九五〇年という場所が必然的にはらむ表現のアポリア、オールオーヴァーのドリップ絵画につきまとう「均質化の危機」という問題にほかならない。桐生は即座にそのことを見抜いた。そして、自分の絵にもそうした迷いが生じていることを率直に告白した。

聡子が元気だったら、彼らは力を合わせてこの危機を乗り越えることができたかもしれない、と篠田は思う。音楽に合わせて聡子が踊れば、どんな時でも迷いの霧は晴れた。だが、彼女のミスティックな力に頼ることはできなかったし、すでに桐生と篠田を取り巻く環境は、ニューヨーク時代の猪突猛進を反復するには、あまりにも複雑なものになりすぎていて、彼らは独力でこの危機に立ち向かわなければならなかった。もう二度とあの輝かしい「カミカゼ・コンビ」の時代に戻ることはできないと知っていたのだった。

4

ブラスバンド部が練習しているのだろう、とぎれとぎれの金管のまぶしい響きが、火照った空気の上層で逃げ水のようにこだましている。真っ黒に日焼けして泥人形みたいになったサッカー部の連中が、熱したグラウンドから校舎の陰に退避し、地べたに丸太を転がしたように寝そべって涼んでいた。車寄せのアスファルトは靴底に粘り着くようで、噴水の水も止まっていた。約束の三時より、かなり早い時刻だった。大原美術館では、西崎に話しかけられたせいで落ち着かず、長居できなかった。日本人作品が展示されている新館をのぞけば、篠田と桐生の絵も何点か収められているのだが、それを見てくる気はしなかった。寄り道のつもりが、結局、いたたまれなくなって学校に来たのである。来客用の玄関で案内を乞《こ》うと、応対に出た当直の事務員が、職員室には誰もいないと言う。やはり早すぎたか。はあ、桐生先生だったら美術準備室におると思いますけど、内線で呼びましょうか？ いや、結構です、と篠田は手を振り、約束がある旨を告げて、美術準備室の場所をたずねた。階段ですれちがった制服の女子が、わけもなく含み笑いをしながら頭を下げる。夏休みの最中でも、なにくれとなく、学校に用事のある生徒が出入りしているらしい。鉄筋コンクリートの新しい校舎はがらんとしているようで、そこかしこでサッシの窓が開け放たれ、ばたばたとせわしない足音や、ぶっきらぼうな土地の言葉の甲高い話し声の断片が、篠田の耳には不思議に新鮮で華やいで聞こえるのだった。

美術準備室のドアをノックすると、ポロシャツに綿ズボンの男があわただしく顔を出した。

「篠田さんですか？ すみません、早目に下に降りてお待ちするつもりだったんですが、本を読んでいたらついうっかりしてしまって」

これが初対面だが、桐生の甥だということは声を聞けば確かだった。五日前に電話をもらって、何度か話しているその声の主だった。年は三十代の半ば、額で左右に分けたクセのない髪は、篠田から見れば中途半端に伸びた長さで、どちらかといえば細面の真面目そうな顔だちに、レンズの薄い縁なしの眼鏡をかけている。外見から受ける大ざっぱな印象は、桐生とはまったくちがうタイプだったが、奥二重の目とか、鼻から口許《くちもと》にかけての面影には、やはり何とも言えない類似点がある。

「いや、私が来るのが早すぎました」時計を見ながら詫《わ》びて、改めて名乗った。「篠田和久です」

「あ、こちらこそ申し遅れました。桐生正嗣の甥の岳彦《たけひこ》です。先日は叔父《おじ》のことでいきなり電話をかけたり、お忙しいところ急に無理なお願いをしたりして、どうも失礼しました」

「堅苦しい挨拶は抜きにしませんか」篠田は室内をのぞき込みながら言った。エアコンの冷気に混じって、絵具やニスの匂いがしている。「それと、天気の話題もね。今年の暑さが異常なのは、いちいち言わなくてもわかりきってます。中に入ってもかまいませんか？」

「ええ、でも散らかってますよ」

篠田は微笑《ほほえ》んで、気にしないと告げた。ざっくばらんな態度に出たのは、桐生の甥に対して、電話での限られたやりとりだけで、知らず知らず、身内めいた親近感を抱いていたせいかもしれない。岳彦が散らかっていると言ったのは、誇張でも謙遜《けんそん》でもなかった。準備室の中は、デッサンや静物画の主題にする雑多なガラクタ、ひしゃげたりねじ曲がったりした絵具のチューブの山、汚れたパレットに石膏《せっこう》のかけら、手垢《てあか》の付いた絵筆や彫刻刀、年季の入ったイーゼルなんかでごった返しており、岳彦の机の上も、画集だの、展覧会のパンフレットやチケットだの、授業で生徒に描かせたデッサンを束ねたものだの、ごちゃごちゃと積み上げられて、部屋の主の性格の一面を即物的に示している。それが不快ではなかった。くんくんと室内の空気を嗅ぎながら、不意に呼び覚まされた懐古的な気分にひとしきり浸っていると、岳彦が不思議そうな顔で篠田を見た。

「ニューヨークで、彼と一緒に住んでいたフラットもこんなでしたよ」と岳彦に説明した。「もちろん衣類や残飯なんかで、もっと汚れて散らかってましたが。男二人のでたらめな貧乏住まいでね、シーツや壁紙に絵を描いたこともある」

「叔父も相当な汚し屋だったそうですね。いや、どうやら親類の中では、ぼくだけその血筋を受け継いでるらしくて。整理整頓《せいとん》を心がけても、どうしてもできない性分なんです。小さい頃からよく言われました、おまえは正嗣叔父さんに似てるって。ただあまり親戚付《しんせき》き合いはしない人で、実際に会ったり話したりした記憶も数えるほどしかないのが、今でも残念です。叔父にあこがれて、ぼくも絵の道に進もうと思い、美大に行ったまではよかったんですが、才能の方はちっとも似なかったみたいだな。しばらく大阪で商業デザインの仕事をしてから、じきに見切りをつけて、こっちの親元に戻ってきたんです。いろいろ考えると、日々平穏な美術教師の暮らしというのが性に合ってるみたいで」

　岳彦の言い方には、しかし自嘲《じちょう》めいた嫌味なところがなく、なんとなく面白がっているような感じさえした。世代の差なのだろう、と篠田は思った。

「最近の十代はどうなんです？　才能云々より、生徒さんの中で、これは将来大物になるぞ、というような絵を描くのが結構いるんじゃないですか」

　とたずねると、岳彦は小首をかしげて、

「たしかに美術部には、面白い絵を描くのが毎年ひとりはいますが、だからといって、受験そっちのけで、本気で絵描きになろうなんて粋狂なやつは見たことがない。たぶんぼくの教え子から、篠田さんや叔父のような者が出ることはないでしょう。でもそういえば、ひとり漫画家になったのがいて、今でも自筆イラストの年賀状が来ますよ——ああ、すみません、余計な話で立ちっぱなしにさせて。どうも気が利かなくっていけない。どうぞかけてください。何か冷たいものでも出しましょう」

　おかまいなくと言って、篠田は机のそばにある折り畳み式のパイプ椅子に腰を下ろした。岳彦は冷蔵庫を開けて、ペットボトルの麦茶を出し、手近のコップに注ぐ。机の上に置こうとして、そのスペースがないことに気づき、最初に言った読みかけの本というのがそれなのだろう、机の端に開いたまま伏せてあった本をどけ、改めてコップを置いた。書店のカバーがかけてあって、何の本だかわからなかったが、カバーの折り返しを栞《しおり》代りにはさんで閉じながら、岳彦はちょっとわけありげな目つきをした。

「それで、篠田さんの今日のご予定は？」

「日帰りのつもりです。午前中に新幹線でこっちに着いて、ついでに聡子さんの墓参りもすませてきました。お盆は過ぎてしまったが、なにしろ一度行ったきりで、十七年も不義理を重ねていたので」

「ひょっとして、陵徳寺に行かれたのですか？」

篠田はうなずいた。

「当然ですよね、気がつかなかったぼくが悪い」岳彦は頭を掻きながら、すまなそうな顔をした。「実はもうあそこには、叔母《おば》の遺骨はないんです。五年前に市営の共同墓地ができた時、新しく墓石も造り直して移転したので。あらかじめ伝えておくべきでした。本当に気が利かなくて、ただでさえこの暑いさなか、無駄足を運ばせてしまって。お寺が荒れていて、変に思われたでしょう。ほとんどのお墓を新しい市営墓地に移した後で、あそこに残ってるのは無縁のものぐらいですから」

そう言われても、さほど驚きはなかった。なんとなく、そんなことではないかという気がしていたからである。岳彦は責任を感じているようで、自分の車でこれから市営墓地まで送りましょうかと持ちかけたが、篠田は固辞した。遺骨の有無にかかわらず、自分にとって聡子の菩提《ぼだい》を弔うということは、冷えきって青ざめた十七年前の冬枯れの風景と切り離せない。今でも聡子の魂はあそこに眠っている。ほかの場所では嘘《うそ》だという気がした。

しかし、岳彦にいちいち説明はしなかった。他人に話しても、この気持ちばかりは通じるまい。

「──いま十七年ぶりとおっしゃいましたね」岳彦が少し口調を変えて言った。「それは、叔母が亡くなった年ですか？」

「そうです。お葬式には出なかった。聡子さんのお墓参りに行ったのは、それより少し後です。その時も今日と同じで、ひとりで墓前に。正直に言うと、桐生と顔を合わせたくなかった」

「たしか叔母の死の直後に、叔父と絶交されていたはずですね。あの騒ぎがあったせいで」

「ええ」篠田はうなだれた。「結局、仲直りする機会のないまま、あいつも先に逝ってしまった」

　岳彦はしばらく言葉を返さなかった。篠田はコップに手を延ばし、冷えた麦茶を二度口に含んだ。ガラスの表面に浮いた露で指が濡《ぬ》れた。コップを机に戻すまで待っていたように、岳彦が口を開いた。

「いきなり立ち入ったことをお訊《き》きするようですが、篠田さんは叔父と縒《よ》りを戻せなかったことを後悔されているのですか？」

　篠田はたじろいでかぶりを振ったが、否定の意味のしぐさではない。それをどうにか言葉にした。

「自分でもよくわからない、というか、その答が知りたいからこそ、今日あなたに会いにきたと言うべきでしょう。そうだ、電話ではたしか、何か桐生の遺品のような物のことで、私に相談があるとうかがいましたが」

「はい、そのことです」

「それはひょっとして、桐生がアメリカで描いた絵ですか？　それとも何か、私に宛てたことづけのようなものとか？」

「そのどちらでもありません」岳彦は首を横に振りながら、念を押すように言った。「向こうの人の話だと、叔父は渡米後、まったく新しい作品を描くことはなかったそうです。それどころか、名の知れた画家だとわかって、みんなびっくりしたらしい。本当に一度もキャンバスに向かわなかったのか、確かなことはわかりませんが、少なくとも遺品の中に、絵の道具はひとつも見当たりませんでした。それから、篠田さんに宛てたものに限らず、日本語で書いた手紙やノート類も皆無です。急な心臓の発作で倒れて、書き置きを残す暇もなかったと。現地で埋葬したのは、死に際に叔父が口頭で言い残した指示によるもので、日常的なメモなどを除けば、書き残したもの自体ほとんどない。そもそも、十五年間どうやって生計を立てていたのか、どうもはっきりしないというか、現地の人間に問い合わせても口を濁して教えてくれず、曖昧《あいまい》な点が多いんです。いや、ホームレスというわけではなくて、ええとその、身内の恥になるのであまり言いたくないんですが、晩年は地元のヌード・ダンサーのヒモで食っていたらしいふしが――」

呆然としている篠田の表情に気づいて、岳彦は途中で言葉を切った。気詰まりな沈黙になった。篠田は大きく深呼吸をし、また麦茶を飲んでから努めてさりげなくたずねた。

「もしかして、彼はアルコール中毒に罹《かか》っていませんでしたか？」

「さあ。そうかもしれませんが、いま言ったように詳しい事情は皆目わからないんです。でも、どうしてそんなことを──」と言いかけて、岳彦ははたと思い当たったように、

「ポロック、ジャクスン・ポロックがそうだったからですね」

篠田は無言でうなずいた。ほとんど根拠のない類推だったが、あの桐生のことだ、きっとそうにちがいないという気がしていた。それが少しでも慰めになるかというと、至って怪しいものであるにせよ。岳彦もその考えに感染したような顔つきで、

「実は篠田さんにご相談というのも、それがポロックに関係があると思ったからで」

「というと？」

岳彦は居ずまいを正し、縁なし眼鏡を指で押し上げた。

「ちょうど一週間前、叔父の手回り品とは別に船便で、ある荷物が届きました。一応同じ世界に足を突っ込んでいるということもあって、親族の中では、叔父に関するあれやこれやをとりあえず、ぼくが引き受ける習慣になっているんです。それで、梱包《こんぽう》をほどいてみると、それはキャンバスに描いた叔父の絵で、しかもかなり号数の大きいものでした」

話が合わないのを篠田は訝《いぶか》しく思いながら、

「しかし渡米後、桐生は一枚も絵を描いてないはずだと、さっきそう言いませんでしたか？」

「ええ」岳彦は真顔でうなずく。「ですから、渡米後の作品ではありません。叔父がまだ日本にいた頃に描いたものです。どうやって保管していたのかわかりませんが、未発表の作品をずっと手元から離さずに持っていたんでしょう」

「――まさか」

「ぼく個人の判断で、専門家に鑑定してもらったわけではないですが、その点は確かです」

桐生がまだ日本にいた頃の未発表作品？　だが、そんな絵が存在するという話は聞いたことがない。期待とも不安ともつかぬ、胸騒ぎみたいな感じがみぞおちから込み上げてきた。篠田は息巻いてたずねた。

「今、その絵はどこに？」

「知り合いの画廊の主人に頼んで預かってもらっていますが、彼も含めて、詳しい事情はまだ誰にも話していません。どうしてもその絵を一番に篠田さんに見てほしくて。わざわざ東京からお呼びしたのもそのためです」

篠田はめまいのような感覚をおぼえた。数時間前に陵徳寺の境内で、立ちくらみしそうになった時の感じに似ていた。いや、それよりも十七年前、聡子の訃報を聞き、桐生の自宅に駆けつけた寒い朝のことを鮮明に思い出しているのだった。「きみとぼくのほかには、このことは誰も知らない。きみにどうしても見てもらいたいものがある」。桐生の声が時空を跳び越えて、直接自分に語りかけているような錯覚に陥りそうだった。

「――どうして、私に？」愚問のようではあるが、そう問い返さずにはいられなかった。

「叔父の絵が、そうしろと訴えているような気がして」岳彦の答は芝居がかっていたが、意図した言い回しでもないようだった。「篠田さんが叔父と対立するようになったきっかけが、叔母が死んだ時、なきがらにあんなことをしたせいだったというのは知っています。その後の叔父の活動や突然の渡米といった出来事も含めて、ぼくはずっと不思議に思っていました。篠田さんが叔父を厳しく批判した文章を読んで、所詮《しょせん》は素人考えですが、いろいろとない知恵を絞ったりもしたんです」

「私が書いたものを？」

岳彦はうなずいて、さっき机の上からどけた本を手に取り、カバーを外して篠田に見せた。桐生の渡米後、かつての盟友に対する総括のつもりで書き下ろした、篠田にとっても重要な折り返し点に当たる著書だった。自らもぶつかった「均質化の危機」と桐生の後期作品を念頭に置きながら、自然や人間に発する豊饒《ほうじょう》なイメージを切り捨て、平板な画面とそれを見つめる視線の強度のみを追求し、不毛な超越感覚と自己充足に埋没して、美の本質を見失ってしまった抽象絵画の流れを一方通行の袋小路から救い出すべく、改めて「人間的イメージへの回帰」を提唱した本である。「転向」とか「後ろ向きの前進」などと陰口を叩く者も少数いたが、世評は高く、隠れたベストセラーとなって、現在も版を重ねていた。

「一介の美術教師が生意気なことを言うと思われるかもしれませんが、ぼくの印象では、篠田さんは叔父との対決を口当たりのよいレトリックでごまかしているような気がします。それに、ぼくは篠田さんが決めつけているように、叔父の後期作品が不毛な反復の弊に陥っているとは思いません。むしろそこには、篠田さんが提唱する造形的・人間的イメージとは別次元の、たとえばポロックの五三年の秀作《深み》がそうであったように、何物にも還元しえない非在のフォルムの兆しが見出せるのではないでしょうか」

当惑と同時に、篠田は痛いところを突かれたと認めざるをえなかった。あれを書いた当時は自分でも気づかなかったが、最近になって岳彦の言うような弱点を自著の中に発見することが、しばしば起こったからである。桐生の甥に対する第一印象を改める必要があると篠田は思った。十五年間ずっと棚上げにしていた問題、去っていくことと引き換えに桐生が残した謎を解き明かす手がかりを、いま目の前にいる岳彦が死んだ叔父に代って示そうとしているのかもしれない。そう思う一方で、他人の助言に耳を貸すのがふがいなくもあり、篠田はどっちつかずな態度で、念を押すようにたずねた。

「――私の桐生に対する評価が誤っていたと?」

「誤っていたというより、感情的な反応が一種の目隠しになっていたのでは」岳彦は慎重に言葉を選ぶように言った。「叔父が叔母のなきがらを一枚のキャンバスと見なしたことを、篠田さんは倫理的に許しがたいと感じられた。そうでしょう?」

「たしかにそうです」少しずつ話題がそれていくような気もしたが、篠田は辛抱強く答えた。「だが、仮にそうした感情を排して、あれをボディ・ペインティングの延長にある作品として見たとしても、何ら芸術的な価値が見出せるとは思えない」

「篠田さんは当時の時評であの出来事に触れて、総合的キュビスムのシェイプト・キャンバスを例に引きながら、平面から立体への後退、彫刻的イリュージョンの再現にすぎないと叔父を批判していますが、それは『人間的イメージへの回帰』というその後の主張と矛盾しているのではありませんか」

「いや、それはニュアンスがちがう」篠田は少し声を引きつらせて言った。「聡子さんのパフォーマンスが素晴らしかったのは、彼女の生命力にあふれたダンスがあったからこそです。命の抜け殻になった冷たいなきがらに絵を描いても、仏作って魂入れずのたとえ通りでしかない。そういう意味では、むしろ矛盾していたのは、桐生の方だったのではありませんか？　まあ、どっちみち水かけ論という気もするし、そんなことより桐生の絵というのは――」

「叔父の行為には些かの矛盾もありませんでした」岳彦はきっぱりと言った。「そのことは、叔父の絵をご覧になれば一目瞭然《いちもくりようぜん》だと思います」

「――まさか」

　その言葉を発するのはこれで二度目だが、前とは意味あいがちがっていた。篠田はその時初めて、今までの自分がとんでもない誤解をしていたかもしれないと気づいたのだった。

　十七年前、聡子が死んだ翌朝、篠田が桐生の自宅に駆けつけるまで、彼はまる一日がかりで絵を描いていたのではなかったか。そう考えなければ、憔悴《しようすい》と高揚の入り交じった桐生の態度は、説明がつかない。だが、聡子のなきがらを絵具で塗りつぶすだけなら、ものの一時間もあれば足りたはずである。なぜこんな単純なことを見落としていたのだろう？　きみにどうしても見てもらいたいものがある、あの日桐生がそう言ったのは、聡子のなきがらのことではありえない。

「もうひとつ、別の絵が存在した？」

「そうです」と岳彦は言った。「それは叔母の死の直後に描かれたもので、しかも、叔父がなきがらにあんなことをしたのは、その絵を描くためにどうしても必要な行為だった。ちょうどポロックの《カット・アウト》と《カット・アウト・フィギュア》のように、両者は一対の関係にあります。でも、ぼくがつべこべ言うより、とにかく叔父の絵をご覧になってください。そうすれば、どうして篠田さんに一番にお見せしたかったのか、理由はおのずとわかるはずです。これからぼくの車でお送りします」

絵を預けてある画廊までは、二十分ほどの距離だという。岳彦の車は五ドアのミニワゴンで、車内は熱気がこもりむっとする暑さだった。小さな男の子がいるらしく、後部シートに「超《スーパー》サイヤ人」の人形とプール用の手提袋が置きっぱなしになっている。来年、小学校に上がる年なのだそうだ。

篠田はあわただしく美術準備室を後にする前に、岳彦が洩らした語句を反芻《はんすう》していた。《カット・アウト・フィギュア》は、ポロックが一九四八年に制作したコラージュ作品で、《カット・アウト》の元になる絵から切り抜いた人物像を別の厚紙の上に貼り、新たにその周りをドリッピングの線で囲んだものである。制作の順序こそ先行するものの、作品単体としては《カット・アウト》の副産物として位置付ける評価が定着していた。岳彦がわざわざその名を挙げたことには何らかの意味があるはずだったが、篠田の思いは千々に乱れ、脳裏に浮かんでは消えるおぼろげなイメージを見きわめようとしても、どうしても明確な像を結んでくれない。

「もうひとつだけ、訊いてもいいでしょうか」車が表通りに出たところで、岳彦が口を開いた。「叔父はアメリカに渡った後、十五年間、篠田さんとは完全に音信不通だったのですか？」

「一度だけ、絵葉書をもらいました」篠田は半分ひとりごちるように言った。「何の変哲もない、砂漠の写真がうつっていたが、私は返事を出さなかった」

「その絵葉書には何と？」

篠田は諳《そら》んじている文章を口にした。

「——きみも一度こっちに来て、砂漠で世捨て人の暮らしをしながら、哲学を一から学んでみたらどうだい？　アビシニアのランボーみたいに」

アビシニアのランボーみたいに、と岳彦はおうむ返しにつぶやいた。しばらく無言でハンドルをさばきながら、何事か思いにふけっている様子だったが、やがて考えがまとまったのか、いくぶん興奮の色の見える口調で、助手席の篠田にたずねる。

「美術評論家のNさんが、ポロックについて論じたエッセイをご存じですか？『スピノザ的「神」が散らす塗料のゆくえ』という題で、昨年ポロックの特集を組んだ雑誌に載っていたものですが」

その雑誌は見ているし、タイトルにも微かに覚えはあるが、内容は頭に残っていなかった。そう告げると、岳彦は続けた。

「砂漠の哲学と聞いて、そのエッセイを思い出したんです。たしか、こういう内容でした。哲学者のスピノザが唱えた〈神即自然〉というイメージは、必ずしもロマン主義的な自然、ないし有機的な生態系である必要はない。月の不毛もまた世界の生起であるように、世界は無限に無機的でありうる。むしろスピノザ的自然は、人間のいない世界、残酷な生成の力が立ち現われる場であって、ポロックが生まれ育った広大なアメリカの荒野こそ、そうした残酷な無人性がアプリオリに露出する空間にほかならないというわけです。言い換えればポロックは、永遠に遠ざかる外部としての神を求めて描き続けるヨーロッパ的な画家とはちがって、あらかじめ処理不能なほど過剰にすべてを与えられてしまった場所から、すなわち神そのものから始めたのであると」

「たしかにバーネット・ニューマンが提唱した〈アメリカン・サブライム〉という概念などは、まさにそういう趣旨だと思うし、ドイツ出身の画家ハンス・ホフマンがポロックに、もっと自然を見て描けと忠告した時、『私が自然だ』と答えたという有名なエピソードもあるけれど、その考え方だと、ポロックの抽象絵画は、キュビスムやシュールレアリスムの影響からも断絶していることになりませんか？」

「そういうことです。したがって、晩年のポロックの作品に人間的なイメージの似姿が現われるのも、単純に初期の作風への回帰ということはできない。Nさんのエッセイでは、アメリカ的世界をヨーロッパの人間中心主義の裏返しと見なしたうえで、こう説明しています。人間のいない世界を所与のものとして形成されたポロックの絵画は、定義上欠如を持たない。私は自然と同じように内部をさらけ出すのだ、というポロックの発言がありますが、つまりスピノザの神のように、すべては内在性として与えられ、無限の素材があらかじめ完全な形で存在していたはずなのです。ところが、ポロックの晩年において、ある倒錯した欠如が侵入してくる。すなわち人間の欠如ですが、厳密に言えば、それは本来ポロックにとって欠如ではなかった。スピノザは『エチカ』の第一巻で、人間のいない無限としての神を定義しつくした後、第二巻以降では、問題を人間に限定しているそうです。ということは、スピノザが神の無限の一部から、結果として人間の輪郭を導いたように、ポロックはそれを人間のいない世界の豊かさ、過剰に与えられたすべての一部から導くことも可能なはずでした。エッセイ中の比喩《ひゆ》をそのまま使うと、人間は太陽のフレアのようにその輪郭を、世界の表層に豊かさそのものとして吹き出せるはずだった。ポロックにおいて人間の輪郭は、たえず人間のいない世界の過剰の中に巻き込まれ、燃え尽きてしまうことになるにせよ、そこでもなお人間の形象は欠如でなく、ある豊かさの予覚として示されようとしていた、というわけです」

「要するに《カット・アウト》や《くもの巣を逃れて》の切り抜かれた人物像が、まさにそうした予覚を示していたと?」

「そうです。にもかかわらず、ポロックはこの豊かさの意義を捉えそこねてしまった。彼の『晩年の哀しさ』は、そこに起因していると思います」

「なるほど、着想としては面白い」と篠田は言った。「しかし、そのエッセイと桐生の絵がどう結びつくのか、私にはわからない。それはあくまでも、アメリカの荒野に身を置いた画家のみに通じる考えであって、少なくとも渡米前の桐生には当てはまらないのでは?人間の輪郭が、人間のいない世界の過剰の中に巻き込まれ、燃え尽きてしまう。そんな残酷な自然の生成の力が、この日本という風土において存在したことなど一度もないのですから」

「――ありますよ」岳彦は急に人が変ったように静かな声で告げた。「それも二度。四十九年前、今年のような暑い夏の盛りに」

篠田は目がくらむような衝撃を受けた。頭の中がいっぺんに真っ白になり、あえぐようにたったひとつの単語を発しただけで、それ以上続ける言葉を失った。それはかつて聡子にプロポーズして拒まれた日、彼女の口から出たのと同じ単語であった。原爆、と聡子は言ったのだった。

いつどこで車を降りたのか、篠田は岳彦と並んで陽の下を歩いていた。知らない中年男が同伴しているのは、さっき話に出た岳彦の知り合いの画廊主らしい。いま紹介されたばかりのような気もするが、名前も何も頭に入っていなかった。じきに倉庫のような建物に行き着いた。美観地区の蔵屋敷とはちがって、味もそっけもない造りである。画廊主が鍵《かぎ》を回して、入口の扉を開けた。岳彦が何か言葉をかけると、気のおけない笑顔で応《こた》え、その場を離れる。鍵は持っていったから、こちらの用事がすみしだい、戻ってくる手はずになっているのだろう。

岳彦が先に入り、灯りのスイッチをつけた。記録的酷暑に空調の機能が追いつかないのだろう、庫内は外気をしのぐ暑さだった。しかし、蒸すほどの湿気でもない。ボクシング・ジムが開けるほどの広さはあろうか。およそ三分の二のスペースが、雑多な美術品で占められていた。梱包されているものと、むき出しで置いてあるのが半々ぐらい。後者は前衛彫刻の類が目立つが、ざっと見渡した限りでは、さほど価値の高いものはなさそうだった。防犯上の配慮からしてそうなのだ。桐生正嗣の未発表作品を保管するには、ふさわしくない場所だという気がした。

「叔父の絵です」

岳彦がこちらを振り返り、目でそれを示しながら言った。左側の空いた壁面をほぼふさぐようにして、覆いをかけたまま、無造作に立てかけられていた。縦約三メートル、横幅もそれに劣らぬほどある。一般的な基準でいうと大作の部類に入るが、桐生の作品としては珍しくないサイズだった。岳彦が脚立を運んできて、絵の横に立てた。覆いを外そうとしているのだった。手伝おうとすると、岳彦は脚立の上から身振りで制した。篠田は壁から離れ、絵の全体が無理なく視野に入る位置に立った。急に畏《おそ》れのようなものが込み上げてきて、思わず目をつぶりうなだれた。胸が苦しく、こめかみがずきずき脈打つのを感じた。だが、もう暑さは感じなかった。覆いが取り外されて、床に落ちる音がした。篠田さん、と岳彦の呼ぶ声が続いた。篠田は大きく深呼吸してから、思いきって目を開け、顔を上げた。

最初に認めたのは、等身大の白い人影だった。両腕を下げて、立っているとも横たわっているともつかない姿勢である。痩せて骨張った部分もあるが、全体に丸みを帯びた女性的なボディライン。だが、それはキャンバスに描かれたイメージではなく、キャンバス地そのものだった。人影の周りを隈なく、稠密にまき散らしたドリッピングの線が囲んでいる。黒、白、銀、赤、橙などの飛沫を重ねた上に、アルミニウム・ペイントの光る線を走らせたオールオーヴァー画面、その中央に《カット・アウト》の人物像のような空白が生じているのだった。

その人影にどこかで見覚えがあるような懐かしさを感じた。デジャ・ヴュ？　そうではなかった。思い出すというより、いきなり躍りかかってくるように、脳裏に焼きついた視覚的記憶がよみがえった。頭のてっぺんから爪先まで絵具を塗りたくられた、聡子のなきがらのイメージだった。篠田はあっと声を上げた。ジグソーパズルの最後の一片をはめ込んだように、画面の空白と記憶の中の聡子の最期の姿が一致した。《カット・アウト・フィギュア》！　あの朝、篠田が目撃したなきがらは、彼が訪れる直前まで、この絵の中に横たわっていたのだ。聡子はキャンバスの一部だった。だからこそ、背中の側は手つかずのままだったのである。篠田は十七年前の桐生の「奇行」の意味を初めて理解した。なぜもっと前に気づかなかったのか。あれはボディ・ペインティングなどではなかった。桐生は聡子とともにアトリエのキャンバスの中で一日を過ごし、その結果として一枚の絵が生み出されたにすぎない。

篠田はゆっくりと桐生の絵に歩み寄った。病にやつれた聡子の裸身を覆いつくすように塗り重ねたドリッピングの線と飛沫を、ひとつひとつ鮮明に想起しながら。たしかにその空白は、懐かしい聡子の似姿であった。だが、実際に篠田の目に映るものは、蜘蛛の巣を織り重ねたようなオールオーヴァー空間によって囲まれた、人間の不在でしかない。しかも、その不在を浮き上がらせているのは、《カット・アウト》のようにイメージを切り抜いた輪郭ですらなく、無数のドリッピングの線の切断が密集した不連続な束にすぎないのだった。桐生正嗣はぎりぎりの瀬戸際に立ってなお、恣意《しい》的なイメージを描くことを積極的に拒んでいた。

「ぼくはこれを見て、以前目にしたことのある広島の被爆地の写真を思い出しました」と岳彦が言う声が聞こえた。「原爆投下の瞬間、銀行の玄関の石段に腰かけて開店を待っていた市民の肉体が熱線と閃光《せんこう》を浴びて蒸発し、その輪郭だけが影のように石段の表面に残された現場を写したものです。母親の胎内で浴びた放射能のせいで、叔母が白血病で亡くなった時、それと同じことを叔父は考えたのではないでしょうか。たしかに叔母のなきがらは、魂の去った抜け殻でした。でも、それをこういう逆転した形でキャンバスに焼きつけながら、叔父の念頭にあったのは、決して人間の欠如というようなものではなかったはずです。むしろここに在るものこそ、ポロックが捉えそこねた豊かさの表出ではないかとぼくは思います」

篠田はうなずきながら、絵の間近まで歩を詰めて足を止めた。ちょうどキャンバスの空白の胸のあたりが、目の高さに来る。われ知らず右肘《みぎひじ》を持ち上げ、掌を心臓の位置に押し当てていた。キャンバスの手触りが人肌のように温かいと思った。

「――なぜ教えてくれなかった？」死者に向けた問いかけを、もはや胸の内に秘めておくことはできなかった。「きみに対する批判はすべて的外れだったというのに、なぜそう言ってくれなかったのだ？ どうして手遅れになる前に、この絵を見せてくれなかった？ 馬鹿野郎。どうしてひとりで遠いところに行ってしまったんだ？」

「叔父が黙っていたのは、篠田さんに負い目のようなものを感じていたからではないでしょうか。叔母のなきがらを前にして、篠田さんが示した反応がよほどショックだったにちがいありません。それでも叔父は、篠田さんのことを最後まで信じて、いつかこの絵の存在に気づいてくれるのをずっと待っていたはずです。五〇年代以降、米軍が核実験を繰り返していたネヴァダの砂漠に移住してからも、十五年間、死の直前まで、叔父は篠田さんのことを忘れた日はなかったと思います」

岳彦の声は続いていたが、もうそれ以上耳に入らなかった。目頭が熱くなるのをとどめられない。岳彦が見ているのもかまわず、キャンバスに顔を押しつけた。そこには、篠田の人生から失われてしまったすべてが埋もれているはずだった。頬を伝い落ちるものがキャンバスに染み込んでいった。

「――すまなかった」篠田は泣きじゃくりながら、何度もそれだけつぶやいた。「すまなかった」

そして、篠田は見た。まぶたの裏の闇の内部に、桐生の絵が映るのを。聡子の死後、渡米するまでの二年間に描かれた絵が、入れかわり立ちかわり、走馬灯のようによぎっていく。その流れに乗って、誰かが、そうだ、あれは聡子じゃないか、聡子の似姿が踊っている。遠い異郷の地で桐生が見ていたのは、きっとこれと同じだったにちがいない。ほんの一瞬だが、篠田はたしかにそれを見たのだった。ざらざらした砂漠のように無機的で、人の視線を吸い尽くしてしまうオールオーヴァー画面の表層に、刻々とその未知の色と姿を転じながら、いつ果てるとも知らず、存在することの一歩手前で、未だ形をなさざるものが踊っているのを。人間が目で見たことのない、名づけることもできない、非在のイメージが生み成す無限に豊かなダンスを。

オペラントの肖像

平山夢明

平山夢明（ひらやま・ゆめあき）
一九六一年生まれ。デルモンテ平山名義で映画レビューを手がけた後、九四年にノンフィクション『異常快楽殺人』でデビュー。九六年の『SINKER――沈むもの』からは犯罪小説やホラーを中心に小説の執筆も開始した。「独白するユニバーサル横メルカトル」で日本推理作家協会賞を受賞。二〇〇九年刊行の『ダイナー』で日本冒険小説協会大賞と大藪春彦賞を受賞。怪談実話も精力的に執筆している。著書は他に『他人事』『或るろくでなしの死』『暗くて静かでロックな娘』『ヤギより上、猿より下』など。

タイル。

血。

蛍光灯。

明滅。

「なあ、大将。ここの電球をそろそろ交換するように言ってくれねえかなぁ」

解剖医は鉗子《かんし》で肉の断端を何度も摘《つま》み損ないながら蛍光灯同様、寒々しい顔を向けた。

「指示書の提出はお済みではないのですか」

「んなもなぁ、とうに出してるよ。梅雨の前に。今は冬だよ」

報告書によると解剖台の女は五十二歳の赤色市民。つまり公官庁ではない一般下級企業勤務者が彼女の配偶者であり、彼女はその被扶養者であることを示していた。

女は先週、自宅台所にて脳溢血《のういっけつ》を発症。搬送先の病院にて勤務医が触診で〈条件付け違反《オペラント》〉の疑いありと通報。直《ただ》ちにスキナー省よりエックス線による精査命令が出、内容物の確認が取れたために本日の摘出解剖となった。

古いゴムのように硬く沈んだ乳房は身体《からだ》の中心線が胸から恥骨まで切り裂かれているので左右に垂れ下がり、ファスナーが壊れて口の開いた安手のバッグを思わせた。

来年、定年だという解剖医は白髪を振り乱しながらドブに落ちた硬貨を拾う格好で先ほど来、女の胃をまさぐっていた。

「婆《ばばあ》のくせに胃の肉だけはぴんぴんしてやがるんだなぁ」

一応、開口器で切開部は開いているのだが残念なことに螺子《ねじ》が馬鹿になっているようで、ついゆるゆると閉じてしまう。解剖医は肘まで真っ赤にしながら腕の側部で腹の筋肉を押さえながら鉗子で中身を突き回していた。

こうした備品の不備はこの解剖室だけでなく帝国のあちこちで散見されたが皆、今では常態として受け入れるようになった。

というよりも省の条件付け《オペラント》に改定がなされない以上、文句を言う手段もなく、誰にも手出しができないのだ。

「いつも見える助手の方は」

「条件付け《オペラント》履修だよ。ガキが四年生になるもんでな。親はその手伝い」

ああ、なるほどと私は頷《うなず》き、反対側を向いて煙草《タバコ》に点火した。院内で喫煙可なのはこの場所だけだった。解剖台は反対側の壁にも際まで並べてあり、それぞれの上に遺体が順番に切り開かれるのを待っていた。

――最近は自殺者が多い。

解剖医が三度目の放屁《ほうひ》を終えた時、嬉《うれ》しそうな声を上げた。

「これだな、大将」

血と消化液にまみれた丸い札が膿盆《のうぼん》の上でカランと乾いた音をたてた。私が顔を近づけるとフランベのリキュールよろしく解剖医は芝居がかった仕草で膿盆の獲物に生理食塩水をかけ、寒天状に煮凝《にこご》った血糊《ちのり》を流してみせた。札のなかには明らかに絵があった。

「ルーベンスか」

解剖医はそう言い置いて私の確認を待つ。

「うむ、間違いない。ただ材質が以前のようなプラスチック加工品ではないですね」

「これは前に奴《やつ》らが使っていたのと用途が違うからだ」

私の一瞥《いちべつ》に解剖医が補足する。

「つまり、以前の堕術者は堕術そのものを愛《め》でるのが目的であったから水中や土中や壁のなかに隠していても腐食されにくいプラスチック、ステンレス、なかには金や銀を材質にしたものにまで凝ったわけだ」

私は頷く。

「ところが最近は少し流れに変化が生じてきた。奴らは愛でることからくる発覚のリスクを逃れるためと堕術との身心一体化を両方叶《かな》えられる方法として飲むことを憶《おぼ》えたんだ。ゆえに奴らにとっては多少の腐食よりも体外への排出に抗することのほうが眼目となったわけだよ。これを見てみろ、材質は木だ。木の札にルーベンスの絵を丁寧に描き込んだものを、この女はある時点で飲み込んだんだな。それが運悪く腫瘍化し、医者の触診にふれた。脳溢血で死ななくても胃癌《いがん》で死ぬ可能性も高かったろう。彼女が手術を受けるはずはないからな」

解剖医は木の札を解析装置のなかに押し込むとスイッチを押した。

装置に直結されたモニターが点灯すると木の札の材質と絵の分析を始めた。装置そのものは他の備品並みに古くてくたびれてはいたがコードの先に繋《つな》がっている集積路はスキナー省の最新鋭コンピューターと直結している。数秒を待たず絵の同定を知らせる〈identification〉が点滅し、画題である〈Die Kreuzerhöhung〉がモニターに出現した。

解剖医が、ふーんと鼻を鳴らすのが聞こえた。

続いてモニター画面一杯に映し出されたのはルーベンス【キリスト昇架】であった。

「宗教画とは質《たち》が悪いな」

分析の終了を知らせる断続音が続き、解剖医は老眼鏡を血の付いた手袋で取り出すとプリントアウトされた書類を読み出した。

「莫迦《ばか》め。あの木札。トネリコを使ってあったらしい」

「危険なんですね」

「トネリコ自体に問題はないんだが植生環境によって天然の発癌物質アフラトキシンを吸収する率が高い。一旦、これらが吸収されると相互作用で悪疾化する。この程度は木材の加工業者には常識なんだがな。まあ選択の余地がなかったんだろう……」

「なぜです」

「要は他の材質では体外への排出率が高くなる。トネリコは樹皮に細かな棘《とげ》があるから肉によく絡《から》む。婆さんは死んでもルーベンスもキリストも離したくなかったんだよ」

そこまで言うと私に背を向けた解剖医から、ぱちんぱちんと勢いよくゴム手袋を外す音が聞こえてきた。

「徹底的に調査することですな」

タケミはいつものように鼻の穴を弄《いじ》りながら室内を歩き回った。彼は集中しだすと無意識に弄ってしまう癖がある。彼はそれを初等条件付け《オペラント》学習の際における教師の不手際によるものだと、ことあるごとに吹聴したが、それで不快感が減じることはなかった。

「対象者には夫と二十八になる娘がいます。彼らもきっと条件付け《オペラント》違反をしているに違いありません」

かつりかつりブーツの踵《かかと》が鳴るのを自身で楽しみながら歩く。タケミが膝をことさら曲げずに歩くのは条件付け《オペラント》のせいではなく彼の単なる嗜好《しこう》のためだ。

「できますか？」

タケミは彼の口癖を放つ。それは当然あって然《しか》るべきと彼が信ずる媚《こ》びや諂《へつら》いが私の態度に微塵《みじん》もないことに苛立《いらだ》っているように感じられたが元々は常々、私と自分のキャリアを比較せずにはいられない彼の心性によるものが大きい。

彼は私が父の偉功によってのみ昇級を重ねてきたと見ているのだ。

「できますか？」

「実行します」

「最悪、舞台さえ作ってしまえば措置はいくらでも講ずるということです」

この男が最悪と口にする時は本当に最悪のことを示している場合が多い。舞台とは憶測や状況証拠による拘束を言い、措置とは本人のいなくなった場所からぞろぞろと証拠物件が溢《あふ》れ出すというでっちあげのことを示していた。

「実行します。父の名において」

部屋を出る際、「父の名だと……」と吐き捨てるのが耳に届いた。

私を迎え入れた娘は黒髪に明るい緑色の瞳をもっていた。

「父は葬儀の準備に街へ出ているんです」

私の身分証《ID》を確認し終えた娘には明らかな不安と動揺が見て取れた。

案内された木造家屋は質素で近代的な装飾は皆無で家具は全て木でできていた。

「どうぞ」

テーブルに置かれたカップに口をつけるとハーブの香りがした。

「テレビは？」

「ありません」

「ではネットで？」

「パソコンも置いてないんです」

私は沈黙した。

「強化子の変更はラジオで確認するようにしています」

「NHKですね。教育のほう」

娘は頷き、自分もカップに口をつけた。

その際、彼女が僅かに微笑《ほほえ》んでみせたので私は驚いた。

「条件付け記録簿《オペラントレジスター》を拝見できますか？」

当然、省でデータ自体は確認済みだが実物を見る必要はあった。

データ上は何の問題も見つけられなかった。

「どうぞ」娘はブリキに細かな穴で花模様が打たれた戸棚から赤い手帳を三冊持ってきた。

思った通り履修履歴は省で検索したもの同様、完璧なものだった。キチンと実技指導者である〈スキナー官〉のサインも添付されてあった。私はポケットからペンライトを取り出すと認証光を書面に当ててみた。偽造ではなさそうだった。

「父と母は昔から熱心な条件付け信奉者《オペランティイニスト》なんです」

娘は壁に立てかけてある地区部長からの奨励賞の入った額とスキナー卿が好んで用いたと言われているH・G・ウェルズの箴言《しんげん》【科学は芸術よりも世界を救う】が銘になった金属板に振り返ってみせた。

「それにしてもお宅は質素だ。いつからです」

「昔からです」

「料理は……まさかあの竈《かまど》で？」

「はい」

「薪《まき》ですか」

「父と私で作っておきます」

私は沈黙せざるを得なかった。質素だが温かなたたずまい。不便を不便とも思わず、彼らは逆にそれを楽しんでいるふうでもある。彼らの生活に通底しているものは明らかに条件付け《オペラント》に抵抗する資質であり、それは明らかに潜在分子としての脅威を表した。

「もう少し街に……文明に馴染《なじ》まれたほうがよい。でないと次からの条件付け《オペラント》履修が難しくなりますよ」

娘は真っ正面から私を見据《みす》えた。

沈黙。

「母は堕術者でしたのね」

私は娘が凝視しているのを充分に感じながらプラスチック袋を取り出し、よく見えるであろう位置に放った。袋の中の札がチーク材のテーブルで朧盆とはまた違った音をたてた。

「これが胃から発見されたのです」

円形に切り取られた空間に白いキリストが掌《てのひら》に打ち込まれた杭《くい》を己で握り締め、無情と哀《かな》しみを湛《たた》えつつ屈強な男たちに架けられていた。ティントレットに影響された構図、ミケランジェロの躍動感が人物の筋肉のうねりのなかにはっきりとある画王ルーベンスの名にし負う大傑作であり、また見事な複製でもあった。

娘がハッと息を飲んだ。口の中に残されていたハーブの芳香が私に届いた。

「どうしてこんなことをしたのかしら」

「それを調べているのです」

じっと緑色の瞳に涙が溜《た》まっていった。彼女の翡翠《ひすい》色の虹彩《こうさい》には黒い筋があり、その中心にある黒点が私に向けられている。テーブルの上に置いた娘の両手が組み合わされ、互いを絞りあげていた。

「私も対象者なのですね」

「無論、お父上もです」

娘の唇がきゅっと音をたてて嚙《か》み締められたかのように思えた。真珠粒のような歯先が紅い唇の戦慄《おのの》きを押さえつけている。黒いスエーターの胸元が静かに上下していた。

「母は人間としても立派な人でした……私はとても愛していたのです」

四度《よたび》の沈黙。

屋内にある時計の振り子がその時、初めて聞き取れた。

私は昂揚《こうよう》していたのだ。

「ああ、あなたはこんな話には飽き飽きしているのでしたね」

娘はようやく顔を上げた。

今まで見てきた他の対象者同様、彼女もなにがしかの救いと答えを求めていた。

「機能《ファンクション》こそが肝要なのです。我々は二度とあのような悲劇を招いてはならないのです」

ええ、そうねと娘は呟《つぶや》きながら髪を解《ほど》いた。長い黒髪が墨汁を撒《ま》いたように彼女の首筋から肩にかけて流れ、そして止まった。

それから私は簡単な挨拶の後、車に乗り込んだ。家の前で転回するとバックミラー越しに窓辺から見送っている娘が見えた。

彼女は小さく手を振っていた。

対象者には今までに何千と会ってきたが、そんなことをしたのは彼女が初めてだった。

カノン――それが娘の名である。

スキナー省が創立されたのは今から六十年ほど前のこと。国境・領土問題を含め、旧国家体制のあり方が包括的に疑問視され始めた二十一世紀後半、中国共産党政権崩壊をきっかけに亜細亜《アジア》圏を中心とした国家に拠《よ》らない数百万~数千万単位の生活集団が世界のあちこちに誕生し始めた。それらは当初、アジアダイナミックスによる新たな生活者の融和的結合とされ、希望の意味を込めて【ノヴァ】ならびに【ノヴァジャム】と呼称された。しかし、母集団が極大化するにつれ【ノヴァ】のなかで世界規模のインフラを所持する超企業体《スーパーカンパニー》と融合する【ノヴァコン】が現れ、【ノヴァ】対【ノヴァコン】の争いが北米大陸での黒死病《ペスト》大流行を機に激化。遂《つい》に人類は三度、世界大戦の勃発をみる。

戦後、生き残った僅かな人々は二度と同じ轍《てつ》を踏むまいと必死の模索を続けた。その結果、並みいる賢人たちが到達したのが【種としての人間は過《あやま》つ生物である】という思想であり、これが今日あらゆる哲学であり法となって人類自体を支配することになった。人間は種として必ず過った行動に帰結するというのが結論であるのだから、未来はない。放っておけば遠からぬ近い将来、人類は壊滅し、後に残るは昆虫と粘菌類が我がもの顔で闊歩《かっぽ》する世界である。

これを阻止するには是が非でも人間が【いま、ここから】種を超える能力を備える必要があるとしたのがスキナーと呼ばれる心理学者集団であり、彼らは各軍閥《ぐんばつ》や財閥を言葉と紙切れの質問票によって操作し、これを手中に収めた。人類にとって幸運だったのはスキナーたちは私利私欲から完全に決別した存在であったということである。彼らはひたすら人類というモルモットについて徹底的に考え抜き、結論を出した。

彼らはいとも容易《たやす》く、豚に掃除をさせ、ハトに戦略型ミサイルの発射ボタン管理をさせてみせた。

全ては条件付け——オペラントという魔法の技で。

「人が悪い欲望に突き動かされ、悪い習慣を手に入れ、破壊的風習に唯々《いい》諾々《だくだく》と従ってしまうのは条件付け《オペラント》されていないからである。非論理的な行為は条件付けによって是正し、それにより嘗《かつ》て、人類は人類という種が成し得なかった自制心というソロモンの指輪を手に入れるのだ」

こうしたスローガンのもとスキナー省の前身とも言える行動工学庁が民衆の条件付けを積極的に行った。それらは毎朝の生活習慣から食生活、勤務態度、社会人としての生活規律、モラル、献身、家族との対応、恋愛、性生活、嗜癖など百八十の分野について徹底的に条件付けするものであり、不適合者は死ぬまで条件付けから解放されぬことから【条件付けに脱落者なし】と言われるほど社会の末端まで徹底して管理された。

実際の条件付けは好ましいと思われる行為に対して褒賞が与えられ、そうでない場合には罰が与えられるという単純なものであり、何が好ましいかは国家（スキナー省）が決定した。今や条件付けは国是となり、近年の研究では生後三カ月の乳幼児からプログラムが開始され、彼ら第一期条件付け《オペラント》ベイビーも来年には小学校に入学することになった。ここに至り人類は条件付けの恩恵なしに生存することは既に不可能と思われるほどになった。

実際に幼児姦《かん》の性犯罪者が条件付けの強化によって保育園のバスの運転手として立派に職責を全うして生涯を終えたり、放火や万引きといった習慣性の強い犯罪者に対しても条件付けは完璧に作用した。なかにはこうした事象を見聞するうちに自己のなかの欠点を是正しようと積極的に条件付けをされたがる者もいて、スキナー省では常に優秀な条件付け係《オペランター》の育成と確保に躍起になっていた。

但《ただ》し、全てに対して万能かと言えば、そういうわけでもなかった。条件付けには本来、強化子と呼ばれる【餌】とまた手がかり刺激という狙いの行動へと無意識に導く二次刺激が使われるのだが、これらも一定期間、反応がないと消去されてしまう。つまり一旦、強化された習慣も恒常的に報酬がなければ消去してしまうのである。そこで開発されたのが【変率スケジュール】である。つまり三回に一度、レバーを下げることで報酬を与える習慣は、三回引いたのに餌が出ないと、つまり報酬が止まってしまうとその行為は消去される。しかし、三回に一回を五回に一回、十回に一回と変動して餌を出すと対象はレバーを下げるのを止《や》めるどころか報酬が現れるまでレバーを延々と下げ続けるのである。卑近な例になるがこれはつまり三回に一度、必ず返事が返ってくると決まっている恋人よりもアトランダムに返事が返ってくる薄情な恋人のほうが継続的に連絡を続けてしまう、また大当たりする間隔の変動が非常に激しい株やギャンブルのほうが依存性を高めることと関連がある。

スキナーたちはこれらを基本として人類を分解、管理していったのである。

そんな彼らでも全く手出しのできないものがひとつだけ残った。

【芸術《アート》】。

嘗て、そう総称されていた一連の作品が実に条件付けの障害になるという統計が上がってきたのが三十年ほど前。当初、それは噂《うわさ》の類《たぐい》でしかなかったが、ある日、スキナー省の初代長官が宿泊先ホテルから護衛警官に守られリムジンに乗り込むところを狙撃された。この模様は居合わせた報道陣によって全世界に配信され相応のショックを与えたのであるが、それ以上に犯人が前年度、優良条件付け者《オペランター》として当長官本人から表彰を受けた男であったことはまさに地殻変動的衝撃を与えるに及んだ。

彼の条件付けは、最も潜在意識に深いところへアンカーされているはずのレヴェル5までが根刮《ねこそ》ぎ消去されていたのである。

調べによると青年は数カ月前より条件付けが緩んでいたのだが、その原因が彼が好んで保有していた大量の【ゴヤ】の複製画への偏愛にあったということが心理解剖によって明らかにされたのである。またこれに影響を受けたと思われる襲撃事件が各地で頻発し、なかには敢《あ》えて【芸術】によって条件付け《オペラント》を外してみようとする輩《やから》までが続出することとなった。事態を重くみた政府は緊急事態宣言を発令、意識的に条件付け消去を試みた者には理由の如何《いかん》を問わず禁固三十年という罰則を暫定的に発令した。

スキナー省ではすぐさま【芸術】が条件付けに及ぼす影響についての徹底調査が始まった。一部の行動工学者のなかには久しぶりに骨のある難題が持ち上がったと喜ぶ声もあったというほどスキナー省のそれらへの取り組みはまさに微に入り細を穿《うが》つを文字通り実行するものであり、その後、何度かの改定報告が提出された結果、事件からおよそ三年後にようやくスキナー省は【芸術】に関する態度を決定させる声明を出した。

「従来の【芸術】のなかには麻薬同様、人間の潜在意識を極度に変容させるものがある。本作用期間については個人的偏差が大であり、また一概に条件付けの抵抗分子とはならないものの長期的視野に立てば、このような不確定素子は排除するにしくはなく、子孫への影響も多大なりと思慮するに、これらを旧世代からの負の遺産として我々は徹底的な決別をする他ない」

という声明が発布《はっぷ》され、これが事実上の旧芸術殲滅《せんめつ》宣言となった。

スキナー省は直ちに立法府に憲法改正を求め、半年を待たずに何人《なんぴと》たりとも真正、複製を問わず秘匿、隠匿、閲覧してはならぬという解放芸術禁止令【芸禁法】が施行された。

その頃になると条件付けられた人間が旧芸術作品に触れると、既得の条件付け《オペラント》が瞬時に消去され、発狂、錯乱するという条件付け《オペラント》が新たな強化子とともに附帯《ふたい》されて国民に学習させることになり、当然、履修した者は、それを疑うことはできなくなっていた。

十年後、旧世界での【芸術】は人類を堕落させる、の意味をもって新世界でスキナー省が製作奨励する芸術以外は【堕術】と総称されることになり、いまだそれらを秘匿隠蔽《ひとくいんぺい》している者は厳罰に処されることとなった。

と同時に、これら犯罪者を一掃する特務機関【オペラント】が発足したのである。

「要素としては充分に疑い得るわけですね」

タケミは私の報告書を五秒と眺めず机の上に放り出した。

「関係者として当然の聞き取り調査は必要と認めます」

「徹底的にできますか」

「徹底的？」

「そうです。ある種の確信をもって事に当たれるかということです」

「手順は踏んでいきます。聞き取り調査の後に彼らの証言の裏付けを取ります。本人らの履修記録に間違いはないようですし、履修効果大なりという地区担当のスキナー官からの報告も添付してあるとおりです」

鼻の穴に指が差し込まれた。

タケミは二、三度、掻《か》き回すとその指で私の報告書を汚れたもののように摘み上げた。

「そんなことは堕術者はわけもなく偽装するのです。最近では条件付け《オペラント》されているように自律神経系から変化させる新手の術もあるようです。私は嘗て自らの意志の力で聴覚反応をコントロールする堕術者をこの目で見たことがあります。彼らは巧妙で、その偏愛が作りだす力《パワー》は時に想像を絶するほどなのです。田舎のスキナー官の観察眼など金魚すくいの網のように破ってしまうでしょう」

「調査は入念に行うつもりです。ただ母親の葬儀を待ちたいと思っているのです」

「必要ありません。堕術者なら即座に拘束しなければなりませんし、彼らの地下組織への介入も即座に着手する必要があるのです」

「まだその段階に至ってはいないと思います。却《かえ》って葬儀を取り止めさせてまで追及をすれば仲間に……これは彼らが堕術者の場合ですが、我々の追及が本格的であることを悟られてしまうかもしれません。それではまたぞろ蜥蜴《とかげ》の尻尾切りになってしまうのではないでしょうか」

私にはタケミの焦りがわかっていた。彼は【オペラント】のなかでは実務経験が殆《ほとん》どなく、スキナー省高官の遠戚というだけで今回の地位に就くことができた。しかし、昇格して三年半、彼は部下の功績を条件付け《オペラント》を利用して横取りするのみで自らは何らめぼしい結果を出せずにいた。あと半年、この状況が続けば私と彼の立場は逆転し、彼の条件付け《オペラント》を私が掌握する。

スキナー省が管理する世界に情実《じょうじつ》は存在しない。

朝、師だったものが夕方には弟子になることは当たり前のことであり、子ですら必要であれば親を社会的に葬ることに靴の塵《ちり》を払うほどの躊躇《ちゅうちょ》もしない。

【人には恐怖や感情など存在しない。あるのはただ皮膚の電気反応と2・2ボルトの不随意筋震動のみである】が条件付け《オペラント》の絶対戒律である。

「徹底的にです。ある種の確信をもって」

「はい」

私が続く従属の台詞《せりふ》を吐かずにいるとタケミは机の上に琥珀《こはく》と翡翠、オパールで造られた亀の彫刻を取り出し三角に並べた。それぞれの背中に【卍】【▤】【◇】が、黒く彫り込まれている。

黒色官吏用条件付け《オペラント》256だ。

玩具を見た私のなかに軽い痺《しび》れが始まる。むずむずと頬が緩み、同時にタケミに対する親愛の情が身内に溢れてくるのに抗《あらが》うことができない。厭《いや》だったが私はタケミに微笑んでいた。笑みが完了する頃にはタケミに対する嫌悪も消え失《う》せていた。

「彼らを明日、矯正所へ連行しなさい。内部から揺さぶってみましょう」

タケミは私の亡き母が焼いてくれたマドレーヌの複製をひとつ、机から取り出した。それは私の記憶を基に完全再現された一品であり、条件付け《オペラント》の【餌】だった。

私は大きく頷いていた。


私を出迎えたカノンは先日同様、黒いスエーターを着込んでいた。

背後にいる父親は目が落ち窪《くぼ》み、既に死人のような顔色をしていた。父親への事情聴取は別の人間が行っているはずだが、いささか消耗の色が酷《ひど》い。私はタケミが薬物尋問を指示しているのではないかと感じた。

車のなかでは誰ひとりとして口を利く者はなかった。

私はひたすら運転に専念し、ふたりは互いに手を握り合ったまま車窓の風景に目を泳がせていた。

どこへ行くのかとすら彼らは訊《たず》ねなかった。

屹度《きっと》、答えを聞いて何かが変わるわけでもないと諦めていたのであろう。

ただ矯正所の営門が迫った時、父親だけ「嗚呼《ああ》」とひとつ呟いた。

その声を耳にした時、やはり彼らは私が職務を執行すべき人間だったのだという確信が、薄い寂しさとともに痼《しこ》りとなって私のなかに生まれてしまった。

矯正所は地上三階、地下二十階の造りとなっていた。チタニウム合金で被覆された建造物としては世界最大級のものであり、内部は軍事衛星等々からの音声探査や光学探査の全てが遮断できた。また矯正所職員に限っては条件付け《オペラント》世襲制が定義されており、職員になる者は第二次性徴期の条件付け《オペラント》効果によって選抜された者のなかから性格特性と資質を勘案され養成された。彼らは退職者の条件付け《オペラント》をそのまま引き継ぐため、その個人史ならびに個性は社会的にも私的にも完全に塗り替えられることとなる。

「これがｑ３。堕術者です」

　所内で案内された回廊を進むと説明係の女性職員が笑顔で我々に振り向いた。

　二十二番目に訪れた透明な壁の向こうでは今まで見てきたのと同じような容姿の老人がひとり、壁についた頑丈なレバーを血眼《ちまなこ》になって押し下げていた。壁の上には電光掲示板。そこには【３１５３６１９３７】と表示され、見る間に数字が増加していく。

「彼は十年間ほとんど睡眠代わりに昏倒《こんとう》する以外はレバーを押し下げ続けているのです。【餌】は携帯弁当《レーション》用ビスケット。戦地で九死に一生を得た彼が初めて口にした食べ物です。当然、変率スケジュールになっています。彼がレバーを一回、押し下げる度にユナテ川地区第三街区１７５４蓄電器に３から５ワットの電気が送られます」

　その説明を裏付けるかのように老人の腕は筋肉が膨らみ樫《かし》の木のようになっていた。

　父親の顔色は蒼白《そうはく》の度を越し、黝《あおぐろ》くなり、カノンは吐き気を堪《こら》えるためか何度も胸の辺りに手を当てては深呼吸を繰り返していた。

　理由は単純明快だった。眼前の老人だけではなく、今まで見学してきた受刑者のいずれも裸で、利き腕以外は切断されており、矢の刺さったボールのような姿のままだったからである。彼らは排便用の箱に固定されたまま放置されていた。髪は伸び放題、風呂にも入れられず、残った腕にある爪は紙の紙縒《こより》のように尖《とが》っていた。そこにあるのは人ではなく【肉の機械】だった。

案内役の職員がデモンストレーションとして、そう指示されているのか、こちら側にあった釦《ぼたん》を押した。すると電光掲示板の数字がリセットされ、【0】に戻ってしまった。老人は聞いたことのないような叫び声を上げると一瞬、レバーから手を離し、残った手で髪を二度三度、毟《むし》ると再びレバーを押し下げる行為に戻った。老人の性器が死んだ鰻《うなぎ》のように揺れ、金属の箱の縁に当たるのが見え、カノンが短い悲鳴を上げた。

「余談ですがq3は私の伯父でしたの。愚かしいことですよね」

私たちを送り出す際、女性職員は完璧な笑みを浮かべながらさらりと述べた。

その後、私はふたりを送り届けた。家に到着するとふたりは逃げるように屋内へ駆け戻って行った。私はその場で暫《しば》し停車し続け、窓を見つめていたがカノンが顔を覗《のぞ》かせることはなかった。

「君の活躍は耳にしている。亡きお父上もさぞかしお喜びになられていることだろう」

翌日、私はスキナー省に呼び出されていた。相手は父の親友でもあった最高幹部のひとりであった。通常、このような形で省内に呼び出されることは稀《まれ》であった。

簡単な挨拶が終わると幹部は沈黙した。カノンへの逮捕状要請を受けるのではないかと一瞬、不安が過《よぎ》ったが、あの程度の案件を最高幹部自ら指示することはなかった。

「実は君に相談があった」幹部は程良く調律された声で呟いた。想像を絶する訓練を受けた者だけが得る声。行政最高府を掌握する精神行動学者だけが持ち得る人間の心の鍵をすっかり開いてしまう声だった。

「突然だがＣＩＣに興味はあるかね。私は君を推薦しようと思っているのだ」

私は耳を疑った。いくら父がオペラント官として優秀であったとはいえ、その最期が就業期間内における自死であったことを考えるとＣＩＣへの推挙は青天の霹靂《へきれき》だった。

「私には……」

そう口ごもった私に微笑むと幹部は穏やかに続けた。

「確かにお父上の件はＣＩＣ推挙への障害となるだろう。ただ私としては従来のような無機質な選抜法のみに頼るのに些《いささ》か批判的な気持ちがあってね。資質、実力、見識ともに君は充分にＣＩＣになる実力を有している。私は是非とも協力してもらいたいのだ」

ＣＩＣとは【オペラント】における良心と称されている精鋭部隊だが、その活動は勿論《もちろん》のこと構成メンバーの名前、性別すらも完全極秘。オペラント官は元よりスキナー省内ですら情報を知るのは一握りの幹部だけと言われていた。

私は沈黙し、タケミのこと、そして何故《なぜ》かカノンのことを思い浮かべていた。

「どうだね」幹部は私の承諾を引き出すような声で訊ねてきた。

「できるでしょうか……私に」

「CICはCICに成って初めてCICに成るという言葉を聞いたことはないかね。それに私は君が活躍し、お父上の瑕疵《かし》を自らの手で是正するのを願ってもいるのだ。彼は私にとってもかけがえのない友だったのだよ」

私が少し考える時間が欲しいと告げると幹部は微笑み頷いた。

既に答えは知っているよ、という笑顔だった。

私の父は実に優秀なオペラント官であった。生涯に逮捕した堕術者数は三千人余。【オペラントの地獄犬《ケルベロス》】の異名で怖れられていた。そんな父も家族にとっては温かく頼もしい慈愛に満ちた人だった。私は幼い頃から何度も堕術の恐ろしさを耳にした。そんな父も母が病気で亡くなると急速に弱っていった。私は成長し、父と同じオペラント官になるべく養成所《アカデミー》へと進んだ。そして無事、オペラント官になった翌月、父は私の不在を狙って書斎で胸を撃ち抜いたのである。

スキナー省での面接を終え、私は帰宅すると父の死んだ書斎へ入った。小ぶりな一軒家でもひとりで暮らすには広すぎた。私は考え事があるとしばしば書斎を訪れ、父の椅子に座った。耳に父の声が甦《よみがえ》ってくる。後になって理解したのであるが父は母の死の以前から私の条件付け《オペラント》を緩め始めていたのである。その理由の発端は母に、そして父で完結されていた。

母は堕術者であった。母がいつ頃からそうであったのかは知らぬ。ただ母は旧芸術を愛し、それを夫にも分かち合ってもらおうと二十余年という長い歳月をかけて目立たぬように再教育していったのである。再教育は徹底的に静かに潜行して行われ、父は無意識のうちに条件付け《オペラント》を緩められていた。父が母の素性を知ったのは既に母が病床に就いていた末期の頃であった。父は母を愛するが故に許した。そして何故、特に優れた資質を持たぬ自分が数多《あまた》の堕術者を逮捕できたのかも知った。父はいつのまにか彼らと共感していたのである。少なくとも旧芸術を愛する者たちに共通する人間性を察知することはオペラント官の誰よりも長《た》けていたはずである。同種が同種にいち早く気づくのは不思議なことではない。

父は母の明かした秘密の重さと母を許したが故に生じてきた堕術者たちへの罪悪感に苛《さいな》まれるようになった。そして疲弊した父に母の死は事実上、最後の引き金となった。私は父の遺品を整理するなか銃把《じゅうは》に隠された暗号から書斎の床板を外すと隠し庫があるのに気づき、そこで父の真の遺書ともいえる全告白をまとめたメモを読んだ。そして父はそこに母が最も愛していた旧芸術品をも納めていた。それは真正品であった。初めてそれを見た時、私のなかに言い知れぬ感動が押し寄せたのを憶えている。

父と母が命を賭けて守ってきたそれは私の胸をも撃ち抜き、ふたりの祈りにも似た感情を自分も継承しようと決意させるに充分な逸品であった。

そう、私は堕術者である。

翌日、タケミから電話で自宅から直接、カノンを迎えに行き、プラネ区の浄火祭《タオフェ》に連れて行くように告げられた時には既に昼を過ぎていた。

「徹底的に反応を引き出してください。既に記録係の配置は終了しています」

タケミはそのなかでなんとしてでもカノンと父親を手に入れたいと私に媚《こび》るような口調で語りかけてきた。

私はそれを無視した。

浄火祭《タオフェ》は街区で没収された堕術を文字通り数カ所の広場で焼き尽くす行事であり、住民は全員参加が義務となっていた。家を訪れても返事はなかった。連絡は入っているはずなので偶然、出かけたとは考えられない。逃亡したのであれば彼女にとって事態は最悪となる。私はカノンについて自分なりの対処の仕方を考え始めていたのだ。

彼女が母親同様の芸術愛好者だという確信を得た時点で私はそれを話そうと思っていた。彼女私は彼女を証拠不充分のままにおき、捜査の主眼を徐々に他の方面へと向けていく。彼女には任意で矯正所の条件付け《オペラント》強化機関に数カ月入れることに同意させる。そして完全に履修終了した時点で連れ帰り婚約する。後は折を見て条件付け《オペラント》を緩めていく、時間はかかるだろうがこれがいちばん安全な方法に思えた。

問題は彼女が一時的であれ旧芸術を捨て去る決意をもてるかどうかである。堕術者には狂信的な者が多い。まして母があのような形で信奉していたとなれば彼女が簡単にそれらを捨てるとは思えない。しかし、やらなければ私は彼女を失うことになる。それだけはどんなことをしても避けたかった。

カノンとその父親は裏の畑にいた。私はその姿を見て絶句した。ふたりは自分たちの畑で祈りを捧《ささ》げていたのだが鍬《すき》を地に刺した農夫姿の父は帽子を前に、同じく農婦姿のカノンは木の荷車の前にいて赤い袖当てを胸の前に組んでいた。足下には籠。西からの太陽がふたりを美しく赤く照らしていた。

怖ろしいことにふたりの有様は農夫画家ミレーの名作【晩鐘《ばんしょう》】そのものであった。祈りは当然、亡き母に向けたものであったかもしれないがオペラント官の監視の目が注がれている最中《さなか》、自分たちで画《え》を再現するかのような行為は狂気の沙汰であった。

私は言葉を失い、ふらふら車に戻ると彼らが帰宅するのを黙って待つことにした。

浄火祭《タオフェ》は日没を待って始められた。広場の中央に山と盛られた旧美術品からは灯油の臭いがきつく漂っていた。

「浄火祭《タオフェ》は嫌いだわ」

「不穏な物言いだ」

カノンは初めて会った時のように黒いスエーター姿に着替えていた。

「火は何も生まないもの。灰を残すだけ。母も直《すぐ》にそうなるわ」

やがて主催者が嬉々《きき》として開会の辞を述べ、続いて来賓が口角泡を飛ばして堕術者を糾弾するアジテーションに及び、会場を埋め尽くす人々からは万雷の拍手を浴びていた。

私には既に十人以上の監視者の姿が目に留まっていた。彼らはみな民衆に溶け込んだ服装をしていたが目やカメラを扱う手つきが一般のそれとは異なっていた。一般人は浄化される旧芸術の燃えさかる様に目を奪われるもので決して彼らのように人々を丹念に見つめたり見回したりはしない。

私はタケミがここでのカノンの反応を逮捕の口実にしようとしているのだとわかった。やがて魔女狩りやナチスの焚書《ふんしょ》同様、火の点《つ》いた松明《たいまつ》を投げ込むことによって浄火が始まった。旧芸術の摘発が相当進んだ現代ではあの山のなかのもの全てが複製品と言ってよかった。モネ、ルーベンス、ピカソ、ダリ、マチス、レンブラント、ケルトの写本、モーツァルトの楽譜、浮世絵、司会が山のなかの瓦礫《がれき》の成分を読み上げる度に民衆は歓声を上げ、炎に向かって唾を吐いた。

私は一台の望遠レンズがカノンを捉《とら》えているのに気づいた。カノンは炎を見つめたまま肌を焼きそうな熱とは対照的に凍りついた表情を見せていた。私は何度か彼女を揺すり、ショックを受けていないというふうに笑顔を引き出させせなくてはならなかった。

「さて！　ご来場のみなさま！　今宵《こよい》は堕術の首魁《しゅかい》のひとつをごらんにいれます。これは真正であり、世界に現存する唯一のものとなっております。その醜悪な有様をとくと拝見戴《いただ》き、灰燼《かいじん》に帰させようではありませんか！　それでは狂人エミール・ガレ晩年の駄作【手】であります」

民衆のどよめきとともに官吏が片手でガレのガラス細工をぶら下げて現れると皆に見えるように掲げた。忽《たちま》ち、周囲は作者と作品への罵声に包まれた。

カノンの手が私の腕を摑《つか》んだ。カノンの瞳はガレへと注がれており、その目は熟《う》んだようになっていた。爪が私の肉に食い込むようだった。

望遠レンズは依然としてカノンへぴたりと吸いついていた。

やがて官吏がそれをボウリングのように火炎のなかに投げ込んだ瞬間、周囲からは拍手と歓声が上がった。

カノンの瞳に見る見るうちに涙が溢れ始めた。私は彼女をレンズから隠したかった、しかし、それをすれば私たちの助かる道は途絶するだろう。いまは私から動くことは絶対にできなかった。私はカノンの涙がこぼれぬことを神に祈った。瞼《まぶた》の縁に留《とど》まった水滴はゆらゆらと頼りなく揺れていた。あと一歩、何かの弾みがあればそれは頰を伝う。堕術の浄火を見て涙するなど誰にとっても自殺行為であった。

ピューッと音がすると花火が打ち上げられた。

その瞬間、カノンがほーっと溜息《ためいき》をついた。見ると涙は収まっていた。私の心配に気がついたのか、カノンは微笑んでみせたが、それは泣き顔に見えなくもなかった。

一週間後、私はタケミから一通の書類と翌日の逮捕劇の手配を命じられた。

カノンに対する逮捕状であった。

「どういうことです」

「娘の父親が白状しました。思った通り、彼らは一家で堕術信奉者だったようですね」

タケミは父親を集中して責めたのが良かったと嘯《うそぶ》いた。

「我が子を売る父親がいるでしょうか。何かの間違いではありませんか」

「なにたいしたことではありませんよ。あの娘は捨て子だそうです。あの親子にはもともと血のつながりはないのです。自分の矯正所行きを通常刑務所行きにしてくれればという交換条件で彼は娘を売りました。嘘《うそ》だと思うのなら直接、問い質《ただ》したらいかが。隣にいます」

父親は椅子に座ったまま項垂《うなだ》れていた。

「娘さんに濡《ぬ》れ衣《ぎぬ》を着せるつもりですか」

私の問いに父親は目を真っ赤にして頷いた。

「わたしは……私は怖ろしいのです。あんな所でレバーを死ぬまで下げ続けるなんて……考えただけでも気が狂ってしまう」

「あなたは既に狂っておられるようだ。吐き気がする」

その言葉に父親は号泣し始めた。私は部屋を出ると逮捕の手続きにかかった。それ以外に為《な》すべき事は残されていなかった。とうとう、この時が来てしまったのだ。今頃、カノンは何も知らず家で父の帰りを待っていることだろう。今日が人間として最期の一日となってしまったことも知らずに。

手続きを終えて廊下に出ると辺りが妙に騒がしかった。見るとトイレの梁《はり》から縊死《いし》した人間が丁度、引き下ろされるところだった。カノンの義父だった。

「カノン！」私が飛び込んだ時、室内にカノンの姿はなかった。「カノン！」私はまた叫んだ。すると浴室の横、壁の下から明かりが漏れているのが見えた。

私がそれを押すと壁が横に動いた。それは壁を模した引き戸であった。引き戸の先には階段があり、地下へ続いていた。私はギシギシ鳴る階段をゆっくりと下りていった。左手に広い空間があるのが見えた。カノンが義父と同じように下がっているとすればそこだ。

「カノン」返事はなかった。私は階段を下りきると奥を覗いた。

そこにはダ・ヴィンチの【モナ・リザ】を含む、ルノワール、ユトリロ、セザンヌ、ベラスケスらの名画が並んでいた。

「なんてことだ……」私は溜息をついた。

「全て真正なのよ」

カノンはそれら名作の中央にイーゼルを立て、パレットを手に筆を走らせていた。イーゼル上には60号程の大きなキャンバスが載っていた。

彼女はその画に着々と手を入れていく。

私の肖像画だった。

「父は捕まったのね」

「お父さんは君のことも話してしまった。明日、私が逮捕しに来る手筈《てはず》になっている」

「あらそう……でも少し早すぎるわね」

カノンは私を見ようともせず、キャンバスに向かっていた。

「私は君を逮捕したくない」

キャンバスとカノンの間に割ってはいり、私は彼女を真正面から見つめた。

彼女の翡翠の虹彩が電球の明かりに一瞬、ぎらついた。

「逃げよう」

カノンは薄く笑って頭《かぶり》を振った。

「無理よ。私は逃げたくなんかない」

「君は何もわかっちゃいないんだ。矯正所の恐ろしさを見ただろう」

「私はここにいる。そして私が愛した人の肖像画を完成させるわ。それだけできれば、後は何が起ころうとも悔いはないもの」

カノンはそう言い切ると私を見つめた。今度の瞳は慈愛に満ち溢れていた。私は優しかった母の瞳を思い出した。

「逃げよう……」

「いいの。それにあなたを巻き込みたくないの」

カノンの細い指が私の頬に触れた。

「私はいいんだ。君とならやり通せる」

「無理よ。私とあなたは違いすぎる。私は条件付け《オペラント》がされてないもの」カノンの瞳から涙が一粒、流れ落ちた。それは卵形の頬をゆっくりと伝うと顎の先で留まった。「うまくいくはずがないわ」

「私も堕術者なんだ」

カノンの表情が曇った。

「ふざけてるの？　あなたオペラント官でしょう？」

「ふざけてなんかいない。私は堕術を父から知った。父は母から。私の父は優秀なオペラント官だったが、それは父が堕術者の心情を深く理解していたからなんだ」

「なんてこと……」

手を口に当てたカノンが私から身を遠ざけた。

「なんてことだ」

と、同時に周囲の壁から声が響いた。

振り向くと私は潜んでいたオペラント官たちに取り囲まれていることに気づいた。

「やはりそんな絡繰《からく》りがあったんですね」

タケミがのっそりと姿を現した。

「……こんな結果になってしまい大変に残念だ」

私をＣＩＣに推挙すると言ってくれていた幹部までが顔を見せた。

「カノン……」

私の声にカノンは振り向いた。そこに私の知っていたカノンはいなかった。

「ローレン・コガだ。彼女はＣＩＣの敏腕調査官だ。若いが私の部下の中でも抜群の成績を上げている」

彼の言葉にカノンは身分証明書を突きつけてきた。上級官僚クラスを表す銀のスキナーの箱型紋章が納まっていた。

「ＣＩＣはオペラント官の不正、脱法行為を取り締まる内偵調査部隊なのだ」

幹部はもうこれ以上は耐えられんと哀しげに首を振り、壁裏の出入口から姿を消した。

「私の目に狂いはなかった。彼が怪しいとＣＩＣの介入を進言したのは私なのです」

タケミがその背中を追うようにして消えていった。

私は両手に手錠の重みを感じた際、それをかけたのがカノンでなくて良かったと安堵《あんど》した。

カノンは自分で自分を抱くように両腕で上腕を抱えながら私を見つめていた。

黒いスエーターがとてもよく似合っていた。

「なぜ私は君に一瞬で恋に落ちてしまったのだろう」

するとカノンは右目に指を入れて薄い皮を取り外した。翡翠の瞳が指先に摘まれ、元の場所には黒い虹彩が現れた。

「翡翠に三本線はあなたの条件付け《オペラント》じゃない。忘れたの」

カノンは足下にコンタクトを落とした。

「それは完成させるのかい？」

オペラント官に促され、外に出る間際に私はカノンを振り返った。

返事の代わりにカノンは肖像画を蹴破ってみせた。

装飾評伝　松本清張

松本清張（まつもと・せいちょう）

一九〇九～一九九二年。朝日新聞社勤務の傍ら執筆した「西郷札」でデビュー。五二年、「或る『小倉日記』伝」で芥川賞を受賞。五七年、『顔』で日本探偵作家クラブ賞を受賞、同年から連載を開始した『点と線』で推理小説ブームを巻き起こした。作風は社会派ミステリー、歴史ミステリー、実録小説、評伝など多岐に亘った。著書は他に『小説帝銀事件』『ゼロの焦点』『かげろう絵図』『黒い画集』『砂の器』『時間の習俗』『けものみち』『黒革の手帖』『神々の乱心』など。

一

私が、昭和六年に死んだ名和薛治《なわせつじ》のことを書きたいと思い立ってから、もう三年越しになる。或《あ》る人からその生涯のことを聞いて、それは小説になるかもしれないとふと興味を起こしたのが最初だった。私の小説の発想は、そんな頼りなげな思いつきからはじまることが多い。

名和薛治は、今の言葉でいえば、『異端の画家』と呼ばれている一人であった。日本の美術の変遷《へんせん》がヨーロッパの様式を次々と追ってきたような具合で、それがいつも主要な傾向になっているが、その流れから少し外れて、個性的な格式を生み出そうとして、自分の場所の一点にじっと立ちどまっている作家を指して異端といっているようだし、それにこの意味には生活的にも多少変わっていたということも含んでいるようである。

今では、名和薛治の名は、その独自な画風の理由で有名だし、遺作展も度々ひらかれて、一般向きの画集も出ている。彼の在世当時も一部ではそうだったが、現在では彼が強烈な個性をもった天才であったことを、画壇を含めて世間の大ていの人が認識している。その上に彼の晩年から四十二歳の死に至るまでの一時期の生活の妙な崩れ方を入れると、異端の画家としてはまず申し分のない大物といえるのであった。それに彼は生涯独身であった。

名和薛治について私が小説になるかもしれないと思ったのは、彼のその晩年の頽廃的《たいはいてき》な生活と、冬の北陸路の断崖《だんがい》から墜《お》ちた最期《さいご》の部分であった。彼はその画題を求める為《ため》によく旅行していた能登《のと》半島の西海岸にある福浦《ふくら》という漁村に近い海岸の絶壁から足を滑らせて墜死した。遺書もないし、今日では過失死になっているが、それはその前の彼の妙な生活破綻《はたん》に続いているから、或《あ》いは自殺ではないかと一部の美術批評家には今も言われている。ボッシュやブリューゲルの影響を強く受けて、北欧の幻想的な画を描いていた彼が、その愛好する冬の暗鬱《あんうつ》な雲の下に拡《ひろ》がっている黝《くろ》い海に身を投じた最期を想像すると、私には名和薛治を一度は調べて書いてみたいという気持が動いたのである。

名和薛治は明治二十一年東京に生まれた。四十年、白馬会研究所に入り、翌年には文展に三作が入選した。四十四年、神田で最初の個展をひらき、同じ年に当時中堅新進作家で結成されていた展覧会に風景や少女像など十六点を出品した。この頃は後期印象派風の画を描いていたが、大正二年、その第三回展に二十点を出した時はドーミエの影響を明らかに受けた画でみなを愕《おどろ》かせた。二年前より出版社から頼まれて子供向きの雑誌にポンチ絵を内職に描いていたので、貧しいながら生活が立った。この年、同志と赫路社《かくろしゃ》を起こし、第一回展には二十点を出品した。四年、赫路社を解散して翌五年に蒼光会《そうこうかい》を結成して十七点を出品、第三回展まで四十余点を出したが、六年に同会を脱退、七年に渡仏、九年の春に帰国したが、その間にアントワープに遊び、ボッシュやブリューゲルの影響をうけた。帰国して後の画題も北国の生活から取ることが多くなり、写実的な描法を基調としながら、幻想的な世界を出した。この傾向は後年いよいよ強くなった。しかし、その特異性は一部の批評家や美術家に認められながら、画壇の主流にはうけ入れられなかった。十四年の秋には山陰に旅行、以後屢々《しばしば》北陸地方を旅行していたが、昭和三年頃より新潟、金沢、京都の花街に耽溺《たんでき》放浪するようになり、昭和六年、石川県能登の西海岸で不慮の死を遂げた

──以上は、芦野《あしの》信弘著『名和薛治』の巻末にある年譜から抜いた彼の大体の生涯である。彼は大正の終わりから昭和の初期にかけて、すでに画壇では一方の存在として認められ、画もかなりな価《ね》がついて売れ、天才の名が次第に上りかけたころに急激に生活が崩れた。その崩れ方は自分で破壊したといえそうなところがあるということである。彼の死も、その実際はよく分からないが、こんなところから自殺説が唱えられているのである。

名和薛治のことを調べたら面白い発見があるかもしれないと思ったまま三年越しになったが、私はその間少しも眼《め》を向けなかった訳ではない。折にふれて彼のことを書いてある美術書を読んだし、彼を知っているという人の話も聴いた。だが、それは本格的な調査ではなかった。第一、私は美術史についての知識がない。名和薛治を書くについては、どうしても或る程度その方面の勉強が必要であった。その億劫《おっくう》さと、ほかの仕事とに紛れて、いつかは本腰を入れるつもりで、ついに本気にとりかかるのを延ばしていた。

するると或る朝、新聞の下の隅に芦野信弘の死亡記事が小さく出ていた。今ごろよく新聞

が彼を覚えていたと思うくらいに世間から消えてしまった人の名であった。多分、彼が蒼光会の旧《ふる》い会友であったという肩書めいた理由だけで載せたに違いなかった。しかし、私は彼が七十二歳で死んだというその四五行の記事が眼に入ったとき、口の中で声を上げて、しまった、と思った。芦野信弘こそは名和薛治を書くときに、私が一番に訪ねて行きたい目当ての人物だったからである。

というのは、私が名和薛治を怠惰ながら少しずつ調べて知ったことだが、芦野信弘ほど名和薛治の生涯に随伴した親友はいなかった。芦野の書いたものによると、彼が名和に結びついたのは明治四十年白馬会研究所に一緒にいたころであり、芦野は二歳齢下《としした》であったが、爾来《じらい》、画の方でも私生活の上でも両人は密接な関係を最後までつづけてきた。芦野の画は名和に較《くら》べると問題にならぬくらい拙《まず》かったが、芦野は二つ上の名和に文字通り兄事していたようで、若い時は同じ下宿で暮らしもし、後になっても或るときは隣家同士に住み、離れても三日に一度は芦野が名和の家に行っていた。これが無かったのは、名和が渡仏した大正七八年の二年間ぐらいなものであろう。

だから芦野くらい名和を詳細に知った者はいない。恐らく彼は名和の胸の痣《あざ》まで知っていただろう。事実、彼は『名和薛治』という評伝めいた本を出しているが、惜しいことに頁《ページ》が薄い。然《しか》し、名和薛治のことを書いた他のすぐれた美術批評家の著書の悉《ことごと》くが芦野信弘著のこの小著を参考としているのである。それよりほか拠《よ》るべきものが無いみたいに、名和の人物と履歴に関しては芦野の書いたものは信用があった。無論、その芸術観の方は切り離してのことである。
一体、名和薛治は日記や手記をつけなかった人であり、それだけ日常のことに詳しい芦野の書いたものが重要な意味をもつのだが、その著書も名和薛治の全部が語られた訳ではあるまいと私には思われた。著書は公刊の性質上、憚《はばか》るべきところは省いてあるに違いない。その省略された部分が私の知りたいところで、つまり名和を書くからにはどうしても芦野に会って話を聞かなければならないのである。

その考えを早くからもちながら、芦野信弘がいつまでも生きているように思っていたのは私の失敗であった。芦野は七十二歳で死んだ。高齢とは知っていたが、少なくとも自分が会いに行くまでは生きているだろうと漠然と信じていたのであった。

出版されて、世に知れた書物から取材することは誰しも気乗りがしない。名和のことを調べるいわば本命ともいうべき芦野の唐突な死に遇《あ》って私は名和薛治を小説に書いてみたいという下心を捨てた。

二

然し、その後も名和薛治を知っているという人に偶然に遇う機会があった。その話は極めて小さな部分的なものだったが、それら硝子《ガラス》の細かい砕片《さいへん》のようなものが集まりだしてくると、私はもっと大きな破片、殆《ほとん》ど原形に近い部分に当たる芦野信弘に触れずに終わったことが非常な後悔となった。私は今更のように芦野が死んだことを痛手に感じた。

だが、その後悔が、一旦《いったん》放棄した私の計画を戻したといえそうである。それは断片的な話を他から聞くにつれて、名和薜治についての興味が再び起こったからであるが、もしかすると芦野信弘が名和に関する未発表の原稿を、多分、未完成のものだろうが遺《のこ》しているかも知れないと思いついたのである。これは想像だが、たとえそんなものが無いにしても、遺族は生前の彼から名和のことをいろいろ聞いているに違いない。彼の著書に語られてないことが遺族に伝えられているかも分からない。いや、それは極めてありそうなことだった。そうなると名和についての芦野の公表されない知識の何分の一かは、彼の家族の誰かに保存されている筈《はず》であった。

これはかなり厄介な採集であった。だが、芦野信弘が生きていて、いつでも会えるといった手の届きそうな安易な場合は横着をしていた私も、ことが面倒になってくると妙に意欲が動いて来た。私は芦野の遺族に会ってその話を聞き、話の結果によっては名和薜治を書きたいとの気持が再び起こった。

晩秋の晴れた日だったが、私は世田谷の奥を手帖《てちよう》片手に捜し歩いた。芦野信弘には陽子という一人娘があり、それが結婚して夫と一緒に父の家に住んでいるということを私は知っている画家から聞いた。住所は新聞に出た死亡記事から書き取っておいたのである。

世田谷の道は分かりにくい。私は秋の陽が暑くなるほど汗をかいて、ようやくその番地を捜し当てた。辻《つじ》地蔵の横からだらだらと谷間のような道を降り、竹藪《たけやぶ》のような横にその家は有った。木造の和洋折衷みたいな建物だったが、古くて小さかった。西向きの板壁の青ペンキが剝《は》げていたが、そこは画室にでもなっているらしい構えだった。全体が古いだけではなく建った当時からも貧弱に想像された。それは生前少しも売れない画を描いていたいかにも芦野信弘の住んでいたようなくすんだ家であった。

滑りの悪い格子戸《こうしど》を開けると、外光が明るいだけに、窖《あなぐら》のように暗い奥から三十四五の小肥《こぶと》りした固い顔の感じの女が出てきた。私は小暗い玄関でそれを一目見たとき、それが芦野信弘の娘であると直感した。それがその家の奥から出て来たせいだけではなく、彼女の顔を見てやはり芦野の娘だと感じたのである。

訪ねてきた用件を遠慮勝ちに言うと、女は果たして芦野の娘陽子だと名乗ったが、私を座敷に招じようとはしなかった。幅のひろい膝《ひざ》を上がり框《がまち》の前に揃《そろ》えてがっしりと坐《すわ》り、訪問者がそれ以上踏み込むことを拒絶しているような姿勢だった。

「そんなものは父に遺っていません。名和先生についてはあの本があるだけです」

と陽子は、一重皮の、眦《まなじり》が少し切れ上がった瞼《まぶた》の間から私を見上げて言った。

「父からは何にも名和先生の話を聞いていません。父は無口で、あんまり話を好まない性質でしたから」

と彼女は、また私の質問を刎《は》ね返した。

その態度から、私は彼女に好感をもたれていないことを知り、初めから拒否されていることを悟った。この女は名和薛治について父の材料を出すのを明らかに好んでいないのである。もし、好意をもっていたら、少しは何か話してくれる筈であった。彼女は微笑の代わりに、きつい感じの切れ長な眼を鋭く光らせているだけだった。

芦野信弘の妻、つまり陽子の母は、早くから芦野と別れて、現在は生きているか死んでいるのか定かでないというのが、私に教えてくれた人の話だが、別れない前の芦野夫婦は名和と親交があったというから、芦野信弘に次いで名和をよく知っているのは陽子の母である。彼女が去ったのはいつ頃か分からないが、もし陽子に理解力がある時なら、名和について母の話を聞いているかもしれない。しかし、それも多分駄目だろうと思いながら、私は敢《あえ》てそれを訊《き》いた。

「わたしが母と別れたのは三つの時でしたから分かる筈がありません」

陽子はやはり硬い態度で答えた。

「そうですか。では、あなたご自身に名和さんのご記憶はありませんか?」

私はまた質問した。

「名和先生が亡《な》くなられたのは、わたしが七つの時ですからね。憶《おぼ》えている訳がありません」

もうこれ以上は無駄話だというように彼女は片膝を動かしかけた。

明るい陽の降っている道路に戻って私は興醒《きょうざ》めた気持で歩いた。死んだ芦野信弘に名和のことを書いた遺稿があるかもしれないと思い、遺族の話が聞けるかもしれないと考えた私の期待が全く外れた。が、その失望からではなく、いま遇った陽子という芦野の娘の印象がいかにも後味悪くて仕方がなかった。ぎすぎすした冷たい様子がいつまでも私の心を解放させなかった。その気分にひきずられて、豪徳寺駅の急な石段を私は意識しないで上った。

しかし、そのことによって、名和薛治を調べて書こうとする私の計画は今度は挫折《ざせつ》しなかった。三四人の人から聞いた名和に関する断片的な話だけでも、それほど私の意欲を唆《さら》っていたのだった。と同時に、芦野信弘についても私は別な興味を起こしかけていた。実をいうと、芦野の家族を訪ねたのも、その両方に引っ懸っていたのである。

名和薛治は好んで北国の風景や人物を画題に択《えら》んだ。確かな写実で描かれながら単純化され、全体が灰色《グレー》、白、緑色を基調として赤のアクセントをつける色に統合され、北欧的な冷たい幻想を漂わせた。『暗い海』『雪の漁村』『魚市場』『刈入れ』『夏日』などは最もその特色が出ているし、代表作でもある。その寒々とした美のなかにも、必ずどこかにやり切れない農民や漁民の生活が押し込まれてあった。それから彼の詩情は民俗風な諧謔《かいぎゃく》に盛られることもあった。その形《フォルム》のプリミティブが近代に通じているにも拘《かか》わらず彼の画風は主流には乗らなかった。その頃の日本の洋画の流れはセザンヌの影響をうけた明るい豊かな色彩であり、フォーヴィズム、キューービズムなどが一方からしきりと主張されはじめていた。いわば名和薛治の画は比較のない孤立した位置にあった。充分に近代と接合しながら、その北欧ルネッサンス風の写実が時代傾向とは背馳的《はいちてき》だったのだ。だが、そのファンタスティックな画面は、のちの批評家の言葉によると、「セザンヌを描いている画家たちにもひそかに羨望《せんぼう》を感じさせた」のであった。

芦野信弘の著書でもそうだが、私が聞いた断片的な話でも、名和薛治は非常な自信家であり、彼は輸入されたセザンヌがもてはやされて、それを摸倣《もほう》して得意となっている画家たちを罵倒《ばとう》していたそうである。そういえば彼の『自画像』にみる容貌《ようぼう》は、筋肉が赭土《あかつち》のように盛り上がり、細い眼の光と、厚い肉の鼻と、結んだ大きな唇とに強い生命力が溢《あふ》れている。彼は腕力が強く、酔って争えば必ず相手を組み敷き、その闘争心は画の競争相手に対して最も発揮され、団体《グループ》では己が支配せねば承知しなかった。事実、彼が自らの手によって造った蒼光会を一年で脱退したのは、同人に彼の意の自由にならぬ者が何人か居たからである。それを彼は裏切者と罵《ののし》っていた。

そのことでも分かるように、名和薛治は天才にあり勝ちな自負心が強かった。彼が天才であることは今日の美術史家が認めているからそう言ってもいいだろう。自分が主唱して造った蒼光会は、悉く己の意思下に置かねばならなかった。会員の誰にも反対を宥《ゆる》さなかった。彼が会を脱退した唯一《ゆいいつ》の理由は、他人の作品を入選させるについて、審査員である二人の同志が賛成しなかったためである。

三

名和薛治は、自分の周囲の友人たちの画が描く見えて仕方がなかったのであろう。少なくとも私は彼をそんな風な人物に考える。彼がいわゆるエコール・ド・パリ移入の画壇流行に栖《たて》つきながら、頑固に自分の芸術に固執した見事さは、数人の友人を同志にすることが出来たけれども、彼は内心では彼等を莫迦《ばか》にしていたかもしれない。それは外から見て、別な視点から言えることだ。つまり彼を放逐した蒼光会の友人達が、のちには大家なみになったけれど、終生、彼の影響から脱することが出来なかったことでも理解されるのである。いまの蒼光会の親方である葉山光介は名和の摸倣を自己流に歪形《わいけい》したと悪口を言われているほどだが、皮肉なことに葉山は名和を蒼光会から追い出した一人ということになっているのだ。

芦野信弘の『名和薛治』にはこんなことが書いてある。

「名和の顔は人一倍大きく見えた。鼻でも口でも人より誇張されていた。近視眼のような腫《は》れぼったい眼をしていたが、瞳《ひとみ》を相手の顔にぐっと見据えてものを言う癖があった。彼が我々の間に入ってくると、とても敵《かな》わないというような圧迫感を受けた」

これは名和薛治の風丰《ふうぼう》を伝えると共に、当時の友人の感情をよく書き出している。恐らくこの圧迫感は根本は名和の画の技倆《ぎりよう》から来ていて、その意識が人なみより大きい顔に結像されたのであろう。友人たちが『とても敵わない』と思ったのは名和の画だったに違いない。

ところが、そのなかで誰が一番その感じをもったかといえば、私は芦野信弘ではないかと思う。芦野は名和より二つ下で、殆ど同じくらいな時に葵橋《あおいばし》の白馬会研究所を出たが、終生名和薛治の親友であった。親友であったという以外に、肝腎《かんじん》のことは、芦野には評価すべきさしたる画業が無いのである。なるほど旧い画家だけに洋画愛好家にはその名を知られ、数点の作品も記憶されているが、それは名和薛治の最も悪い部分のエピゴーネンとして覚えられているのである。実際他の仲間が年齢と共に或る程度まで大家として遇せられるだけの業績を遂げたに拘わらず、芦野信弘だけは途中から脱落してしまった。彼の後半生は名和薛治の生活を調べるに便利な伝記の著者だけになっているのである。

私は彼の『名和薛治』を数回くり返して読んで感じたことだが、実によく名和と交わっている。大正八年のところに次のような記述がある。

「一九一九年の冬に名和はパリから脱《のが》れて白耳義《ベルギー》のアンベルス（アントワープ）に行った。パリからは摂取するものが無いと言った彼の強がりは、実は喰《く》い詰めて其処《そこ》へ逃亡したのだが、結果的には彼の広言を裏付けた。アンベルスではご多分に洩《も》れずバー・マリアンヌの主人の世話になった。在仏の貧乏な画学生の間では知らぬ者のない奇特な日本人である。この酒場の親爺《おやじ》は画学生が好きで、いつも四五人がごろごろしていた。ダダイストで知られた竹森無思軒の娘芳子《よしこ》は彼の細君である。名和は六か月ばかりこの酒場の厄介になった。その間に彼はアンベルスやブルッセルの王立美術館に何回となく足を運んだ。そこに飾られたブリューゲルの画を観《み》るためだった。いや、正確には学ぶためだった。彼はそのころ私にブリューゲル発見の喜びを強烈な文字にした便りを寄こしている。それは抑えても抑えても湧《わ》き上がる歓喜をどうしようもないといった熱情に浮かされた文字だった。その頃の彼の分厚い便りは一週間毎《ごと》に来た。そのどれもが、ブリューゲルの素晴しさを語り、北欧ルネッサンスのリアリズム讃仰で文面は埋っていた。読んでいる私の眼に彼の熱い息が吹きかかり、手紙を支えている私の指に彼の高い鼓動が伝わってくるようだった——」

　名和薛治の特異な芸術を完成させたブリューゲル発見の件《くだ》りだが、これを見ても名和が強烈な感動を愬《うつた》える相手は芦野信弘よりほかに無かったことが分かるのである。そしてこの文章には、芦野がその手紙をよんだ時の昂奮《こうふん》まで窺《うかが》えるのだ。

　名和が日本に帰ってからのことも、絶えず訪問した芦野の眼によって捉《とら》えられている。前にも書いた通り、それは殆ど三日にあげずという状態だった。芦野は名和の渡欧中に結婚したらしく夫婦づれでも訪ねている。そのことを画に関連してこう言っている。

「名和は日本に帰って急激に日本の古い生活を描くようになった。農村や漁村に残っている貧困の中の古い日本である。無論、画面に幻想的となって出ている重圧された労働生活の悲哀は、明らかにブリューゲルの影響だったが、その伝統的な興味は日本の古い女の姿にも移った。私の妻がそういう女だった。彼は大いに面白がり、次第に芸妓《げいぎ》や舞妓も描くようになった。しかし、彼の手にかかるとそれらは酒席に侍《はべ》っている美形ではなく、疲れた中年女のように蒼白《あおじろ》く、それは的確な写実の故《ゆえ》に妖怪《ようかい》じみていた——」

　名和薛治は昭和二年ごろから西多摩郡青梅《おうめ》町の外れに居を移した。

『梅林』『早春の渓流』『山村風景』など彼の晩年の少ない佳品は、いわゆる青梅時代の制作だが、麻布六本木に住んでいた芦野は、この遠くて不便な地点をものともせず、相変わらず近所にでも行くように青梅に足を運んでいる——ことが彼の記述にある。

「私は一週間に二度くらいは青梅に行った。彼は一ころのように仕事をあまりしないで、大てい家にごろごろしていた。機嫌のいい時もあり、悪い時もあった。調子のいいときは近くの川で獲《と》れた魚を焼いて酒を出した。私は飲めないが、彼の酒量はかなり上がっていた。酔うとかなり乱暴なことを言ったが、それはどこか懊悩《おうのう》じみていた。私は彼が行き詰っていると思った。それは次の年にはじまる彼の放浪生活の前兆のようなものだった。機嫌の悪い時は、私でさえも雇い女に面会を拒絶させた。私は遠い道を長い時間電車に揺られて帰ったが、それでも三日目には彼に逢《あ》いに行かずには居られなかった。私は青梅に何度無駄足を踏んだか分からないが、少しも苦にはならなかった。時には陽子を抱いて行った——」

芦野の『名和薜治』には、こんな交遊関係が到《いた》るところで語られている。この著者がそういう意味で、名和薜治を研究するのに貴重な所以《ゆえん》であった。然し、芦野信弘自身の位置が、この本を何度も読んでいるうちに私の気になり出した。一体、彼は畏友《いゆう》名和薜治を語るだけが生涯の本望だったのだろうか。

芦野も画家である。名和とは殆ど同期に出発した。だが彼はさしたる才能も示さず、途中から殆ど消えたに等しい存在となった。しかも名和とは晩年まで親交を続けたのである。こう思うと、私にもおぼろに芦野信弘の立っている場所が判《わか》るような気がした。芦野は名和の天才を目の前に見て圧倒され、自信を失い、才能の芽が伸びぬうちに涸《か》れてしまったのだ。芦野の才能を立ち枯れさせたのは、名和の強烈な天分だった。芦野は名和の前に萎縮《いしゆく》し、『とても敵わない』と自己放棄してしまったのであろう。この場合、名和に最も近いところに居たのが芦野の不幸であった。不幸を言うならば、名和のような天才を親友にもったのが不運だが、他の仲間が芦野よりも成長した理由は、彼よりも名和に距離をもっていた、という言い方は出来るであろう。のみならず、芦野の抱いた劣弱感は、自負心の強い、強引な性格の名和から離れることが出来ず、その面だけが名和との交遊に妙なかたちで接着して、遂《つい》には彼は名和薛治の伝記作者になってしまった。

画のことに詳しくない私のこの推測は誤っているかもしれないが、自分なりの人間解釈で納得出来そうであった。名和薛治を調べようとして本気に読みだした本だが、私は半ばから著者の芦野信弘の方に興味を半分惹《ひ》かれるようになった。私が芦野の家に遺稿や話を尋ねに行ったのは、実はこの興味もあったからであった。

それと、もう一つの疑問があった。

四

名和薛治は昭和三年ごろから青梅の寓居《ぐうきよ》を引き払って、一度東京に帰ったが、すぐに北陸地方に旅した。北陸は彼が写生のためによく行ったところだが、その時は画は一枚も描かずに、新潟、金沢、京都という順に花街に流連して酒に浸った。独身だった彼がそういう場所に行くのは不思議ではないが、このときの放蕩《ほうとう》は今までの生活を崩壊したようなものだった。彼は四十歳になっていた。画商もついて画もかなりいい値段で売れたし、金に困るようなことはなかった。彼は二年間の放浪生活にあり金を全部はたいた。さすがに終わりには金に窮して金沢や京都では画を描いて売ったが、それは金欲しさの仕方のない画であった。

名和が晩年になって何故《なぜ》そんな妙な崩れ方をしたのか不思議であった。尤《もっと》も批評家の説明によると、彼は自分の芸術に壁を感じ、それが突き破れなくて苦しんだというのだ。末期になると彼のファンタジイは聊《いささ》かゲテモノに走り、奇妙な妖怪画みたいなものを描いたりした。それが壁につき当たった彼の苦し紛れの逃避だが、も早、往年の豊かな天分は画面のどこからも衰退していたというのである。それに、勃興《ぼっこう》したフォーヴィズムやキュービズム、ダダイズム、シュールリアリズムなどの主張や、プロレタリア美術家たちの非難も彼を苦しめたであろうと言われている。

しかし名和が妖怪画を描いたのは、彼が愛好するボッシュの地獄絵画からの影響だろうし、強靭《きょうじん》な自信をもった彼が、画壇を挙げての二十世紀のフォーヴィズム移植の盛大さに負けたとは考えられない。どのような批判も彼にはこたえなかったと思われる。然し、彼の画面における生命の急激な衰退は事実だし、それが生活の崩壊と繋《つな》がるのは明瞭《めいりょう》だった。だが、彼の敗北の原因は何か、ただ芸術の漠然たる行き詰りだけなのか。芦野の文章には、名和が懊悩している状態を覗《のぞ》かせてはいるが、確たるその辺の説明がない。私が名和を知る数人の人から聞いても、批評家の言葉以上に出ないか、或いはとりとめのない臆測《おくそく》であった。

私が名和薛治を書きたいと思いついたのは、晩年のその急激な崩壊だが、それを調べるためにも芦野の未発表の遺稿を求めに彼の遺族を訪ねたのだ。芦野信弘はもっと何かを知っているに違いない。彼の『名和薛治』の中では語られなかった部分である。つまり、私が世田谷の奥に芦野の娘を訪ねたのは、名和薛治と芦野信弘の両方に知りたいことが懸っていたのであった。

しかし、芦野陽子は硬い表情で私を拒絶した。芦野の遺稿は私の想像に反して実際に無かったのかもしれない。が、彼女の冷たい態度が私に反撥《はんぱつ》を起こさせ、それが一種の闘志となって私に燃えた。

或る新聞社の文化部に居る友人に頼んで、葉山光介に名和薛治のことを訊きたいからと面会を申込んだのは間もなくだった。蒼光会の御大葉山を措《お》いて名和を知る者は居ない。芦野とも同僚だったのだ。

荻窪《おぎくぼ》の木立に囲まれたところに葉山光介の邸《やしき》はあった。古いが大きな家で、石仏の据わっている玄関までの長い石道を歩くと、用件の終わった客が帰るのにすれ違った。それでも玄関脇《わき》の客待ちのような所で、主人に会うのには三十分はたっぷりと待たされた。葉山光介は写真で見る通りの顔で、銀髪を乱して現われた。

「名和のことを訊きたいって？」

と彼は窪んだ眼のあたりに笑いをみせた。眼尻《めじり》に大層な皺《しわ》が寄った。

「天才だ。そりゃ間違いないね。終《しま》いにはちょっと変なことになったが、あのまま今まで生きていたら、現在では比類が無いね。高井も木原も顔色があるまい」

葉山は画壇の大物二人の名前を挙げて言った。が、葉山の言い方には、自分もその組に含まれているような響きがどこかあった。彼は名和を放逐した一人だった。

来客が次々に待っていて、横で私たちの話を聴いていた。こんな状態で落ちつける筈はなかった。私は意味のないことで来たように二十分ばかりで辞意を告げた。

「そうですか。忙しいので失敬した。この次、またゆっくりの時、来てくれ給《たま》え」

葉山光介はいくらか気の毒そうに言ったが、腰を上げかけた私に、

「君は芦野の本読んだかね？」

ときいた。私が読んだというと、彼はうなずいて、

「名和のことはあれに書かれた通りだ」

と言った。そのほかに言うことはないと断言しているようだった。

私は芦野さんから、あの本以外のお話を伺おうと思っていたのですが、亡くなられて残念です、と言うと、葉山はそのときだけ強い眼で私を凝視した。

「芦野に会えたとしても何も話すまい」

と彼は眼を逸《そ》らせて言った。

「あの本に全部を尽している。みんなぶち込んでいる。それ以外には喋舌《しゃべ》らないだろう」

その口吻《くちぶり》には含みがありげだった。それは話すことが無いという意味ですか、と私がきくと、

「いや、彼は話したくないだろう。芦野も名和と知り合って駄目になった気の毒な男だ」

とあとを呟《つぶや》くように言った。その意味は私に充分に理解出来た。しかし、次に彼からふと出た言葉は私の不意を衝《つ》いた。

「あの細君も自殺したね」

私は愕いて彼の顔を視た。

え、別れたのではないのですか、と思わず強い声になって訊くと、

「いや、別れたあとだ。だが、君、これはよそから聞いた話で真偽は別だよ。だが、もし実際なら本当に芦野は気の毒だと思うだけの話だ」

葉山光介は少しあわてて訂正するように言った。だが、彼の言葉にもかかわらず、芦野の妻の自殺を彼は信じていると私には思われた。

私はいよいよ帰りがけに、芦野の家を訪ねて娘に会ったことを葉山に洩らした。すると彼はそれを聞き咎《とが》めたように、

「ほう、君は陽子に会ったのか？」

と私をまじまじと視《み》た。それは再びきらりとした眼だった。

「似てるだろう？」

葉山はそういった。無論、陽子が、父親の芦野信弘に似ているだろうと言う意味と思っ

た。私はうなずいた。が、そのときの彼の眼ざしが特殊な表情のようで気になった。横の来客が素早く私の立った席に辷《すべ》り込んだので私は外套《がいとう》を取った。

葉山光介が別れ際《ぎわ》に言った『似てるだろう?』という言葉の実際の意味を私が解したのは、それから何日も経《た》ってからだった。どうも、その時の彼の眼つきが気にかかる。それが私に暗示を与えたのである。

『似てるだろう?』

それは陽子が父親の芦野に似ているという念の押し方ではなかった。

それはもっと複雑な言い方であった。似ているというのは父親でなく別人の意味だった。

私は世田谷の家で陽子の小肥りした硬い顔を見た瞬間に、すぐに芦野信弘の娘だと直感したが、考えてみると私は芦野の顔を写真でも見たことがない。全然、知らないのに、どうして陽子の顔をみて芦野の娘だと判ったつもりでいたのか。私は錯覚を起こしていたのだ。それは名和薛治の顔と混同していたのである。

私が見たような顔だと思ったのは名和の顔であった。名和と芦野が私の意識の中で同居し、陽子を見たときに錯覚が生じた。それほど名和と芦野は私の中で同一人であったのだ。それこそ幻想からきた間違いであった。

葉山光介が『似てるだろう』と言った本当の意味は、『陽子は名和薛治に似ているだろう?』と言っていたのである。

私は、あっという思いで、急いで名和の画集をとり出した。そこには名和の『自画像』

がある。肥えた鼻、厚い唇、赭土のように盛り上がった頬、それから近視眼のように鋭く細めた眼、いつ見ても生命力の溢れた顔だが、暗い奥から出て来て私の前にぴたりと膝をつけた記憶にある陽子の硬い顔の痕跡《こんせき》がその中から探し出された。殊《こと》にきつい感じの切れ長の眼はそっくりの相似であった。

陽子の父は名和薛治だった。芦野信弘ではない。芦野はそれを無論知っていたのである。芦野の妻が彼と別れたことや、その後自殺したらしいことはそのことによって初めて納得されるのであった。私はその『自画像』の写真版をひろげたまま、しばらくその姿勢から動くことが出来なかった。

五

芦野が書いた本を私は何度目かに繰った。するとそこには、『帰国した名和の興味は日本の古い女の姿にも移った。私の妻がそういう女だった。彼は大いに面白がり、次第に芸妓や舞妓も描くようになった』の文句がある。今まで何気なく読み過した文章だが、今度はそれが張り切った絃に触れたように鳴った。

芦野は名和の渡仏中に結婚した。恐らく相手は芸妓か、或いはそれに近い感じの女であったのだろう。名和は帰国して、初めて芦野の妻を見たのである。外国から帰った者が、多かれ少なかれ日本の伝統の美に惹かれるのは例の多いことで、それは海外生活者の郷愁のようなものかも知れない。名和もその一人であった。芦野の妻を見て『大いに面白がり』の字句には深い意味が含まれている。芦野は名和の感情の動きを知っていた。この本は事件後、十数年を経て書かれたものである。芦野は、その妻と名和との交渉の最初を回想し、このような含みの多い、しかし、さり気ない表現で記述しているのだ。

私が陽子を訪ねた時、彼女は名和が死んだ時は自分の七つの時であったと言った。名和の死は昭和六年であるから、逆算すると陽子の出生は大正十四年である。年譜によると、名和が帰国したのが大正九年であった。名和と芦野の妻のひそかな関係が始まったのはいつ頃か分からないが、恐らくこの六年間の後半であるような気がする。名和が芸妓や舞妓を描きはじめたのは、同じく年譜の作品表によると大正十二年とある。もし名和が芦野の妻を愛して、その感情がそのような画に仮託されたと解釈すれば、両人の交渉はその時期の前後ではないかとの想像が私には起きた。

芦野は名和が帰国して後も、彼と近いところに住まい、三日にあげず彼の家に行っている。『ときには夫婦づれで訪ねた』とあるが、それは字句のアヤで、恐らく始終夫婦で行っていただろうし、名和の特殊な感情の発生はこのような状態では充分に可能であった。最後には妻だけがひとりで訪問していたこともあるに違いない。

ところで、芦野はいつ頃からその事実を知ったのであろうか。彼が妻と別れたことは、もとより『名和薛治』のどこにも書かれていない。だが、陽子は芦野家で生まれたに違いないから、妻との離別は大正十五年以後ということになる。なぜか私は、彼の妻が陽子を生んで間もなく芦野の前から立ち去ったような気がする。そして芦野がこの妻を愛していたと想像されるのである。

芦野が、その事実を知った時期のことはも早問題ではない。私に推察されるのは、芦野が名和に抱いている強い憎悪《ぞうお》であった。

芦野は名和の天才の前に敗北した。彼の才能は名和の眩《まぶ》しいばかりの光に照射されて萎《しな》び、消失した。彼にとって名和は常に『とても敵わない』存在であった。芦野はいつも萎縮していたに相違ない。才能の比較があまりにも開きすぎていた。身近なだけに被害が大きいのである。私はそんな芦野を考えるとき、強烈な太陽に灼《や》き枯らされた育たない植物を連想するのである。

それでいて芦野は名和から離れることが出来なかった。あまりに圧倒されて訣別《けつべつ》することも彼には不可能だった。彼は名和に捉えられて身を竦《すく》ませているようなものであった。これほど追い詰められた劣弱感は無さそうである。彼が名和と比類なき交遊を結んだのは、その惨澹《さんたん》たる敗北意識の現象であったと言えそうである。

芦野はアンベルスの名和の通信を受けとりどのような気持でそれを読んだのであろうか。名和がブリューゲル発見の喜びを強烈な文字にして、それは抑えても湧き上がる歓喜をどうしようもないといった熱情に浮かされた文字だったが、一週間毎に来るその手紙が彼には一種の責苦ではなかったろうか。芦野とても画家である。名和の有頂天になっている『発見』が、どれほど彼に衝撃を与えたか分からない。彼は羨望よりも嫉妬《しっと》を感じたに違いあるまい。それからこの天才的な友人が、その発見を仕込んで帰国したのちの成長を懼（おそ）れたのである。彼の眼には、ありありと将来の地獄が描かれたであろう。絶望が彼をひきずり込んだ。名和の軒昂《けんこう》たる便りを『読んでいる私の眼に彼の熱い息が吹きかかり、手紙を支えている私の指に彼の高い鼓動が伝わってくるようだった』という芦野の文章は、実に彼が畏怖《いふ》と嫉妬に戦慄《せんりつ》している告白なのではないか。

名和は大正九年に自信ありげに日本に帰った。帰国後の彼は、ブリューゲルやボッシュなど北欧中世のリアリズムを学びとって、ユニックな芸術を創始した。それは見事な名和薛治の完成であった。芦野の懼れていたことが、彼の意志に関係なく、着実に現実となったのである。彼は名和の従僕を意識した。名和の大きな面構《つらがま》えが彼の上に聳《そび》えていた。名和によって画家的生命を廃墟《はいきょ》にされた彼は、憎悪をもってこの友人と三日にあげず往来していたと私は思うのである。

憎しみは、妻と名和との交渉を知ったとき変貌《へんぼう》を遂げた。意識下の劣弱感にそれは接着して、陰湿だが、名和への襲撃となった。

私は改めて彼の『名和薛治』を読み返して、到るところに彼の戦闘を辿《たど》ることができた。例えば、妻と別れたであろう後も名和を頻繁に訪ねている。妻との離別の理由は、恐らく彼は名和に告げなかったであろう。その必要が無いためで、当人の名和がそれを誰よりも承知しているからだ。私は芦野と向かい合っている名和の苦渋に満ちた表情が浮かぶのであった。

年譜によれば、名和が青梅の奥に百姓家を借りて引っ込んだのは昭和二年である。名和の青梅転住は芦野によれば美術的な理由が書かれているが、それは表面の意匠だ。実際は頻繁な芦野の来訪から名和は遁《のが》れたかったのである。

然し、芦野の戦闘はそんなことで衰えはしなかった。彼が麻布の家から青梅に名和を訪ねることは恰《あたか》も近所の如《ごと》くだった。『私は一週間に二度くらいは青梅に行った。名和は一ころのようにあまり仕事をしないでごろごろしていた』という記述は単純だが、これほど両者の相剋《そうこく》を鮮かに写した字句はなさそうである。フォーヴィズムの潮流を睥睨《へいげい》して毒舌を吐き、飽くまでも己の独自の世界で精力的な制作をつづけていた名和が、なぜに青梅に移って仕事をしないで怠けていたか。実際、このときから彼の画面には急激な衰退が来ているのである。ボッシュの影響をうけたとはいえ、妙な地獄画まがいのものを描きはじめているのだった。一週間に二度も三度も襲ってくる芦野のため、名和が罪の意識に敗衄《はいじく》するありさまが眼に見えるようであった。

しかも芦野は『時には陽子を抱いていった』と書いている。思うに陽子はこのとき三つであった。すでにその幼い顔には父親が誰であるかを具現しつつあった。彼女が一日一日成長するとともに、顔の特徴も成長する。その刑罰を眼の前に持ってこられては名和も堪《たま》ったものではなかったろう。『機嫌の悪い時は私でさえも雇い女に面会を拒絶させた』のは名和が苦痛から脱れたいためだった。わざわざ陽子を抱いて行くなど芦野の方法には仮借が無く、意味を知って読んでいると残酷さを覚える。

面会を断わられて、芦野は遠い道を長い時間電車に揺られて帰るが、それでも数日後には彼に遇いに行かずに居られなかった。『私は青梅に何度無駄足を運んだか分からないが、少しも苦にはならなかった』と言っている。この濃密な交友の叙述の裏には、これでもかこれでもかという執拗《しつよう》な彼の襲撃が語られているのであった。

『名和は機嫌のいい時には酒を出したが、私は呑《の》めない。彼は酔うとかなり乱暴なことを言ったが、どこか懊悩じみていた。私は彼が行き詰っていると思った。それは次の年にはじまる彼の放浪生活の前兆のようなものだった』

名和が酔ってどのような乱暴なことを言ったかは説明されていない。しかし、その時の名和は酒の勢いを借りて、芦野を罵倒したように思われる。飽くことのない芦野の挑みに錯乱した名和が、その怒りを悪罵に爆発させたのであろう。しかもそれは正面切ったものではなかった。そのようなことがどうして名和の口から言えよう。彼は芦野の絵画の未熟さだけを罵倒したに違いない。

酒の呑めない芦野は、多分、薄ら笑いを泛《うか》べながら、名和の錯乱を静かに観察していたことであろう。『私は彼が行き詰っていると思った』とさり気ない感想を字句にしているが、彼のそのときの凝視には、名和の顚落《てんらく》していく姿が茫乎《ぼうこ》として映じていたであろう。私には、青梅の木立の奥にある農家の座敷で、一人は酔い、一人は黙して坐っている二つの格好が影絵のように泛ぶのである。

名和薛治が北陸の旅に出て放蕩を尽しはじめたのは昭和三年からである。別れた芦野の妻が自殺したのは今は確かめようもないが、私には実際のような気がする。無論、それは名和の耳にも入ったに違いない。それは名和の放浪のはじまる直前のように私は思えてならない。

芦野はそれ以後名和と同行していない。しかし東京に残った彼は相変らず名和の上に眼を注ぎつづけていたに違いなかった。文通のあった形跡は本の上では窺えないのである。名和が北陸へ発《た》った瞬間から、両人の交友は断たれたのだった。名和は芦野の襲撃から一時脱れたといえるかもしれないが、芦野は遠くから名和を凝視して放さなかった。それが名和の意識に反射してくる。精神的には名和の業苦《ごうく》は同じであった。

名和の晩年の放蕩は、芦野の責苦からの逃避であったが、終にはその惑溺《わくでき》の世界に沈澱《ちんでん》してしまった。四十歳の年齢がそのことを容易にした。一度、その味を覚えてしまうと、抜きもさしもならぬ状態となった。立ち直りを何度となく考えたことであろうが、己の画面に蔽《おお》いかぶさる精神と技術の衰退の不安をつい酒に紛らわして了《しま》う。事実、このころ名和は大酒家であった。彼が晩年に描いた地獄図には、夢想の世界で不安と絶望の影を漂わせている。それが名和薛治の成れの果てであった。一方、画壇では有能な新進作家が相ついでフランスから帰朝して、フォーヴィズムの花を賑《にぎ》やかに咲かせている。人一倍、自負心の強い名和にとっては、これを北辺の田舎から眺めてどれだけ焦慮に駆られたことであろう。絶望が彼の生を脅《おび》やかしたといえそうである。

名和薛治は昭和六年の冬、能登の西海岸の崖から墜ちて死んだ。私はその土地を知らないが、地図を見ると断崖の印がかなり長く続いている。その死は過失か故意か分からないが、もし過失としても、その断崖の上を彷徨《ほうこう》している彼の精神は自殺者の心理であったに違いない。私はその冬の時期に、一度その地点に立ち、雪の降っている冷たい岩肌の急激な傾斜を眼で確かめたいと思っている。

私は名和薛治を書こうと思い、調べているうちに途中からその評伝の著者に興味を持った。そしてこのような結論を得た。何度も言う通り私は絵画のことには知識が遠い。私の想像は或いは間違っているかもしれない。しかし、天才画家と不幸な友人との人間関係は、私なりの幻影の中に固着している。

芦野信弘は七十二歳まで生きた。彼の名は将来のいかなる詳細な美術史にも出まい。しかし名和薛治だけは数十行の紹介を必要とする。その解説を書く筆者は、必ず『名和薛治』を参考とするだろう。芦野信弘は名和の親友として、その生活や言行を写した著者としてのみ知られるのである。そしてその本の読者はその美しい交友に心を打たれるであろう。

火箭《ひや》

連城三紀彦

連城三紀彦（れんじょう・みきひこ）
一九四八〜二〇一三年。幻影城新人賞を受賞した「変調二人羽織」で七八年にデビュー。八一年、「戻り川心中」で日本推理作家協会賞を受賞。八四年、『宵待草夜情』で吉川英治文学新人賞を受賞、同年、『恋文』で直木賞を受賞。九六年、『隠れ菊』で柴田錬三郎賞を受賞。叙情性溢れる美文と大胆なトリックを作風の特色とした。著書は他に『私という名の変奏曲』『黄昏のベルリン』『美の神たちの叛乱』『人間動物園』『流れ星と遊んだころ』『造花の蜜』『小さな異邦人』『女王』など。

異端でありながら独特の絵画的世界を展開し、戦後の日本画画壇に重要な位置をしめた伊織周蔵の葬儀は、国分寺の自宅で午後一時よりおこなわれた。

野上秋彦はその葬儀に編集長とともに出た。野上は竹橋にある大手出版社で美術誌の編集に携わっている。

伊織が死んだのは前日の早朝だったから、通夜を一晩だけで済ませた慌《あわ》ただしい葬儀とも言えた。新聞の報道では死因は「脳卒中」とあった。昨年末から半年間とりくんでいた絵を徹夜で完成し、画室を出たところで倒れたという。五十四歳の突然の死だった。

野上は新聞でその年齢を読んだ時、少し驚いた。まだそんな若さだったことに意外を感じたのだった。しかし、それまで野上が伊織周蔵の年齢を知らなかったというわけではない。伊織個人についてなら、野上は美術評論家などより詳しい。学生時代からその絵に傾倒していたし、五年前仕事で初めて国分寺の家を訪れてからは月に一度ほどの割で伊織夫妻とは個人的にも特別な交際があったのだ。

だが現実の伊織は、髪も真っ白に染まり骨が浮きだすほど痩せていて、非道《ひど》く老人臭い印象を与え、実際の年齢を知っている野上にもその年齢を忘れさせた。初めて会った時、野上は、〝生ける屍《しかばね》〟という言葉を思い浮かべた。過去に描いた百数十枚の絵の、自身が産みだした美に血や肉を吸いとられ、生命のほとんどを奪われた骸《むくろ》を想《おも》わせたのである。頬が削りとられたように痩《こ》け、眼窩《がんか》が深く落ちている様は確かに骸だった。くぼみの奥でぎらぎら光っている目だけがこの画家の生命だという気がした。

伊織が実年齢より遥《はる》かに老けて見えたのは一つにはいつも傍に従っている夫人が若かったせいでもある。夫人の彰子は伊織より一回り若かったが、さらにその年齢より五、六歳は若く見え、夫妻が一緒に並ぶと親子以上に年が離れて見える。妻の若さが夫の老いを、反対に夫の老いが妻の若さをひきたたせる恰好《かっこう》だった。野上はその彰子より年下だから、実際の年齢でも伊織とは父子ほどなのだが、漠然と祖父以上に年の離れた男という印象でしか伊織のことを見られなかった。

新聞に載った近影写真でも伊織周蔵は七十を疾《と》うに越した老人に見えた。

それはまた、国分寺の邸宅の広間を開放して飾られた葬壇の遺影でも同じだった。伊織夫妻には子供がいないので、喪主の席には夫人の彰子が坐《すわ》ったが、遺影の傍《かたわ》らでも彰子は娘のように見えた。喪服を纏《まと》い、化粧も落としていたが、その若さが葬儀の場には不釣合いな美しさになっていた。

前の晩、通夜に訪れた際、野上は、夫人が自分もまた夫の突然の死に衝撃を受けて倒れ、奥の間で誰とも会わず眠っていると聞かされたが、喪主の座についた彰子には特別な窶《やつ》れも見られず、この女《ひと》の特徴である細い弓なりの眉がいつもより気丈に張って見えた。

葬儀は二時間後に終わり、彰子を先頭に親族一同が火葬場に向かうのを見送ったあと、野上と編集長は、応接間に通された。彰子が焼骨を終えて戻った後、伊織が死の直前に完成したという絵が披露されることになっていたのである。野上はともかく、編集長が多忙な中、時間を割《さ》いてわざわざ葬儀に参列したのは、それが目当てだったからである。

応接間で伊織夫人の戻るのを待っていたのは野上たちだけではなかった。他にも礼服の男が数人いた。伊織周蔵は人間嫌いで有名だったが、それでも親しくしていた画商や評論家が何人かはいる。そういった連中が、伊織の遺作を一刻も早く目にしたいものだと内心では胸をときめかせながら、表面はあくまで葬儀の客にふさわしい沈痛な顔を造って坐っていた。

伊織は画の制作中は、決して人を、妻の彰子をさえも画室に近寄らせない。どんな絵を描いているかも人に語ることはないので、完成するまでは誰にも何もわからないのだが、今度の絵だけは別だった。昨年の十一月、野上は伊織自身の口から「死んだ父に『火矢』という小説があるが今度はそれを絵にするつもりだ」という言葉を聞いているのである。

伊織の父親は、戦前の文学史に小さいながら名を残した作家である。歴史上の逸話をもとに二十篇近い小説が残されており、そのほとんどが短篇で主に平安朝以前が背景となっている。伊織周蔵が十年前、それまでの叙情的な世界から突然、叙事性をもった古風ともいえる歴史絵へと画風を変えたのは、父親の小説の影響からだと言われているが、『火矢』はその亡父の小説の中では最も有名なもので、確か戦後間もなく映画化もされたし、新派系の劇団で舞台化もされたはずである。

一谷《いちのたに》の戦に敗れ、落人《おちうど》として出雲の山峡に逃れた男が、十数年を経て、都に残した妻が他の男と結ばれたという噂《うわさ》を聞き、山の頂きに上り、都に向けて三本の火矢を放つという、その地方の伝説をもとにしたらしい物語である。

原稿用紙にして二、三十枚の短い話だが、山頂から火矢を放つ最後の場面は確かに絵画的だし、最近絵に物語性を強くうちだし始めた伊織がいかにも心惹《ひ》かれそうな話でもあった。

「いや、その小説を絵にする構想は既に十年前からあったんだよ」伊織はそう言うと「私の最高傑作になるはずだから、君のところの雑誌でも宣伝しておいてくれ」今までなら考えられなかったような言葉を口にした。伊織は同じことを他の者にも言ったようである。言われた通り翌月の雑誌にその言葉を載せたが、既にそれ以前から、あちこちで伊織周蔵が『火矢』を主題に『月下宴』を凌《しの》ぐ作品を描くと意気ごんでいるという噂が聞かれるようになった。『月下宴』は藤原道長が例の「望月の欠けたることもなしと思へば」と詠《よ》んだ宴を壮麗な構図で描いたもので、この十年の歴史絵では最高の評価を得ている。その後も訪れる度に伊織は「まったく命がけの仕事だよ」と熱っぽく語り、二週間前、まさかこれが最後になるとは夢想だにせず訪ねた際には「もう完成も間近くてね」以前より深く落ちこんだ目に満足そうな笑みを湛《たた》えて言ったのだった。

その応接室で待たされている間にも、画商らしい男が隣の男に、「三日前に先生から電話がありましてね。もうほとんど完成しているが、思い通りのものができたよ。どこか大きい美術館に買いとらせたいと思っているのだがと嬉《うれ》しそうな声で言っておられたのに」と話しているのが聞こえた。

野上は誰とも直接の面識がなかったので、おし黙って窓から庭を眺めていた。まだ暦は春なのだが、桜も半月前に散って、陽《ひ》ざしは庭の緑にもう初夏らしい鮮やかな色を与えている。五年のうちにすっかり見慣れた庭である。訪問する時はいつもこの応接室に通され、気難しいと評判の伊織が、自分の息子ほどの年齢の野上には相好《そうごう》を崩し、いろいろな話をしてくれたものである――突然すぎた死が信じられないまま、妙にぼんやりした頭で、野上はこの伊織の死が自分にどんな風にはね返ってくるだろうと、ただそんな疑問ばかりを追い続けた。

陽が傾きかけた頃に戻ってきた彰子はまっ先に応接間にやって来て、「長いことお待たせして――」と丁寧に頭をさげた。

彰子に随《つ》いて客たちは長い中庭沿いの廊下を歩き、奥の画室に入った。野上がその画室に足を踏みいれるのは初めてのことだったが、邸《やしき》の広さから想像していたのとは違って、十畳ほどの小さな、ごく平凡な日本間であった。三方が障子に囲まれ、床の間には伊織のものではない掛軸がかかっている。畳は、中央の三畳ほどが、切りぬかれたように板になっていて、そこに絵が置かれていた。一番後から部屋に入った野上は、客たちの肩ごしにその絵を見おろした。

絵は六尺七尺の大きさだが、その大きな空間のほとんどが黒く塗り潰《つぶ》されている。黒といってもところどころに濃淡があって、微妙な色の変化が施されているが、闇一色と言って良かった。そして、夜の虚空らしいその闇の真ん中より少し上方に、画面の右から左へと一本の火矢が飛んでいる。

ただそれだけの絵であった。

野上が最初に感じたのは違和感である。漠然と想像していた絵とまるで違っていた。もっと物語性の強い絵を想像していたのだが、火矢の一本だけでは何の物語も構成されていない。この十年の伊織の画風から見て、亡父の小説の登場人物や風景なども細密に描かれ、色彩も『月下宴』を上回る華麗さを期待していた所がある。それが闇一色であり、唯一色らしいものといえば、火矢の片端に燃えあがる炎だけである。その点では失望を味わわなければならなかった。

しかし最初の違和感が去ると、その、画面全体から見れば非道く小さな炎が強く目に訴えかけてきた。鏃《やじり》はその部分だけを見れば静止しているのだが、少し視線を退《ひ》いて背景の闇の中に置くと、その闇を切り裂き凄《すさ》まじい勢いで飛んで見える。放たれたばかりと言うように、描かれてはいない弓の唸《うな》りや矢が虚空を切る音までが聞こえてくる。炎は色と線とを幾重にも重ねているのが風を孕《はら》んで見える。恰度《ちょうど》西向きの障子ごしに、傾ききる直前の強い陽が流れこみ、その陽を吸って炎は膨《ふく》らみ、今にも現実の火となって燃えあがり、広大な闇の全部を飲みこみそうであった。

先刻、応接間の窓から、白木の箱を抱いて門を入ってきた夫人の姿が見えた。野上の頭の中で絵の炎と伊織の体を焼いた炎とが重なり、火矢は、細い骨が燃えているようにも見えた。絵の炎から火の粉がとび散ってきそうで、野上は目に痛みさえ覚えた。

しかしそれほどの迫真性を感じとったのは野上一人かもしれなかった。失望とまではいかなくとも当惑に似たものが客達の顔に表われ、絵の周囲に重苦しい沈黙の柵ができている。やがて一人が「最後にふさわしい絵ですな」とやっと感想らしいものを口にした。有名な美術評論家で、野上も顔だけは知っている田所憲治だった。

夫人は客たちの反応を気にするともなく、能面に似た静謐《せいひつ》な眼差《まなざ》で絵を見下ろしていたが、しばらくして、「あちらに食事の用意がしてありますので」と言った。画室を出るとき、ちらりとふり返った野上の視線は、夫人が絵に屈《かが》みこみ、埃《ほこり》でも見つけたのか火矢の部分に手をさしのべているのを捉《とら》えた。社に仕事を残しているので野上は編集長とともに食事を辞退し、玄関に直行したが、小走りに後を追って見送りに出た夫人は両手を揃《そろ》え、丁寧に頭をさげた。この時、野上は夫人の、墨色の袖《そで》からこぼれだした白い手の、方々に点々と火傷《やけど》のような痕が散っているのを見た。微《かす》かだが、確かに火の粉《こ》でも浴びたような灰色の痕であった。

社に戻った後もその夫人の手が気になり続けた。あり得ないとはわかっていても、夫人が絵の炎に手を伸ばした瞬間、本当に炎から火の粉が弾《はじ》けだしその手にふりかかったような気がしてならなかったのである。

その夜、残業を終えて、野上が渋谷のアパートに戻ったのは九時過ぎだった。アパートの部屋は二間の殺風景なものである。野上は三十五歳の現在まで独身を通している。人並みな恋愛体験もしたし、給料は結婚生活を支えるだけは貰《もら》っているのだが、何故か結婚を考えたことはなかった。野上自身にもその理由はよくわからず、三十を過ぎてから「何故結婚しないのか」と理由を聞かれるたびに返答に困った。ただこの一年、野上が結婚のことを全く考えなかった理由ははっきりしている。この一年野上は一人の女性を烈《はげ》しく愛し続けてきたのである。だがその理由こそはまた決して他人に語ってはならないものであった。

灯《ひ》を点《つ》け、殺風景な部屋が浮かびあがると同時に、電話のベルが鳴った。野上が受話器をはずすと「お仕事でしたの？　もう何度も掛けましたのよ」そんな女性の声が響いてきた。密《ひそ》やかな声までが、喪服を着ているようだった。

「明日一日お仕事休めません？　奈良へ御一緒していただきたいの」

伊織夫人の彰子は、唐突にそう言った。夫が死んでから二人だけで言葉を交わすのは、これが初めてだが、夫人はその死や葬儀については何も触れず、

「実は、夫が、絵も二、三日うちには完成するだろうから、そうしたら今年こそ長谷寺へ行こうと言って、一週間前に奈良までの切符を買っておいたんです。私、もう一度あなたとあの寺へ行きたいんです」

「しかし、僕の方は構わなくとも、奥さんは葬儀が終わったばかりで……」

「大丈夫ですわ。それに私、一日も早くあのお寺であなたに話しておきたいことがありま

すの」

野上は、「わかりました」と答える他なかった。伊織周蔵がこんな風に突然死んでしまった以上、一日も早く逢《あ》って二人の今後について話し合った方がいいのだ。いや、夫人はおそらくもう自らの結論を出しているのだろう。自分の決めたことを、一年前二人で訪れた長谷寺で、野上に伝え、従わせるつもりなのだろう。昨年の春、今と同じような言葉で電話をかけてくると、夫人は野上を、奈良から一時間ほど南へ下った山間の地にある古寺へ誘ったのだった。「主人と行くはずで乗車券から旅館まで手配してあったんですけど、主人、急に渡米することになりましたの」伊織彰子はその旅に誘うことで最終的に夫を裏切ったのだった――

「ちょうど一年になりますわね。今年もまた牡丹《ぼたん》の花に埋まってますわ、あの寺――」

彰子は、落ち合う場所と時刻を決め、最後にそんなことを言って電話を切った。受話器をおき、野上は背広のままベッドに横になり目を閉じた。闇には、その午後目に焼きつけた火矢がますます激しい炎となって燃えあがっている。それは伊織の生命の最後の火だったが、火は幻とは思えぬ確かさで闇に浮かび、野上はこの一年自分の体を燃やし続けてきたものを、今、やっとそんな炎の形で見ているのだという気がした。

結局その幻の火に妨げられて、満足に眠ることもできないまま、翌日の早朝、野上は簡単に支度を済ませ、東京駅へ行った。

新幹線のホームには、もう始発のひかり号が入っていた。まだ一日の瀆《けが》れを知らずにいる清澄な光に、車体の白が眩《まぶ》しく映えている。彰子は、ホームの中央に、所在なげにバッグの止め金をいじりながら、立っていた。柳葉色の着物は裾模様に花籠が二つ浮かんでいる。それぞれの籠には何本かの野の花が挿してあり、今摘《つ》みとられたばかりのように、鮮やかな原色を放っている。昨日の喪服とは別人の華やぎだった。その裾模様は確か伊織の手で描かれたものである。夫の形見とはいえ、葬儀を終えたばかりの未亡人には不適切な着物だった。

驚いて足を停めた野上を見つけると、彰子は小走りに近寄ってきた。そうして昨日の張りを失い、早朝の光の中ではいつもより老けて見える顔を隠すように、首を捩《ねじ》って襟首《うなじ》を見せ、

「線香の匂いがしないかしら。昨日一日で髪に染《し》みついてしまったような気がするんです」

野上の愛しすぎた女は、少し暗い声でそう尋ねた。

いつから伊織彰子を女として意識し始めたのか、正確には野上自身にもわからなかった。もちろん最初のうちは伊織周蔵の妻という以外の目で彰子を見たことはなかった。他人の妻、それも自分が若い頃から敬愛している画家の妻だったのである。美しい女性だとは感じていたが、伊織家の門を潜《くぐ》り、時には夫人と言葉を交わすのもただの仕事であった。

仕事は月に一度、伊織周蔵を訪ねて五十余年のその生涯について回想してもらい、それを野上が文章に直して、いわば回顧録のようなものを雑誌に連載することだった。文章に直す際、野上は多少の装飾を加えたが、伊織は野上の文がひどく気にいってくれ、気難しいという噂が信じられないほど野上に対してはうちとけてくれた。

連載は二年で完結したが、その後も月に一度は必ず国分寺の家へ顔を出すようになった。伊織から珍しい酒が手に入ったから飲みに来ないかと電話が掛ってくることもあったし、夫婦揃っての観劇や外食に同行することもあった。夫妻には子供がなく、広い邸に年老いた女中と三人での静かすぎる暮しだったから、やはり淋《さび》しさはあったのか、夫妻ともども野上が混じるのを喜んでいるのがはっきりとわかった。

しかし野上の方ではあくまで節度を守り、打ち解《と》けた中にも礼儀の一線だけは越えないよう心がけていた。「君は真面目すぎるね」というのが伊織の口癖だったが、そんな野上の生真面目さをまた伊織は最も気に入っているようだった。夫人はいつも夫の傍についていたが、伊織が大概は話を独占してしまうので、ちょっと夫の肩影に身を退《ひ》いた恰好だった。もちろん夫人と二人だけで言葉を交わす機会などなかった。

ところが一昨年の秋の終わりである。

日本橋の美術館で伊織周蔵の代表作を集めた展覧会が開かれることになり、当然だが野上も足を運んだ。初日から一週間が経《た》っていた。雨が降る夕暮れで、閉館時刻も迫っていたせいか、客は少なく館内は静寂に包まれていた。絵は初期の作品から最近の物まで四十数点が飾られていたが、三十代後半までの作品の持つ暗さが、その静寂のせいで一層凄《すご》みを増して見えた。小雨に煙る峡谷や深い霧に閉ざされた湖や竹籠の中で枯れ果てた花や、当時の代表作にはどれも独特の寂寥《せきりよう》がある。色はあるのだが、いくら目を凝《こ》らしても、水墨画のように色が見えてこない。「あの頃の私は筆では確かに色を塗りながら魂ではその色を否定していた」野上が文章化した回顧録の中で伊織自身もそう述べている。

それが、四十代に入った頃から突然のように色調が明るくなり、伊織の絵は燦《きらび》やかなまでの多彩に輝きだすのである。一つには、この頃から伊織が亡父の小説の影響を受け、天平から平安朝にかけての歴史上の事件や逸話に好んで材をとるようになって、画材自体が華美な色彩を必要としていたためもあるが、野上は、また彰子という女性の存在が大きく関わり合っている気がしてならなかった。画風の転換期と二人の結婚した時期が一致しているのである。

伊織の口からは「私は四十近くまで他人を排斥して生きていた。女性も例外ではなく、彰子を識るまでは女性に心を動かしたということはなかった」としか聞かされていなかったが、伊織が頑強に纏っていた孤独癖の鎧《よろい》をその彰子がうち砕き、伊織の心を初めて広い世界へと開いたのだろう。彰子は幼い頃から画家を志し、最初は油絵を勉強していたのだが、二十五の年に伊織の画を見て感動して、以後は日本画に転向し、ある画商を通じて自分の絵を伊織に見て貰うようになった。彰子の絵より彰子その人に気持ちを動かしたのだろう、伊織はしばらくして彰子を自分の初めての弟子として認め、三年間の師弟関係を経て後、妻として迎えいれたのだった。自分より一回り齢《とし》の若い女弟子の愛は、伊織のそれまでの墨色に燻《くす》んでいた魂を華麗な色彩で塗りかえたのである。それがそのまま、四十歳以降の伊織の歴史絵の流麗な色調に爆発しているのだ、野上はそう想像していた。

その想像が当たっているなら、伊織と夫人とを結びつけている絆《きずな》は尋常ではない強い糸で縒《よ》られたものに違いない——野上は、伊織が結婚二年目に完成し生涯の傑作との評価を得ている『月下宴』の王朝貴族たちの装束《しょうぞく》に漲《みなぎ》っている色彩の力に、そんなことを思いながら、いちばん奥の部屋へ入ろうとして、ふとその足を停《と》めた。

当の彰子が、誰もいない静寂の中に立って、作品の一つを見守っていた。薄明のような柔らかい光に藤鼠の着物の色を流して佇《たたず》んでいる姿は、そのまま一幅《いっぷく》の絵だった。

野上はゆっくりと近づき、「奥さん」と声を掛けた。彰子はすぐにはふり返らず、絵の方に視線を向けたままで、

「——私、この絵だけは好きになれませんわ」

突然のようにそう呟《つぶや》き、それからやっと野上の方に首だけを振って微笑した。そのちょっとした動きで白い襟首《うなじ》から微かに甘い匂いが周囲の空気に沁《し》みたのがわかった。香水なのか彰子の肌そのものの香りなのか、野上にはわからなかった。近寄りすぎていたことに気づいて野上は一歩足を退《ひ》き、彰子と目が合う直前に、視線を絵の方へ投げた。

「どうしてです。この絵は奥さんを描いたものでしょう」

『女弟子』という題の絵の中で、彰子は桃色の着物を着て端座し、竹籠の中に野の花を活《い》

けている。確か結婚する前の年の絵で、彰子は二十七、八だろう、力強い線が目鼻だちをくっきりと描いて、伊織の筆はその年齢の女のもつ、花に譬《たと》えれば満開のような伸びやかな美しさを巧みに表現している。

「だってもう私、こんなに若くありませんもの。この頃が最後の若さでしたから。一年ごとに私の方は色褪《あ》せていくのに、絵の私だけは昔と同じ色をしてますもの。思い出って形になって残れば、残酷なだけでしょう?」

「いや、今でも奥さんは充分美しいです」

野上の口から自然にそんな言葉が流れた。

彰子は小さく笑い声をたてた。

「今の私が美しいなんて、そんなことどうして野上さんがわかるのかしら。野上さん、私の顔を見つめたことないでしょう、一度も。もう三年以上経ってるのに、野上さんはいつも夫の相手をしているばかりで、私の方をご覧になることなかったわ、いいえ、見ようとして、でも間際になって視線を逃げておしまいになるもの。今だってそうですわ。私の方ではあなたの顔をよく知ってても、あなたは私の顔をご存知《ぞんじ》ないのよ」

冗談とも本気ともつかず、夫人は幽《かす》かな笑い声を混ぜながらそう言うと、ふり向いて野上の顔にまともに視線を浴びせてきた。野上は横顔のまま相変わらず絵を見つめていたが、その頰に夫人の視線が針のように突き刺さってくる。痛みさえ覚え、野上はとまどいながらも、今夫人の視線を逃れる方法は一つしかないと感じた。

野上はゆっくりと向き直り、自分の方でもまともに視線を夫人の顔に浴びせた。夫人の真剣な目に応《こた》えるように、野上も視線に力を籠《こ》めたが、焦点を絞りすぎたせいか、却《かえ》って夫人の顔はぼやけて見えた。綺麗《きれい》なものが白く虚《うつ》ろに浮かんでいるという印象しかなかった。やがて夫人の唇が動くのがわかった。

「どう？　今の私、本当に美しい？」

野上が黙って肯《うなず》くと、夫人はやっと視線を外し、また小さく笑い声をあげた。

「野上さんてお世辞がお上手なんだわ。私、あなたのそういう所に気づいてましたのよ。夫の前で、あの人の絵をずいぶんお褒《ほ》めになるでしょう。まるであの人が日本の最高の画家みたいに——あれもお世辞ですわね」

「いや、僕は——」

昔から先生の絵に傾倒しているのです、本当に画壇の最高峯だと思っています、そう言おうとしたが、言葉が続かなかった。この時野上はふっと、彰子の言う通りかも知れないと考えたのだった。少なくともこの一年、自分が伊織に向ける賞讃の言葉には嘘《うそ》があったのではないか。伊織の気に入られ、仕事を離れた後も国分寺の家を頻繁に訪れる機会を得たかったからではないのか。伊織に逢うためではなく、一人の女に逢うために……今まで意識したことはなかったが、自分でも気づかぬうちにその一人の女を愛し始めていたのかもしれない……いや気づいていた。気づいてはいたが、それが許されない愛情だったから、信じまいとし、無理に気持ちの隅に押しやり、眠らせておいたのではないか……

呆然《ぼうぜん》とした野上の表情を誤解したのか、

「いいのよ、お世辞でも。それであの人が喜ぶのなら……」

彰子は慰めるような口調になった。

その夕刻、二人は美術館の前で別れた。タクシーに乗りこむ前に、彰子は、「近いうちにまた家の方へいらして。あの人、淋しがってますから」、そう言うと、聞きとれぬほどの小声で「私も……」そうつけ加えた。

地下鉄に乗って、野上は目を閉じた。美術館の中で見つめ合った時には見えなかったものが、網膜の残像となって残っていて、目を閉じた闇にやっとはっきり彰子の顔となって浮かんだ。確かに『女弟子』の絵にある若い張りは今の彰子夫人にはもう望めなかった。伊織が現在の彰子を描くなら、輪郭にもっと細い筆を用いるだろう。線を柔らかくぼかし、肌の色も艶を底の方に沈め、牡丹雪よりは斑雪《まだらゆき》の淡い白さで霞《かすみ》でも刷《は》くように描くだろう。しかしそれはそれで現在の彰子の、昔とは違う美しさだった。『女弟子』の彰子の肌が強い陽ざしに照り映える白さなら、今の彰子の肌は暮色の翳《かげ》りの中に滲《にじ》みこむような白さである。昔の彰子の美しさは目で見てとれるものだったが、今の美しさには目では追いきれない、男の方から手を伸ばして探りあてなければならないものがあった。今の彰子は『女弟子』の絵に敵《かな》わないかもしれないが、同時に十年前の肖像画の若さだけでは太刀《たち》打ちできない、年齢に深まった美しさを今の彰子はもっているのである。そして自分は、そんな薄闇の中に最後の美しさを燃えたたせている一人の女を、もうかなり以前から愛してしまっていたのかもしれない――野上はそう思った。

美術館で出遇《であ》ったのを野上はただの偶然だと考えていたが、社に戻ると同僚が、

「二時頃、君が出てったすぐ後に伊織先生から電話があったよ。夕方先生の展覧会に寄って戻ると言っておいたけど、美術館の方へ電話いかなかった?」

「いや――」

何気なくそう答えてから、野上はふと、もしかしたら夫人は伊織から自分の夕方の予定を聞いて、こっそり家をぬけだし、あの美術館で待っていたのではないかと思った。夫人は彼が声をかけた時も少しも驚かなかった。まるで彼がそこに現われるのを前もって知っていたような素振りだったのだ。それに考えてみると、夫の展覧会に夫人がこんな時期にたった一人で出かけているというのも不自然だった。

野上のこの想像は当たった。

十五分ほどして、彰子は電話を掛けてくると、「あっ野上さん、しばらく……お元気かしら?」一時間前に別れたばかりだということが信じられないような白々しい声を出し、早口で、「今、映画に行って戻ってきたところなんですけど、伊織があなたに用があるって……ちょっと待って下さい。今かわりますから」そう言ったのだった。ただの一言だが、その一言で夫人は自分に、夕方美術館へ行ったことは夫に黙っていてくれと伝えてきたのだった。夫人が展覧会を見に行くのに、夫に遠慮する必要はない。やはり夫人は偽《いつわ》って家を出ると、あの美術館で自分を待っていたのだ――

やがて受話器から、聞き慣れた伊織の、喉でも痛めているような嗄《しわが》れ声が聞こえてきて、「この間君から頼まれた色紙、描いておいたから近いうちにとりに来てくれないか」と言った。別に野上が頼んだわけではなかったが、ひと月前訪ねた時、郷里の妹が年末に結婚する話をすると、それならお祝いに何か描いてあげようと、伊織の方から言いだしてくれたのだった。

丁寧に礼を述べ、明晩にでも伺いますと言うと「じゃあ待ってるから」伊織は簡単にそれだけを言って、野上が今日やっと展覧会を見に行ったと言うべきか迷っているうちに電話を切ってしまった。

切る間際に伊織がひどく咳《せ》きこんだのが気に懸ったが、翌日の晩、社の帰りに国分寺の家を訪ねると、彰子一人が応接間に姿を見せ、

「ごめんなさい。あの人昨日の晩から熱を出して今眠ってるんです。ただの風邪ですけど」

そう言った。そして昨日の美術館でのことなど忘れてしまったような何気ない顔で、

「でも眠る前に、野上さんが来たらこれを渡しておいてくれって」言うと、色紙をさしだした。

銀の砂子の舞った色紙には、青竹で編んだ小さな籠が描かれ、籠には罌粟《けし》の花が二本挿してある。祝事の紅白に見立てたのか、花は鮮やかな緋《ひ》色と純白とであった。一見、闊達《かったつ》に描き流しただけのように見えて、籠の青竹は節目ごとに緑の濃さが違い、細かい気が配

られている。野上が感謝と称讃の目でその絵に見惚《みい》っていると、

「野上さんは気づいてらっしゃる？」

　彰子はそう声をかけてきた。

「伊織は花を描くとき、必ず竹籠に挿すでしょう？　籠の中に閉じこめるように――」

「そう言えば、確かに、自然に咲いている花は一枚もなかったですね」

　伊織の花の絵の中で最も有名な『花籠』は題名通り、花よりも籠の方が目立ち、ぎっしり押しこまれた桜の花片《はなびら》が籠の目の透き間に覗《のぞ》いているものである。

「私、いつも花が唐丸籠《とうまるかご》に囚《とら》われているような気がしますの。何か花が大きな罪でも犯したようで可哀相《かわいそう》でしょう？」

　声がふっと翳ったように感じられ、野上が色紙から顔をあげると、彰子は瞬間、誤魔化すように微笑した。微笑は、だが目に残っていた翳を拭いきれなかった。

　その夜、野上は二時間ほどをその応接間で彰子だけを相手に過した。彰子に無理に引きとめられたからだが、会話がとぎれるたびに邸の広すぎる静寂が耳に襲いかかって落ち着かず、二時間が過ぎると適当な口実で立ちあがった。静寂のどこかから伊織の寝息が響いてくるような気がした。彰子を愛していたのだと気づいてまだ一日しか経っていなかったが、既に伊織の存在は、今までと違い、重すぎる影として野上の気持ちにのしかかっていた。二度と彰子と二人だけで逢ってはならないと自分を戒《いまし》めたが、しかし機会は再度、翌日の日曜日にも訪れたのだった。昼すぎに野上がやっと目を覚ましたところへ彰子は電話

を掛けてくると、「今日お芝居に御一緒しません？　御都合がつくなら、五時に歌舞伎座の前で待っていただきたいんですけど……」そう言ったのだった。

「本当は主人と一緒に行くはずだったのに、熱はもう下がったんですが咳《せき》がまだひどくて……折角の切符だから野上さんを誘ったらどうだって、主人がそう言うんです」

寝室から掛けているのか、彰子の声の合い間に苦しそうな咳が聞こえてくる。

「わかりました。伺います」

野上はそう答えた。答えてしまったという方が正確だろう。彰子の声は楽器のように、幽かだが語尾に残響をひくのである。その声が耳に流れこむと同時に、野上が前夜自分に課した戒めなど何の意味もなくなってしまった。

「そうですか……」

彰子の語尾には、しかし落胆の響きが聞きとれた。そして彰子はそのまま黙りこんでしまったのである。野上は困って、適当な挨拶をして自分から受話器をおいた。

約束した時刻に、彰子は歌舞伎座の前で野上を待っていた。彰子の着物は老緑《おいみどり》の暗い地に緋の紅葉《もみじ》が舞っている。年齢には地味すぎる老緑と派手すぎる緋とが、彰子の顔を得て不思議な調和を見せていた。

有名な外題《げだい》の通し上演だったが、彰子と肩が触れているのが痛みになって舞台に神経を払えなかった。肩だけではない。幕があがってすぐから、彰子は足をそっと伸ばしては草《ぞう》履《り》の先で軽く野上の足を蹴ってくるのである。最初は偶然あたっただけと思ったが、野上だたの退《ひ》いた足を再び探りあて草履をあててきた。野上は何度もふり向いたが、彰子の目はただじっと舞台に注がれている。

一幕が終わると同時に「つまらないわ。外へ出て食事でもしましょう」と言って立ちあがり、野上を近くのホテルのレストランへ誘った。

「退屈でしょう？　他人が演じているドラマを遠くから見て楽しむなんて。伊織は芝居が好きでよく付き合わされるんですけど……」

彰子は窓のむこうに流れる車のライトを目で追いながら「でも伊織に付き合わされて退屈なのは芝居を観《み》ている時だけではありませんわ。家の中でも……」前夜、花が囚われていると言った時と同じ翳を表情に走らせた。

そして横顔のまま突然こう言いだした。

「これからも時々こんな風に二人だけで逢えないかしら。主人には内緒で……」

「――――」

「それとも尊敬する先生を裏切るなんて、野上さんにはとても出来ないかしら」

「――――」

「でも私たち、この三日間でもう既にあの人のこと裏切ってしまってるのよ」

彰子は目を野上の顔に戻した。たゆたっていた車のライトの残像が消え、不意にその目は野上に焦点をあて静止していた。

「美術館でお逢いしたこと夫には黙っていたし、昨夜は夫、ぐっすり眠っていたでしょう。

野上さんはほんの二、三分で帰ったって嘘言いましたし……それに今夜だって、私が野上さんと一緒にいることとあの人知らずにいますの」

「しかし、僕を誘えと言ったのは先生だと……昼の電話ではそう……」

「ええ、確かにそう言ったのは主人で、それで私主人の傍であの電話掛けましたのよ。でもあなたが受話器をおいた後も、私まだ電話が繋《つな》がってるふりをして『そうご都合悪いの。じゃあ誰かお友達を誘うわ』そう言ったんです。主人の耳に聞こえるように——」

野上は午後の電話で、彰子が「そうですか」と失望したような声を出し、その後黙りこんでしまったことを思いだした。

「だから夫は、今夜私が友人の一人と一緒に芝居を見てると思ってますのよ」

「何故、そんなこと——」

「だって友達と一緒だと言っておけば、夜遅く帰っても変に疑われずに済むでしょう?」

夫人の唇は、微笑を造った。

「伊織の最後の絵、どうご覧になった?」

長谷寺の山門を潜《くぐ》り、本堂へと続く長い登廊を歩き始め、すぐに彰子はそう尋ねてきた。東京を出てから、ほとんど初めての言葉らしい言葉だった。新幹線の中でも、京都から奈良への電車の中でも、奈良から乗ったタクシーの中でも彰子は眠るように目を閉じ、無言を通したのだった。

長谷寺はその登廊で名高い。畳を少しずつずらして積みあげたようなゆるやかな石段が木の柱と手摺《てすり》を連ねて、吐息が出るほど果てしなくまっすぐに伸びている。一段ごとに長い歴史を過去へと遡《さかのぼ》っていくようで、足音が色褪せた絵巻物の世界へと巻きこまれていく気がする。昨年の春訪れた時はもう夕暮れで、落日に染まった風が静かに流れ、石段は茜《あかね》色の川となっていた。夕風は登廊を挟んでやはり果てしなく続く牡丹園の花模様の帯を揺《ゆ》らしていた。白や緋やさまざまの色の花は一様に真紅に染めあげられていた。花は炎に似て、あの時二人はたがいの胸に同じ色で燃えあがるものを熱い痛みとして感じながら、ただ無言で登廊をのぼった。登廊ではなく、一つの罪をのぼりつめたのだ。美術館で見つめ合ってから半年が経ち、二人はとうとう体でも夫を、先生と呼んでいる男を裏切ろうとしていた——

一年が経ち、今、寺は再び同じ花の季節を得て、登廊の両脇は牡丹の花に埋まっている。今年の花はまだ昼前だというのに雨でも降りだしそうな暗い雲の下にあった。曇り空が山《やま》間《あい》の寺の閑《のど》かさをさらに深く包みこんでいる。彰子は立ちどまると、野上の返答を待って手摺に寄りかかり、花を眺めた。

「確か美術評論家の田所憲治が、最後にふさわしい絵だといいましたね。僕も同じように感じました。死を予感させるような絵だと——」

「それは淋しすぎるということでしょう？　半年もかけた労作にしては簡単すぎるというか——田所先生はね、あの後最後までお残りになってこっそりこんなことをお尋ねになりましたの。『先生は本当はこの絵を未完成のまま亡くなったのではないか』って……」

「未完成のまま?」

「ええ。本当は下絵にはもっといろいろなものが描かれていたんじゃないかって。火の矢の一本を彩色し終えたところで伊織が死んでしまったのではないかって——田所先生のおっしゃりたい意味はわかりました。未完成の絵では大した値うちにならないから、私が下絵の余白を全部黒く塗りつぶして、完成した絵に見せかけたのじゃないかって。闇の中に火の矢が一本飛んでいるだけでも一応完成した絵にはなるでしょう? はっきりそうおっしゃったわけではないけれど、火の矢の部分は確かに先生の筆づかいだが、それをとり囲む闇の塗り方が先生にしては粗っぽいと——」

「そんな非道《ひど》いことを言ったのですか」

一本の火矢だけというのは淋しすぎると野上も感じないわけではなかった。しかし生前、伊織は野上に「君、父の小説の最後で落人が放つ三本の火矢のうち、一番大事なのは最後の一本だよ」と言ったことがあるのだ。野上は小説を読んだ時、何故落人が三本もの火矢を夜空に放つかその意味がよくわからなかった。二本は都にいる妻と新しい夫にむけて放ったものだとわかるが、残り一本の意味は小説も謎を残した形で終わっているのである。

「最後の一本は、落人が自身にむけて放ったものだよ。都と妻を遠く離れ、その山峡の谷で老いていくだけの自分の人生にむけて——少なくとも私はその解釈で絵を描きたいと思っている」伊織はそう言ったのである。

伊織にとって重要であり、描きたかったのはその最後の一本の意味だけだったのかもしれない。それに闇の虚空を引き裂いて突き進む一筋の烈火には、いかにも孤独癖の強かった伊織らしい人生が感じられるし、たとえ一本の火矢とはいえ、そこには尋常の画家では真似《まね》のできない迫真性があり、線の一本にも渾身《こんしん》の力が籠《こも》っている。半年の入魂に充分値する絵だと野上は思っていた。

「先生が亡くなって葬儀までには一日しかなかった。わずか一日であれだけ大きな絵の背景を塗り尽すことはできないでしょう。闇といってもところどころに微妙な色合の変化が施されていたし……」

彰子は返答のかわりに、不意に、「あまり綺麗ではないわ」と呟いた。牡丹の花のことである。野上の言葉など何も聞こえていないというように瞬《まばた》きもせず花を見続けていたのだった。野上の目には去年と変わりなく美しく見えるのを、

「あの美しさはもう消えてしまって、今年の花はただの嘘ですわ」

そう言い表わして、やっと目を牡丹から離すと、ため息とともにふり向いた。見つめすぎていたせいか、目は花の色で傷《いた》めたように潤んでいた。

「今、一日では無理だとおっしゃったわね。でも二日あったとしたら？　夫が死んでから葬儀までに二日あったとしたら、田所先生のおっしゃったこと、私にもできたのではないかしら」

「あの広い背景に闇の色を塗ることですか」

「ええ。——本当のことをお教えするわ。夫が死んだのは葬儀の前日じゃなく、前々日だったんです。夫の死を確認した医師とは親しくしていたし、金でどうにもなる人だから、私、一日誤魔化してもらうよう頼みましたの。勿論《もちろん》、お手伝いさんにも金を渡して口裏を合わせるよう頼みました」

「何故？」

その質問には答えず、彰子は自分の言葉を続けた。

「医師には、死亡日時だけでなく、もう一つ偽ってもらいました。野上さん、夫は——」

言いかけた時、女子高生の修学旅行らしい一団が賑《にぎ》やかに登廊をのぼってきた。その一団が通りすぎ、充分遠ざかるのを待って、彰子は抱かれるように野上の胸に顔を寄せ、

「夫は脳卒中ではなく、自殺したんです」

囁《ささや》くような小声で言った。

一夜の肌を牡丹の色に染めあげた旅から戻った後も、二人は伊織の目を盗んでは密会を続けた。恰度《ちょうど》そのひと月ほど前から、伊織はよく旅に出るようになったので、機会は頻繁といえるほどにあった。伊織の旅は写生のためだった。『月下宴』の後に『近江京』という小品を発表して以後一年以上筆を執《と》っていなかったので、腕が鈍《なま》るのを恐れたのだろう、半月に一度は画帖《がじょう》をもって、一、二泊の旅に出るのである。時には夫人を連れていくこともあったが、ただの遊山《ゆさん》ではないから、一人で出かけることの方が多かった。春の長谷寺

ゆきも伊織が自分のために計画していたのだが、アメリカの美術館で狩野派の絵が公開されていると聞いて急遽《きゆうきよ》その方に変更したのである。外国旅行は嫌いではなく、それまでも年に一度は出かけていたが、夫人が飛行機嫌いのせいで、夫妻で出かけたのは結婚二年目のパリ旅行だけだと言う。

野上と彰子は都内のホテルで逢い肌を重ね続けた。彰子はよく「もう一度二人で旅をしたいわ」と言ったが、夫が留守とはいえ、家にはお手伝いさんがいるので外泊は許されなかった。春の長谷寺への旅が、二人の最初で最後の旅になった。彰子の白い体と繋がる瞬間、野上の脳裏には、いつもその寺の長い登廊が浮かび、あの時の落日の色に自分の体が染めあがる気がした。彰子も同じなのか、野上を受け容《い》れる刹那《せつな》、体の芯で夕陽を浴びた大輪の花が、炎となって燃えあがる気がすると口にしたことがあった。

半年が過ぎ、秋も深まり始めた頃、突然伊織は旅をやめ、終日家に閉じ籠《こも》るようになった。『火矢』の制作を始めたのである。だが自分が画室に閉じ籠っている間、彰子が一人で退屈そうにしているのを可哀相に思ったのか、伊織の方から「昔やっていたお茶をもう一度始めたらどうか」と勧めてくれ、彰子に外出の自然な口実ができたのだった。三度に一度はお茶のけいこを休んで、彰子は野上との逢いびきを続けた。新作に夢中になっていた伊織は、妻の行動に不審を感じている余裕などなかった。

相変わらず月に一度、野上は国分寺の家に夫妻を訪ねていたが、伊織はまったく何も気づかずにいる様子だった。以前以上に野上の訪問を喜び、制作に没頭している時でも野上が行くと画室を出て、機嫌のいい顔で長い時間話しこんだ。しかし、勿論、野上の方では、その訪問は苦痛でしかなかった。夫に不審を与えないために、昔通り、彰子は応接間へやって来て、夫の傍に坐った。密かに通じている女と、その夫とを同時に相手にしなければならないのである。後ろめたさや罪悪感や嫉妬が複雑に縒《よ》りあわされ、太い針となって気持ちに刺しこまれる。

だが、野上は、彰子と逢う機会を失いたくないために、心を鬼にしてその針のような苦痛に堪えた。不貞が見つかれば、伊織はどんな怒号を浴びせてくるかもしれないし、会社も辞めさせられ将来を棒に振るかもしれないが、そんなことはさほど気にならなかった。ただ彰子の体を二度と抱けなくなる、それだけが恐《こわ》かった。彰子は完璧な演技で、以前通りに親しさとよそよそしさを混ぜて野上に接し、野上もまたそれに合わせて笑顔を作り、伊織を尊敬しているだけの男を演じ続けた。

伊織が一度として不審そうな顔を見せたことはなかった。いや一度だけある。

長谷寺の旅から戻り、伊織もまたアメリカ旅行から戻って三ヵ月後、夏の暑い盛り、伊織は社の近くの喫茶店から電話で野上を呼びだすと、野上に暗い視線をむけ、不意に、

「彰子が私に内緒で男と逢っているらしい」

そう言ったのだった。

「自殺?　……そんな……」

驚愕《きょうがく》に歪《ゆが》んだ野上の顔を見たくないと言うように、彰子は背を向け、登廊をのぼり始めた。その背に従いながら、野上は、彰子が今日を最後にするつもりで思い出のこの寺へ来たのだと確信した。彰子の足音は静かだったが、石段の一段ごとに今日までの一日一日の思い出を消していくようだった。やっと最後の段を上がると、本堂は薄闇に包まれ、灯《とう》明《みょう》の火が浮かんでいる。金色の肌に闇を纏って聳《そび》え立つ巨大な観音像に、彰子は去年と同じように静かに掌《て》を合わせ、それから舞台の方に足をむけた。京都の清水寺に似た舞台からは、今通ってきた登廊が、花の波に洗われながら天へと繋がろうとしている橋のように見えた。彼方《かなた》の山はいよいよ厚くなった雨雲にぼんやりと霞んでいる。欄干に寄りかかり、彰子は山襞《やまひだ》のどこかに遠すぎる視線を送りながら、一昨々日《さきおととい》の早朝、夫は裏庭の欅《けやき》の枝に首を吊《つ》って死んだのだと告白した。

「何故？」

「その理由を知っているのは、私とあなただけですわ」

彰子はふり向き、同じ遠い視線で野上を見た。

「というと――」野上は彰子の言いたい意味がすぐにわかったが、言葉を続けられなかった。彰子はその野上の胸の中の言葉に肯いた。

「……伊織は私たちのこと全部知ってたんです」

伊織から妻に男がいると言われた時、一瞬野上の背筋は凍りついた。だがすぐにそれは自分のことではないとわかった。「こんなことは君だから話すんだが」と前置いて伊織は、彰子が結婚して四年目に、昔交際していた大手会社の会社員と縒りを戻し、不貞を働いたことがあると言った。すぐに発覚したが、当時その男との関係に溺《おぼ》れていた彰子は、睡眠剤を大量に飲み、自殺まで図《はか》ろうとしたという。死の間際までいって彰子は悟ったらしく、男のことは諦め、それ以後はずっと夫婦仲も上手《うま》くいっていたのだが、最近自分の留守によく外出するらしい、またあの男と逢っているのではないかと伊織は心配したのだった。「それで悪いんだが、君、友人に興信所員がいると言っただろう。その人に頼んで、ちょっと調べてもらってくれないかな」伊織はそう言った。野上は諒承《りようしよう》してその場をひき退ったものの、どうしたらいいかわからなかった。彰子と連絡をとるのも危険だと思い、一人で二日間悩み続けた。しかし二日後再び伊織から電話が掛ってきて、「あのことはもういいんだ。ちょっとした偶然でわかったんだが、例の男、二年前から転勤でニューヨークへ行っているそうだ。ただの邪推だったよ」そう言ったのだった。声は明るかったし、次の週訪ねた時も伊織はもう忘れてしまったように普段と変わらぬ機嫌のいい顔であった。野上は安堵《あんど》したものの、しばらくは彰子と逢わない方がいいとも考えた。だが伊織から聞いた話は却《かえ》って野上の気持ちを彰子へと今まで以上に激しく傾けさせた所があった。野上はそれまで彰子が夫以外に知った男は自分だけだと思っていた。だが過去に命を棄《す》てようとしてまで愛した男がいたのである。顔も名前も知らぬままその男への嫉妬が、野上を苦しめた。彰子は伊織を愛していない。それははっきりとわかっていたから、伊織には後ろめたさ以外のどんな感情も抱いたことはないが、その男は無視できなかった。次に逢った時、野上から初めて話を聞いて、彰子は少し驚いた様子だったが、「大丈夫。主人には何ら気づかれていないわ」そう言うと、「あの男のことはもう忘れたわ。今では全部嘘だったような気がする」と呟いた。自分のためにも死のうとしてくれるか、と野上は子供じみたことを聞いた。「野上さんとのことも嘘よ」彰子はそう答え、反論しようとした野上の唇を指で止め、「嘘だということにしておきましょう。そうすればいつか別れられるわ」とため息のように笑った。もちろん、野上はそんな言葉は信じなかったし、自分の彰子への気持ちにも何の嘘もないと信じていたが、彰子の過去を一度確《しっか》りと握ったことがある男の存在が、鋭い針となって野上を刺激し、却って彰子への気持ちを一層募《つの》らせたのは事実だった。激しくなればなるほど、しかし野上は伊織に対して警戒を強めた。気持ちを素振りにも出さぬよう、注意を怠らなかった。

その成果は何より伊織の笑顔に出ていた。伊織は相変わらず上機嫌な顔を見せ続け、野上と妻の不貞に気づいている気配など全く感じさせなかった。確かにその筈《はず》であった。

「知っていたというとやはり、あの時からですか。夏に先生が友達の興信所員を紹介してくれと頼みに来た……」

野上は、あの時伊織が自分に一瞬むけた暗い眼差を思い出して聞いた。

「いいえ、それよりもっと前……一昨年の秋、美術館でお逢いした時より前から」

「しかし、僕たちは美術館で初めて二人きりで逢って……あの時はまだ何も……」

「でも確かにその前からだったんです」

彰子は謎めいた答え方をすると、この時ぽつぽつと落ち始めた雨滴《うてき》を避けて、観音堂に戻り、登廊を下り始めた。屋根瓦《やねがわら》に落ちる雨音が石段に響いた。大輪の騒がしすぎるほどだった花は雨を受けると不意に静かになった。彰子は曲り角の柱に背をもたせかけ、人が通りすぎるのを待って、口を開いた。

「一昨々日の朝、あの人が死んで初めて気づいたんです。私もまさか夫が知っているとは思ってませんでしたから……」

「遺書があったのですか」

「いいえ、言葉では何も……でも自殺する直前に完成した絵が全部を語ってました。田所先生は見抜いたんです。あの闇を塗ったのは伊織ではなかったことを。ただ先生の想像とは違って、夫は確かに絵を完成して死にました。しかしそれをそのまま世間に発表することはできませんでした。それで私、絵の重要な部分を闇色に葬ってしまったんです。大変な手直しでしたから葬儀までに二日は欲しかったんですが、二日もあれば手直しができたのではないかと疑われるのが恐くて、仕方なく私、医者にお願いして死んだ日を一日ずらしてもらいました。それでも慌《あわ》てていたので膠《にかわ》を融《と》かすときに手を……」

彰子は手をあげ昨日野上が気づいた火傷の痕を見せた。野上は日本画の絵の具には膠を融かして混ぜることを思いだした。

「いったい何が描かれたんです」

「あと火矢が二本と、それから画面の左方に二人の男女が大きく……二本の火矢は二人のそれぞれの胸を貫いて、女の十二単衣《ひとえ》と男の指貫《さしぬき》に火が飛び散って……無数の火の華がちょうど菊人形みたいに衣裳《いしょう》を埋めつくして見えました。男女は二本の火柱が崩れるように重なり合っていて、燃えさかる火柱から、本当に菊人形みたいにただ首だけが人間の顔としてはっきりと出てるんです。ともに断末魔の苦悶《くもん》に顔を歪めて。確かに伊織の最高作でした。火は本当に燃えて見えたし、二人の口からは恐ろしい絶叫が聞こえてくるようでしたから……でもその絵を人目に曝《さら》すことはできませんでした」

それまで静かだった彰子の顔が、不意に歪んだ。

「火の中から出ている男女の顔は、あなたと私だったんです」

彰子は吐き棄てるように言うと、歪んだ顔を野上の目から庇《かば》うように両手で覆《おお》った。茫《ぼう》然《ぜん》とした野上の顔に、その絵の苦悶の表情を想い描き、恐ろしくなったのかもしれない。一昨々日の朝、自分が画室で見てしまったものを否定するように彰子は首を振り続けた。野上にも彰子の一瞬歪んだ顔を通して、その絵が見える気がした。火に包まれて抱擁し合った男女だけで、絵には描かれてなかったという火矢を放った落人の顔までが見えた。老いさらばえた伊織周蔵その人の顔だった。

長い時間が流れ、手を放すと同時に彰子は静かな顔に戻り、目を花に投げた。

「私、絵を破り棄てようと思いました。でも夫はもう画商と、その絵をできるだけ大きな美術館に売る約束をしてしまっていたんです。その絵をたくさんの人に見せること……それがあの人の復讐《ふくしゅう》だったんです」

あの絵自体が伊織が二人に向けて放った復讐の火矢だったのだ、と彰子は言った。二人の将来を自分の描いた炎とともに葬ってしまおうとしたのだと――

「でもあの火矢にはもう一つの意味があったんです」

彰子は花に視線を停めたまま、「あなたは私を愛してらっしゃる？」と聞いた。

「この一年私を愛して下さった？」

野上が肯くと、彰子は唇の端に微笑を浮かべた。嘲《あざけ》りのような冷やかな微笑だった。

「でも私たちの関係は嘘だけでしたわ」

「そんなことはない――」

野上が思わずあげた大声に、彰子は首を振った。

「あなたは何度も私のことを考えると心も体も燃えるようだと言ったわね。でもその炎は、夫が放った火矢に燃えあがっただけだったんです」

野上は意味がわからないまま、ただ彰子の次の言葉を待った。彰子は続けた。

「私たちが愛しあうようになったのは夫が炎の矢を放ったからです。一昨々日の朝、あの絵を見ながら、私やっとそれに気づきました。夫は自分の手で私たちを結びつけたんです」

まだ理解できず眉を寄せた野上をふり向いて、彰子は今度は淋しそうに微笑した。

「私、美術館で逢う大分前から、あなたに惹かれてました。でもそれは自分でも気づかないほど胸の奥底の小さな火でしたわ。あなたの方もそうだったでしょう？　私自身が気づかないその小さな火に夫は気づいて、それをもっと大きな激しい炎に燃えあがらせようとしたんです。私、やっとわかりました。あの日何故夫が『見たがってた映画、夕方に見に行ったらどうか』と執拗《しつよう》に勧めたのか、そうして着替えて出かける間際になって『そう言えば二時頃電話したら野上君、夕方に美術館の方へ行くと言ってたな』と言いだしたのか――夫は私たちをあの美術館でひき合わせたんです」

あの夕方映画ではなく野上に逢う方を選んだのは自分だと思っていたが、そこには伊織の意志が働いていたのだと彰子は言った。それればかりではなかった。翌日野上を招いておきながら病気と偽って二人を応接間に閉じこめた。そしてまた翌日、二人を歌舞伎座に行かせたのももちろん伊織だった。その時彰子は電話で小さな工作をしたが、伊織はそんなことは簡単に見抜いていた。しかも彰子が「野上さんは都合が悪いので歌舞伎座へは友達と出かける」とついた嘘で、伊織は、わずか三日のうちに二人を結びつけることができたと知ったのだ。その後も何食わぬ顔で、彰子の外出の度に伊織は細心の注意を払い、二人の仲がいよいよ親密になっていくのを見守り続けた。ただ体の関係までには踏みきれずにいるらしいと考えると、去年の春、二人が一泊の旅に出かけるように仕向けた。新幹線の乗車券から宿まで手配して、「夫の留守」という最大の機会を与え、二人をこの寺に送りこんだのだ。二人の気持ちに彩《いろど》りを加えるために、わざと牡丹の美しい時期を選んだのかもしれない。さらにその後も頻繁に小旅行に出かけ、「夫の留守」という機会を与え続け、絵の制作のために家に閉じ籠らなければならなくなると、彰子に茶道を習わせ、外出の機会を与え続けた。美術館で出逢ってから一年半、二人はただ夫の操る糸に踊らされていただけなのだ、と彰子は言った。

「あの牡丹の美しささえ、嘘だったんです」

抱き合うたびに彰子の体の芯で燃えあがった牡丹も、野上の体を染めあげた落日の色も全部嘘だったと彰子は言いたいのだ。

「何故そんなことを……先生は……」

野上は信じられなかった。

「去年の夏、夫があなたに私の過去のあやまちについて語ったのは、あなたに嫉妬を植えつけたかったためでしょう。その嫉妬であなたの情熱をいっそう煽《あお》りたかったからだと思います。嫉妬が愛の火を激しく燃えあがらせることを、伊織は、私が結婚四年目に一人の男と起こした事件で自分自身経験しているのですから。私は伊織に一度も愛を感じたことはなくて、どんな男かなども知らずにいたけれど、伊織の方では、あの事件で、私という女を知り尽してしまったのです。私があなたに幽《かす》かに好意を抱いていると気づいた時、あの人はいつか私という女は必ずあなたに完全に溺れてしまうだろうと考えたんです。そして必ずそうなるならば、いっそ自分の手で二人を結びつけ、愛の炎を燃えあがらせ、燃えあがりきったところで恐ろしい仕返しをしてやろうと考えたんです。――伊織は私を自分の編んだ花籠の中に閉じこめておくことが好きでした。妻の不貞さえも自分の手で籠の中に閉ざしておきたかったのです」

彰子は着物の裾模様の花籠に目を落とした。

「そのために自分が苦しむことになってもですか」

野上の声は震えた。彰子は静かに肯いた。

「私たちに火矢を放った時から、伊織はいつかその火が自分にはね返り、誰より自分を焼き焦《こ》がし、破滅させることに気づいていたと思います。伊織は私たちにはいつも笑顔をむけてました。その笑顔で本当は私たちを嘲笑《あざわら》い、誰よりそんな自分を嘲笑っていたのです。あの人は、苦しみ、傷つくという形でしか私を愛せなかったのです。もしかしたら結婚して四年目のあの事件が伊織という男を歪めてしまったのかもしれません。――自分で仕組んでおきながら、誰よりそのことに苦しみ、そのために死を選び、その死とともに恐ろしい復讐を果たすなど普通の人には考えられないことです。でも一昨々日、あの絵を見た時、伊織がどんな男か、やっとわかったのです。――野上さん、私が今日あなたをここへ誘ったのも私の意志ではなかったのです。伊織はまさか私があの絵を塗り変《か》えてしまうとは思ってもみなかったでしょう。あの絵がこの世に残されればもう終わりだと考え、私たちが早急に自分たちの関係を清算するだろう、とそう思って別れ話をする最後の機会を与えてくれたのです。一週間前、あの人はそのために二人分の切符を買ったのです。夫は死ぬ前に私たちの最後の瞬間まで、自分の手で仕組んでおきたかったのです」

野上は首を振った。まだ彰子の話が信じられなかった。いや信じたくなかったのかもしれない。伊織が、落人の放つ最後の火矢は自分自身にむけたものだと語った言葉を思い出すと、確かに伊織はそんな男だったとも思える。自らの放った火矢に身を焦がし、死んでいった男なのだと——彰子が塗り残したあの闇を貫いて燃えさかる火矢は、確かに伊織その人の生き方だったのだろうと思える。雨はますます激しくなり、寺を暗く包んだ。雨そのものには光が残っているが、その光は庭を覆い尽した牡丹に落ちきる間際に消え、天から吊された糸が花まで届ききらないように見えた。闇の中で花は炎となった。彰子が夫の遺作を闇に塗りこめたように、雨のひと筋ごとに、去年の春、二人がこの寺で燃やした炎の思い出を、真実だったはずの思い出を、嘘の闇へと葬っていくように思えた。

「私たち、夫が望んだように別れなければなりませんわ」

二人は見つめあい、すぐに視線をそらせた。彰子は牡丹の花へと、野上は山門へと——野上はその絵を見たわけではなかったが、彰子の顔にはっきりと絵の女の火柱となって叫ぶ断末魔の表情を感じとった。彰子の方も同じだったろう。たとえ絵は闇に塗りつぶしても、今後も二人はたがいの顔に、一人の画家が命を賭けて描きあげた最期の苦痛に歪んだ表情を見つめ続けなければならないのだ。いや、新幹線のホームで彰子は野上の顔に既にそれを見た。だから線香の匂いを気にしたふりで、顔を背《そむ》けたのではないか。

山門へと、登廊の石段はまっすぐに果てしなく流れ落ちている。

疲れ果て、野上はもうその道を歩き通せない気がした。

「あの人がこの寺を訪れたかったのは本当ですわ。この牡丹を一度描いてみたいと言ってましたから」

彰子はそう呟いた。

「でもこの牡丹も、あの人、やはり花籠の中に描いたかしら」

その呟きは、野上には遠すぎる声だった。

解説

千街晶之

世界最初の芸術がどのようなものであったのかは、今となっては遥かな時の流れの彼方に埋もれてしまって定かではない。しかし、旧石器時代の後期には既に、人類は実生活に必須ではない絵画や彫刻を誕生させており、これが芸術の黎明期とされている。

やがて芸術は、当初は宗教や政治権力と結びついたかたちで発展し、時代が下るとそこから独立した価値を獲得した。その歴史の中で、人間は芸術を金銭的価値に置き替えることを覚え、それをめぐって諍いを起こすようになった。また、崇高な理想を掲げる芸術家も、生身の人間である以上、嫉妬や劣等感に身を焦がすこともある。素晴らしい芸術を生み出す者が人間的にも優れているとは限らないし、その逆も然りである。美をめぐる、このあまりにも人間臭いドラマの数々——。犯罪を扱うことが多いミステリー小説の題材として、芸術がポピュラーになった理由はそこにある。

芸術を何らかのかたちで扱ったミステリーは夥《おびただ》しい数に上り、網羅的に紹介しようと思えば本一冊くらいは必要になるだろう。しかし、エラリー・クイーンの『ギリシャ棺の謎』(創元推理文庫)がレオナルド・ダ・ヴィンチの幻の名画をモチーフにしていたり、(ネタばらしになるためタイトルは書けないが)アガサ・クリスティーがある作品で有名画家の絵画を殺人の動機にしているなど、古典と称される時期に、既に美術ミステリーは少なからず存在していた。ドロシー・L・セイヤーズ『五匹の赤い鰊』（創元推理文庫）は、被害者も容疑者もみな画家である。美術評論家出身のミステリー作家S・S・ヴァン・ダインの作品に登場する名探偵ファイロ・ヴァンスは、古今東西の芸術に関する豊富な蘊蓄を披露しながら真相に迫るキャラクターとして設定されている。モーリス・ルブラン『奇巌城』（ポプラ文庫）などに登場するアルセーヌ・ルパンに代表される、美術品を狙う怪盗の存在もミステリー史において重要である。

時代が下って二十世紀後半の作品では、贋作ビジネスに手を染める犯罪者と贋作画家の一筋縄では行かない関係を描くパトリシア・ハイスミス『贋作』（河出文庫）、誰も作品を見たことがない幻の巨匠の秘密に気鋭の美術評論家が斬り込むチャールズ・ウィルフォード『炎に消えた名画《アート》』（扶桑社ミステリー）、一八世紀ドイツの美術評論家ヴィンケルマンの横死の謎に迫るドミニク・フェルナンデス『シニョール・ジョヴァンニ』（創元推理文庫）、連続殺人の謎解きと絵画の真贋を扱ったロジャー・オームロッド『左ききの名画』（現代教養文庫ミステリ・ボックス）、絵画の真贋の探索にブリューゲルに関する謎解きを絡ませたマイケル・フレイン『墜落のある風景』（創元推理文庫）などの作例がある。

アーロン・エルキンズは、『偽りの名画』（ハヤカワ・ミステリ文庫）などで美術館の学芸員クリス・ノーグレンを探偵役として活躍させた。ダン・ブラウンは『天使と悪魔』『ダ・ヴィンチ・コード』『インフェルノ』（いずれも角川文庫）などのロバート・ラングドン教授シリーズで、ベルニーニやレオナルド・ダ・ヴィンチらの芸術作品に秘められたオカルト的メッセージを読み解く作風によって世界的ベストセラー作家となった。画家でもあるジョナサン・サントロファーは、著者自身によるイラストも収録された『赤と黒の肖像』（早川書房）などの美術ミステリーを主に手掛けている。ポール・アルテの『殺人七不思議』（行舟文化）などに登場する探偵オーウェン・バーンズは、完全犯罪の美学を愛する美術評論家だ。

最近の作例では、ミシェル・ビュッシ『黒い睡蓮』（集英社文庫）がフランスの画家モネのコレクターが殺害されるという事件を扱い、ジャン＝クリストフ・グランジェ『死者の国』（ハヤカワ・ミステリ）が、スペインの画家ゴヤの作品に刺激されて起こる連続殺人を描いている。ローレンス・ブロック編『短編画廊　絵から生まれた17の物語』（ハーパーコリンズ・ジャパン）は、アメリカの画家エドワード・ホッパーの絵画をもとに、スティーヴン・キング、マイクル・コナリー、ジェフリー・ディーヴァーら十七人の作家が参加した競作集である。

日本のミステリーのうち、このアンソロジーで選べなかった作家の小説から目ぼしいものを挙げるなら、江戸川乱歩『怪人二十面相』（ポプラ文庫）など「少年探偵団」シリーズに登場する怪人二十面相や、『黒蜥蜴《くろとかげ》』（創元推理文庫）に登場する黒蜥蜴は、一流の芸術品や宝石といった美をこよなく愛する怪盗たちだ。夢野久作『ドグラ・マグラ』（角川文庫）では、唐代の絵師による、美女の亡骸が腐敗してゆくさまを描いた絵巻物が事件の鍵となる。島田一男『錦絵殺人事件』(徳間文庫)では、十九世紀イギリスの画家ワッツの絵を翻案した錦絵が惨劇の見立てに用いられる。横溝正史『支那扇の女』(角川文庫)では、明治時代の毒殺犯を描いた名画に手掛かりが潜んでいる。結城昌治のデビュー作「寒中水泳」(『通り魔』所収、光文社文庫)は、画学生の変死事件に葛飾北斎の肉筆画が絡んでくる物語だ。高橋克彦は、第二十九回江戸川乱歩賞を受賞したデビュー作『写楽殺人事件』(講談社文庫)をはじめ、『北斎殺人事件』(双葉文庫)『ゴッホ殺人事件』(講談社文庫)などの作品で美術への造詣の深さを示した。なお写楽の謎を扱ったミステリーはかなり多く、島田荘司『写楽　閉じた国の幻』(新潮文庫)や野口卓『大名絵師写楽』(新潮社)などが知られる。

荒巻義雄「カストロバルバ」(『カストロバルバ／ゴシック』所収、彩流社)は、オランダの画家エッシャーの絵画がそのまま再現されたような夢の中の世界を舞台にした異世界本格ミステリーである。同じくエッシャーの世界を扱ったミステリーには柄刀一「エッシャー世界《ワールド》」(『ゴーレムの檻　三月宇佐見のお茶の会』所収、光文社文庫)があるが、柄刀は他にも『時を巡る肖像』(実業之日本社文庫)などの美術ミステリーを発表している。筒井康隆『ロートレック荘事件』(新潮文庫)は、フランスの画家ロートレックの作品が集められた洋館での連続殺人を描いている。三好徹『モナ・リザの身代金』(光文社文庫)は、「モナ・リザ」を奪取した天才犯罪者が二十億円の身代金を首相に要求するサスペンス小説だ。

山口雅也「曲がった犯罪」(『キッド・ピストルズの冒瀆　パンク＝マザーグースの事件簿』所収、光文社文庫)は、分量が中篇なので今回収録できなかったけれども、美術ミステリーというテーマなら真っ先に挙がるべき傑作である。折原一は『黙の部屋』(文春文庫)などで、実在の画家・石田黙の絵画にオマージュを捧げている。有栖川有栖『双頭の悪魔』(創元推理文庫)は、クローズドサークル状態になった芸術家村での殺人を描いている。麻耶雄嵩『夏と冬の奏鳴曲《ソナタ》』(講談社文庫)は、作中で展開されるキュビズム理論が事件そのものと密接な関係にある異色作。芸術に造詣が深い作家の筆頭といえば篠田真由美で、特に『アベラシオン』(講談社ノベルス)はその集大成とも言うべき壮麗なゴシック・ロマンス大作である。篠田節子の作品にも、『贋作師』(講談社文庫)『廃院のミカエル』(集英社文庫)『沈黙の画布』(新潮文庫)など美術を扱ったものが目立つ。近藤史恵『昨日の海と彼女の記憶』(PHP文芸文庫)は、写真家の祖父が祖母と心中した事件の真相に迫る孫の成長物語である。

北森鴻は第六回鮎川哲也賞を受賞したデビュー作『狂乱廿四孝《にじゆうしこう》』(角川文庫)で河鍋暁斎《きようさい》の絵を扱ったほか、『狐罠』(講談社文庫)『深淵のガランス』(文春文庫)など美術ミステリーが多い。第九回鮎川哲也賞を『殉教カテリナ車輪』(創元推理文庫)で受賞した飛鳥部勝則は画家でもあり、著書に自らの絵画をしばしば挿入している。画家・版画家がミステリー小説にも進出したといえば、『罪深き緑の夏』(河出文庫)など芸術の世界を扱った小説が少なくない服部まゆみ、幻の絵画をめぐる事件を描いた大作『ロンド』(創元推理文庫）で話題を呼んだ柄澤齊らも思い浮かぶ。

深水黎一郎は、『エコール・ド・パリ殺人事件　レザルティスト・モウディ』（講談社文庫）『花窗玻璃《はなまどはり》　天使たちの殺意』（河出文庫）などの作品で芸術探偵・神泉寺瞬一郎を活躍させる一方、言葉遊びによって芸術を茶化す『大癋見《おおべしみ》警部の事件簿リターンズ　大癋見vs.芸術探偵』（光文社文庫）のような愉快な作品も発表している。門井慶喜の『天才たちの値段』（文春文庫）などには、美術品の真贋を味覚で見抜くユニークな美術探偵・神永美有が登場する。三雲岳斗は『聖遺の天使』（双葉文庫）や『旧宮殿にて　15世紀末、ミラノ、レオナルドの愉悦』（光文社文庫）で、レオナルド・ダ・ヴィンチを名探偵として描いている。谷瑞恵『異人館画廊　盗まれた絵と謎を読む少女』（集英社オレンジ文庫）などに登場する此花千景《このはなちかげ》は、イギリス仕込みの図像学《イコノグラフィー》の知識を武器として犯罪に挑む。望月麻衣『京都寺町三条のホームズ』（双葉文庫）などに登場する家頭清貴は、骨董品にまつわる謎を解く探偵役だ。

キュレーター出身の原田マハは、現代における美術ミステリーの第一人者と呼ぶべき存在であり、『楽園のカンヴァス』『暗幕のゲルニカ』（ともに新潮文庫）『アノニム』（角川文庫）などの傑作で知られる。藤原伊織の作品にも『ひまわりの祝祭』（角川文庫）や「ダナエ」（同題短篇集所収、文春文庫）といった美術を扱ったものがある。『大絵画展』（光文社文庫）で第十四回日本ミステリー文学大賞新人賞を受賞した望月諒子、『神の値段』（宝島社文庫）で第十四回『このミステリーがすごい！』大賞を受賞した一色さゆりも、美術ミステリーの書き手として注目すべき作家である。似鳥鶏『彼女の色に届くまで』（角川文庫）は、有名絵画をヒントに謎を解き明かしてゆくヒロインが登場する連作短篇集だ。綿密な考証に裏打ちされた高井忍『京都東山　美術館と夜のアート』（創元推理文庫）、有名画家を母に持つ美術鑑定士が探偵役の中村啓『美術鑑定士・安斎洋人「鳥獣戯画」空白の絵巻』（宝島社文庫）なども印象的な作品である。異色作として、現代人の主人公がタイムトラベルで葛飾北斎・応為親子と出会う山本巧次『大江戸科学捜査　八丁堀のおゆう　北斎に聞いてみろ』（宝島社文庫）も挙げておこう。

……といった具合で列挙してゆくと本当にきりがないけれども、彫刻や写真といった分野を扱ったミステリーもあるものの、やはり絵画を扱ったものが圧倒的に多いということは言えそうである。では、美術ミステリーには具体的にどのような内容の作例があるのだろうか。ここからは、本書の収録作を紹介したい。

泡坂妻夫の「椛山《かざん》訪雪図」（初出《幻影城》一九七八年一月増刊号）には、謎の画家・馮黄白《ひょうこうはく》が描いた水墨画「椛山訪雪図」が登場する。加田十冬《とおふ》が、紅葉で色づいた山を眺める老人の姿を描いたこの水墨画を目にしたのは二十年も前のことだった。絵の持ち主である別腸《べっちょう》は、久々に再会した十冬に、「私がこの絵の真価を知るまでには、一つの事件を待たなければなりませんでした」と述懐する。かつて、別腸の家で起きた殺人事件の顚末とは……。

現場の不可解な状況が、絵の驚くべき秘密が明かされることで矛盾なく解明される過程が鮮やかだし、絵の秘密のヒントが早い段階に堂々と示されている点にも、ミステリー作家としての著者の大胆さと老獪さが滲み出ている。美術ミステリーの歴史に残る、完成度の高い作品と言えるだろう。なお、著者の美術関連ミステリーとしては他に『妖女のねむり』（創元推理文庫）、神出鬼没の怪盗が登場する『妖盗S79号』（河出文庫）、歴史ミステリー『写楽百面相』（文春文庫）などがある。

恩田陸の「曜変天目の夜」（初出《ミステリマガジン》一九九五年十一月増刊号）は、著者のデビュー作『六番目の小夜子』（新潮文庫）に主人公のひとり・関根秋《しゅう》の父親として登場した、元裁判官の関根多佳雄が主役を務める作品だ。美術館で曜変天目茶碗を目にした多佳雄は、友人の司法学者・酒寄順一郎の死について思い出していた。その夜、順一郎はいつものように家を訪れた多佳雄に、何故か曜変天目茶碗の話をしていたのだった。そして翌朝、順一郎は亡くなっていた……。

曜変天目の条件を満たすもので現存しているのは、国宝指定されている三点しかないとされているが、そうした稀少性を別にしても、漆黒の地の上に玉虫色の斑文が煌めくその美しさは、果ての知れぬ宇宙を封じ込めたような神秘性を感じさせずにはおかない。そんな曜変天目の特異性を、落語「あたま山」のイメージと結びつけることで、著者は茶碗に封印された宇宙が自分の頭上にも拡がっているような、幻想的でどこか不安なイメージを読者にひっそりと植えつけてみせるのだ。その意味で、これも泡坂の「椛山訪雪図」同様、一種の騙し絵になっているミステリーと言えるだろう。なお著者は、『不安な童話』（新潮文庫）では高名な画家の転生の謎を扱い、連作短篇集『ライオンハート』（新潮文庫）では時空を超えた男女の恋愛を、実在の名画をモチーフにするかたちで幻想的に綴っている。

連城三紀彦は泡坂妻夫同様、探偵小説専門誌《幻影城》デビュー組であり、生涯、凝りに凝ったどんでん返しを演出し続けた点も共通している。美術品や芸術家が登場する作品が多いのが特色で、目も眩むようなどんでん返しが繰り返される長篇『美の神たちの叛乱』（新潮文庫）をはじめ、短篇「顔のない肖像画」（同題短篇集所収、実業之日本社文庫）や「夜の自画像」（『連城三紀彦　レジェンド2　傑作ミステリー集』所収、講談社文庫）等々の作例がある。

その中から今回選んだ「火箭《ひや》」（初出《別冊婦人公論》一九八四年冬号）は、「恋文」（『恋文・私の叔父さん』所収、新潮文庫）で直木賞を受賞し、恋愛小説の気鋭として知名度を高めた時期の作品である。五十四歳で突然死去した日本画の大家・伊織周蔵の遺作「火矢」は、いつもの彼の華麗な画風とは異なり、闇一色の上に飛翔する一本の火矢が描かれただけの簡潔なものだった。そこに籠められた意図をめぐり、美術誌の編集者・野上秋彦と、画家の妻・彰子のあいだで繰り広げられる心理劇の結末は……。死んだ画家も含めて主要登場人物がたった三人というシンプルな構成ながら、大胆な発想に基づく逆転劇は著者の本領発揮である。

ここまで、絵画や茶碗といった、保存状態さえ良ければそのままのかたちで後世まで残るタイプの芸術作品が出てくるミステリーを紹介してきたけれども、芸術のすべてがそうであるわけではなく、極めて寿命が短いものもある。人肌に刻み込まれる刺青などは、その最たるものであろう。刺青を扱ったミステリーといえば、まず思い浮かぶのは高木彬光のデビュー作『刺青《しせい》殺人事件』（光文社文庫）だ。高木は他にも『羽衣の女』（角川文庫）『大東京四谷怪談』（光文社文庫）など、刺青をモチーフにした小説が多い。刺青が出てくるミステリーは他の作家も執筆しているものの、被害者の身元判別の手掛かりとして扱っている場合が大部分であり、高木のように刺青の美学にまで到達している書き手は稀だ。

そんな中で例外と言えるのが赤江瀑である。能や歌舞伎などの伝統芸能から現代風俗に至るまでを題材に、狂おしいほどの美文で情念の世界を織り上げた異才であり、『オイディプスの刃』（河出文庫）の刀剣、「鬼恋童《おにれんどう》」（同題短篇集所収、講談社文庫）や「光悦殺し」（『花夜叉殺し　赤江瀑短編傑作選　幻想編』所収、光文社文庫）の茶碗など、書画骨董が扱われることも多い。そんな著者の美学が結実した傑作のひとつが「雪華葬刺《せっかとむらいざ》し」（初出《問題小説》一九七五年四月号）である。ヒロインの茜は、愛する男のため、自らのからだに刺青を入れることを決意。だが、彼女が訪れた彫経《ほりきょう》こと大和経五郎は、性の悦楽で燃えた肌こそが墨を入れるに相応しいという信念を持つ異端の彫師だった……。物語は、彫経の死後に彼の仕事場を再び訪問した茜が、過去を振り返るスタイルで進行する。倫理を踏み外すまでに刺青の美に溺れた人間の業を、華麗な筆致で妖しく浮かび上がらせた逸品である。なお本作は、一九八二年に高林陽一監督により映画化され、宇津宮雅代、若山富三郎、京本政樹らが出演した。

芸術作品自体がいかに素晴らしいものであっても、それがどのように秀でていて画期的であるのかを説明できる炯眼な批評家がいなければ、作品は芸術史に残ることは難しい。十九世紀イギリスの美術批評家ジョン・ラスキンは、当時のアカデミズムに異を唱えたラファエル前派の画家たちの作品を称揚し、精神的・経済的にも彼らを支援した。ラスキンなくしてラファエル前派の評価が定まることはなかったと思われるが、一方で彼は、画家ジェームズ・ホイッスラーと対立し裁判沙汰となり、またウィリアム・ターナーの裸婦画をイメージに合わないからと焼却する暴挙に及んでいる（また彼は、妻エフィーと画家ミレイとの三角関係をめぐるスキャンダルの当事者でもある）。批評家は芸術を生かしもすれば、殺しもするのだ。そして、芸術家の生涯を後世に残す評伝作者もまた、批評家と同じような意味で芸術家を生かしも殺しもする——ということを示すのが、これから紹介する一篇である。

『点と線』（新潮文庫）で推理小説ブームを巻き起こした松本清張は、社会派ミステリーにとどまらず歴史ミステリー、ノンフィクションなどさまざまな方面で足跡を残した巨人である。その膨大な作品群には、『天才画の女』（新潮文庫）や『真贋の森』（『黒地の絵』所収、新潮文庫）のような美術界が背景の小説も少なからず存在するが、「装飾評伝」（初出《文藝春秋》一九五八年六月号）は中でも最高傑作のひとつと評していいだろう。異端の天才画家として知られた名和薛治《せつじ》は、石川県能登の海で、四十二歳にして不慮の死を遂げた。彼のことを小説に書いてみたいと思い立った「私」は、評伝「名和薛治」を書き残した名和の親友の画家・芦野信弘のことを調べはじめる。名和の晩年まで続いた二人の親交の背景にあった秘密とは……。先述のラスキンをめぐるスキャンダルを彷彿させる内容であり、美談の裏に蠢く屈折した思いと、そこから生じた奸計を短い分量で鋭く描いた作品である。

なお、名和薛治のモデルは岸田劉生と推測されるが、作中の出来事はフィクションである。しかし、この小説を読んだある歴史考証家が、記された内容を事実だと思い込んだというエピソードもある。いかにもありそうなディテールで虚構に説得力を持たせる著者の筆力のなせるわざに他ならない。

「装飾評伝」とは異なる角度から、偉大な芸術家とその旧友の関係を描いたのが、法月綸太郎の「カット・アウト」（初出《小説新潮》一九九五年六月号。「燃え尽きた残像」を改題）である。モダン・アートの大家、桐生正嗣《きりゆうまさつぐ》がアメリカでこの世を去った。互いに無名の画学生だった頃に彼と知り合い、親友となった篠田和久は、十七年前、桐生が死んだばかりの妻・聡子の遺体に絵を描いたという出来事を機に交友を断っていた。そして今、篠田は桐生の甥と会い、十七年前の出来事における桐生の真意を知ることに……。

著者は高校生の時、倉敷の大原美術館でアメリカの画家ジャクスン・ポロックの「カット・アウト」を見て強い印象を受けたという。「和製ポロック」と呼ばれた桐生の作風と生涯を、著者は篠田の回想のスタイルで丁寧に追ってゆく。そして、最後に桐生の真意が明かされた時、読者の脳裏には彼の「作品」があまりにも鮮烈なイメージとして浮かぶに違いない。著者の他の作品では、著名な彫刻家が作った石膏像の首が切られた事件から始まる『生首に聞いてみろ』（角川文庫）は本作と併せて読んでほしいし、メトロポリタン美術館に飾られたゴッホの贋作を本物とすり替えてほしいという依頼を引き受けた怪盗が窮地に陥る『怪盗グリフィン、絶体絶命』（講談社文庫）も注目作だ。

芸術作品が扱われるミステリーにおいて、最も頻出する事件は盗難か贋作だろう（フィクションの世界に限らず、実際の犯罪でもそうだと思われるが）。芸術作品自体は高尚でも、そこに金銭的価値が伴う以上、芸術をめぐる人間の思惑は必ず下世話な欲望を帯びずにはいられないのだが、そうした世界を描かせれば天下一品なのが黒川博行だ。京都市立芸術大学美術学部彫刻科を卒業し、高校の美術教師を務めた経験があり、日本画家を配偶者に持つ彼は、古美術の贋作で一儲けを企む男たちの騙しあいを描いた『文福茶釜』（文春文庫）や、芸術院会員の座を狙う男のなりふり構わぬ攻勢を描いた『蒼煌《そうこう》』（文春文庫）など、古美術界や画壇の裏面を説得力あるディテールで抉り出した一連の作品を発表している。

「老松ぼっくり」（初出《オール讀物》二〇一二年三月号）は、古美術や骨董の世界で生きる古狸たちの騙し騙されの関係を描く連作短篇集『離れ折紙』（文春文庫）のうちの一篇。主人公は、大阪に店を構える古美術店の店主・立石信夫だ。物語は最初、彼の日常をなぞるように進む。常連客らとのリズミカルな会話により、美を金銭に替えて商う立石の生活が淡々と綴られてゆくのだ。ところが、そんな彼の前に神奈川県警の刑事を名乗る男が現れ……。場数を踏んだ海千山千の業界人でさえ、騙される時は騙される。そんな古美術業界の魑魅魍魎ぶりを活写した作品だ。

芸術に関する価値観は、当然ながら時代の移り変わりや、政治体制の変化などによって容易に左右される。芸術が政治的プロパガンダに利用されることもあれば、政治的思惑によって迫害されることもある。ナチス・ドイツが、近代美術や前衛美術に「退廃芸術」の烙印を押し、国家の方針に合致しない芸術家たちを公職追放して活動できないようにしたことは有名だが、似た例は歴史上幾つも見出せよう。つい最近では、「あいちトリエンナーレ2019」の企画「表現の不自由展・その後」が、犯罪予告も含む抗議により開催三日目で中止され、愛知県知事や名古屋市長といった政治家、そして左右両派による政治論争へと発展していった件が記憶に新しい。また二〇一七年には、ニューヨークのメトロポリタン美術館に展示されたバルテュスの絵画「夢見るテレーズ」を撤去せよというフェミニストによる署名活動が物議を醸したこともあった。政治的主張やモラルなどを振りかざした芸術への抑圧の動きは今後、左右両派関係なく過激化の道を辿ることが予想される。

では、未来社会において、芸術はどのような扱いを受けるのだろうか。平山夢明の「オペラントの肖像」（初出・井上雅彦監修『異形コレクション34　アート偏愛《フィリア》』光文社文庫・二〇〇五年十二月）は、二十一世紀末に第三次世界大戦が起こったあとの新世界が舞台である。辛うじて生き残った少数の人間が再興した社会では、人間はそもそも間違えるものである――という世界認識のもと、過ちを犯すことがないよう、人間の生活の隅々まで「条件付け《オペラント》」がされるようになり、それによって性犯罪者や放火犯などの資質を持つ者にまっとうな人生を送らせることが可能になっていた。ところがこの社会で、条件付け《オペラント》を無効にしてしまう唯一のものが芸術だった。そのため、国家のスキナー省が製作奨励する芸術以外は「堕術」と称され、それらの旧芸術を秘匿隠蔽する者は厳罰に処せられるようになっていた。

主人公の「私」は、堕術者を取り締まるスキナー省の特務機関「オペラント」の一員だ。優秀なオペラント官ながら、亡父に関するある秘密を背負う「私」は、カノンという娘とその父親の調査を命じられる……。ディストピアSFにおいては、しばしば作中の体制にそぐわない思想や芸術が迫害の対象となるけれども、芸術だけが弾圧されるという世界観はちょっと類例が思い当たらない。ディストピアものの定石を踏まえつつも、肝を冷やすようなどんでん返しが用意された作品であり、未来の芸術に関する思考実験として興味深い。なお、本作の初出である『異形コレクション34　アート偏愛』は、芸術とホラーを結びつけた作品の競作集として、このテーマに関心を持つ方なら必携の一冊である。

以上八篇、芸術の世界と関連する謎と人間模様を、さまざまな角度から掘り下げた名作が揃っているけれども、美術とミステリーのコラボレーションの可能性は、まだまだこれだけにとどまらない。読者諸氏も本書を入り口として、美術ミステリーの深遠な世界に分け入っていただきたい。

（せんがい　あきゆき／文芸評論家）

〈底本〉

赤江瀑「雪華葬刺し」(『禽獣の門　赤江瀑短編傑作選　情念編』光文社文庫・二〇〇七年)

泡坂妻夫「椛山訪雪図」(『煙の殺意』創元推理文庫・二〇〇一年)

恩田陸「曜変天目の夜」(『象と耳鳴り』祥伝社文庫・二〇〇三年)

黒川博行「老松ぼっくり」(『離れ折紙』文春文庫・二〇一五年)

法月綸太郎「カット・アウト」(『パズル崩壊　WHODUNIT SURVIVAL 1992-95』角川文庫・二〇一五年)

平山夢明「オペラントの肖像」(『独白するユニバーサル横メルカトル』光文社文庫・二〇〇九年)

松本清張「装飾評伝」(『黒地の絵』新潮文庫・一九六五年)

連城三紀彦「火箭」(『瓦斯灯』講談社文庫・一九八七年)

本書中には、いざり（「椛山訪雪図」）など、今日では差別的表現とみなすべき用語がありますが、作品の時代背景、文学性、また著者（故人）に差別を助長する意図がないことなどを考慮し、用語の改変はせずに原文通りとしました。

美術《びじゅつ》ミステリーアンソロジー
歪《ゆが》んだ名画《めいが》

朝日文庫

2021年1月30日　第1刷発行

著　　者　赤江《あかえ》 瀑《ばく》　泡坂妻夫《あわさかつまお》　恩田《おんだ》 陸《りく》
黒川博行《くろかわひろゆき》　法月綸太郎《のりづきりんたろう》　平山夢明《ひらやまゆめあき》
松本清張《まつもとせいちょう》　連城三紀彦《れんじょうみきひこ》

編　　者　千街晶之《せんがいあきゆき》

発 行 者　三 宮 博 信

発 行 所　朝日新聞出版
〒104-8011　東京都中央区築地5-3-2
電話　03-5541-8832（編集）
03-5540-7793（販売）

印刷製本　大日本印刷株式会社

© 2021 Hitoshi Asai, Fumi Atsukawa, Riku Onda,
Hiroyuki Kurokawa, Rintaro Norizuki,
Yumeaki Hirayama, Youichi Matsumoto, Yoko Mizuta,
Akiyuki Sengai
Published in Japan by Asahi Shimbun Publications Inc.
定価はカバーに表示してあります

ISBN978-4-02-264979-9

落丁・乱丁の場合は弊社業務部(電話 03-5540-7800)へご連絡ください。

送料弊社負担にてお取り替えいたします。

朝日文庫

小説トリッパー編集部編
20の短編小説
人気作家二〇人が「二〇」をテーマに短編を競作。現代小説の最前線にいる作家たちのエッセンスが一冊で味わえる、最強のアンソロジー。

伊坂　幸太郎
ガソリン生活
望月兄弟の前に現れた女優と強面の芸能記者!? 次々に謎が降りかかる、仲良し一家の冒険譚！ 愛すべき長編ミステリー。《解説・津村記久子》

奥田　英朗
沈黙の町で
北関東のある県で中学二年生の男子生徒が転落死した。事故か？ 自殺か？ その背景には陰湿ないじめが……。町にひろがる波紋を描く問題作。

藤井　太洋
アンダーグラウンド・マーケット
仮想通貨N円による地下経済圏で生きるしかない若者たちがあふれる近未来の日本を舞台にしたSFサスペンス。

さだ　まさし
ラストレター
聴取率〇％台。人気低迷に苦しむ深夜ラジオ番組を改革しようと、入社四年目の新米アナウンサーが名乗りを上げるのだが……。《解説・劇団ひとり》

司馬　遼太郎
街道をゆく　夜話
司馬遼太郎のエッセイ・評論のなかから『街道をゆく』に繋がるものを集め、あらためて編集し直したアンソロジー。《解説・松本健一》

朝日文庫

月村　了衛
黒警《こくけい》
刑事の沢渡とヤクザの波多野。腐れ縁の二人の前に中国黒社会の沈が現れた時、警察内部の深い闇が蠢きだす。本格警察小説！《解説・東山彰良》

月村　了衛
黒涙
警察に潜む〈黒色分子〉の沢渡は、黒社会の沈とともに中国諜報機関の摘発に挑むが、謎の美女が現れ……。傑作警察小説。《解説・若林　踏》

荻原　浩
愛しの座敷わらし（上）（下）
家族が一番の宝もの。バラバラだった一家が座敷わらしとの出会いを機に、その絆を取り戻していく、心温まる希望と再生の物語。《解説・水谷　豊》

七尾　与史
死なせない屋
三軒茶屋にある『死なせない屋』の仕事は、あらゆる手段で依頼人の命を守ること。それを阻むのは殺人鬼に暗殺者⁉　コミカルミステリー。

菊地　秀行
エイリアン超古代の牙
世界一のトレジャーハンター・八頭大が次に狙うのは最凶の未知の飛行体⁉　一七世紀ロンドンや南極と、時空と世界をまたにかけての大バトル！

浅田次郎／綾辻行人／有栖川有栖／岡崎琢磨／門井慶喜／北森鴻／連城三紀彦／関根亨編
京都迷宮小路
傑作ミステリーアンソロジー
祇園、八坂神社、嵯峨野など、人気作家七人が京都の名所を舞台に、古都の風情やグルメを織り込み描いたミステリーを収録。文庫オリジナル短編集。

朝日文庫

朝井リョウほか

おかわり

作家の口福

二〇人の作家が食で競演！ するめの出汁、鯛素麺にビーカーコーヒーまで、それぞれの人生に輝く「味」を描く。極上のアンソロジーエッセイ集。

よしもと ばなな

ごはんのことばかり100話とちょっと

ふつうの家庭料理がやっぱりいちばん！ 文庫判書き下ろし「おまけの1話」と料理レシピ付きのまるごと食エッセイ。

乙一／中田永一／山白朝子／越前魔太郎／安達寛高

メアリー・スーを殺して

幻夢コレクション

「もうわすれたの？ きみが私を殺したんじゃないか」せつなくも美しく妖しい。読む者を夢の異空間へと誘う、異色〝ひとり〟アンソロジー。

細谷正充編／安西篤子／池波正太郎／北重人／澤田ふじ子／南條範夫／諸田玲子／山本周五郎

悲恋

朝日文庫時代小説アンソロジー 思慕・恋情編

夫亡き後、舅と人目を忍ぶ生活を送る未亡人。父を斬首され、川に身投げした娘と牢屋奉行跡取りの運命の再会。名手による男女の業と悲劇を描く。

細谷正充編／宇江佐真理／北原亞以子／杉本苑子／半村良／平岩弓枝／山本一力／山本周五郎

情に泣く

朝日文庫時代小説アンソロジー 人情・市井編

失踪した若君を探すため物乞いに堕ちた老藩士、家族に虐げられ娼家で金を毟られる旗本の四男坊など、名手による珠玉の物語。《解説・細谷正充》

細谷正充編／池波正太郎／梶よう子／杉本苑子／竹田真砂子／畠中 恵／山本一力／山本周五郎・著

おやこ

朝日文庫時代小説アンソロジー

養生所に入った浪人と息子の嘘「二輪草」、歌舞伎の名優を育てた養母の葛藤「仲蔵とその母」など、時代小説の名手が描く感涙の傑作短編集。